U0075805

天下篇，逍遙遊
七星劍，葫蘆酒
你就這樣長身去了江湖
自天涯滄桑風塵回来的你
大鐘鳴鼓，琴瑟竽笙
高台厚榭，邃野之居
或人何在？或人何在？
你又帶書攜酒配劍
從眼前到天涯，一路過去

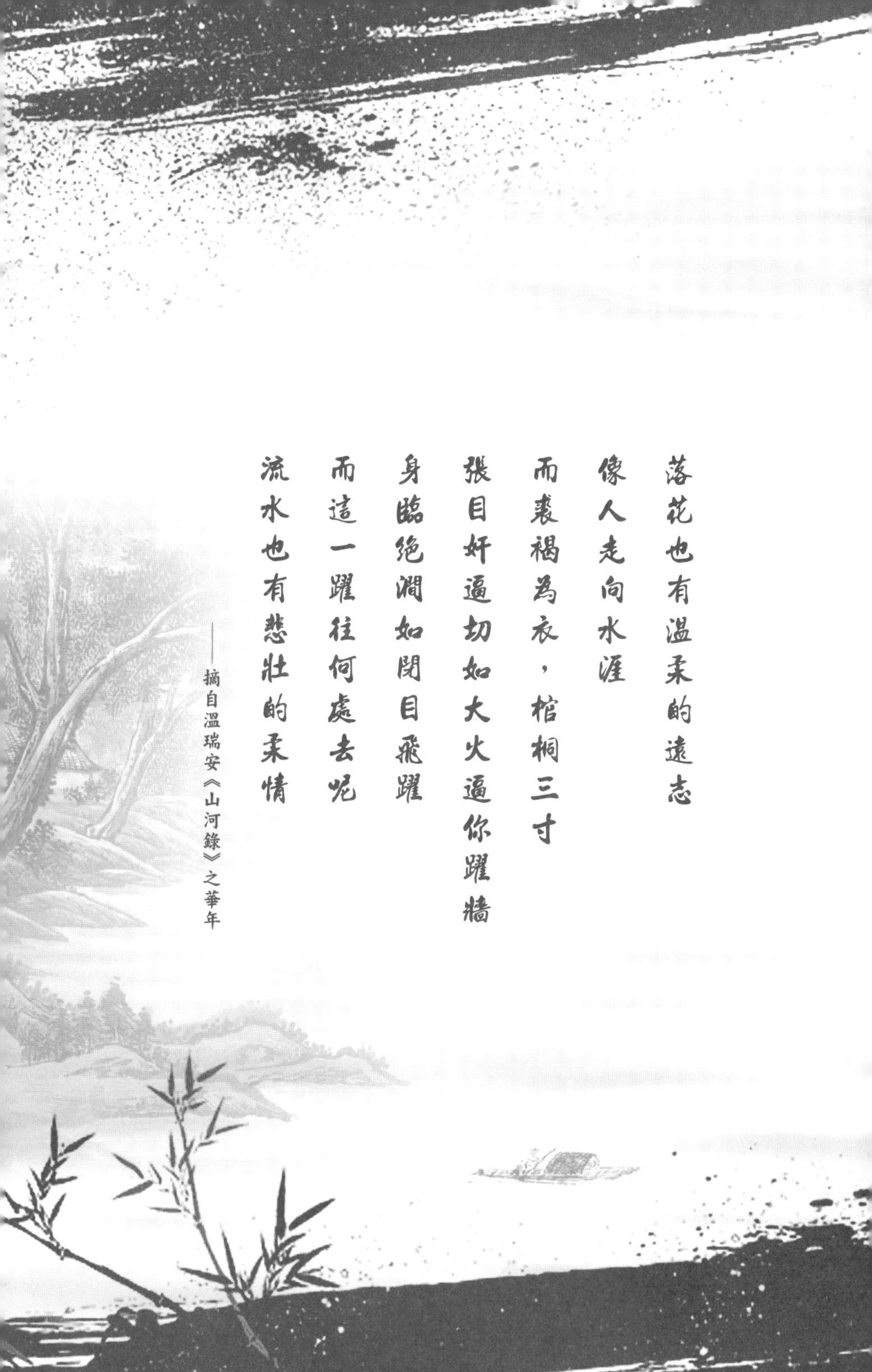

落花也有溫柔的遠志
像人走向水涯
而裘褐為衣，棺桐三寸
張目奸逼切如大火逼你躍牆
身臨絕澗如閉目飛躍
而這一躍往何處去呢
流水也有悲壯的柔情

——摘自溫瑞安《山河錄》之華年

神州奇俠

武俠經典新版

溫瑞安 著

卷四

英雄好漢

前流

《英雄好漢》自序

重看舊作《神州奇俠》時期，充滿激越的情懷、俠烈的風骨、磅礴的聲勢、淋漓的元氣、驚奇的變化、嶄新的創意，恐怕是我現在力有未逮的。當然，也許它有我現在比較不會犯上的毛病，譬如：以前對「情」著筆較少，句法較有前輩古龍的影子，人物太多、支線太離，故事性不濃，可是，那種對俠義的肯定與追尋，以及光明自信的強烈個人風格，還有匪夷所思的創新技巧，形成了這部小說的特殊性。難怪喜歡它的人會這麼喜歡它，而不喜歡它的人也不喜歡得莫名其妙。

再寫一部類似《神州奇俠》的書，行嗎？答案是：此水已非前流。

溫瑞安

正如問我再創一次「神州社」如何?回案是:就算有這樣一日,也曾經滄海了。

幸虧,對於過去,有這樣一部《神州奇俠》作了記錄。

《神州奇俠》故事系列裡,我唯一未寫的是《蜀中唐門》。近日來,很多朋友都向我追問這部小說,因爲《神州奇俠》故事八部,後傳《大俠傳奇》三部,外傳《大宗師》四部,別傳《唐方一戰》是小品,就剩下這部續傳:《蜀中唐門》就大功告成了。我想我總會寫的。讀者的鞭策與鼓勵,是我創作最大的動力與源泉。遇上忠實讀者,除了要求送書簽名之外,便是要我回答《蜀中唐門》寫成了沒有。拿其中一位讀友郭耀聲的話:「我們都喜歡《神州奇俠》的你,豪氣萬丈,情懷激越,日後的作品可能更好,但那裡面的武林太複雜、人物也太多面了,我們都喜歡《神州奇俠》的快意恩仇,俠情風骨。」坦白說,我也喜歡我那時候的情懷浩蕩、剛正無畏。雖然,在現實社會裡,卻是比較複雜奸險的,但在專門描寫人類的殺性和暴力的武俠小說中,多寫一些《神州奇俠》式的豪情義氣,也是好事。(九八年九月十三日註:今天在深圳,與小靜、小能、小方、小何、老梁見到了《時代文藝》出版僞作——《蜀中唐門》了!在中國大陸,連此書都可以「假」,已沒有什麼不「假」的了。)

……………… 溫瑞安

也許，我會很快就會爲陳福深父子、郭耀聲和他的朋友們，以及許多我不一一提及或尚未謀面的讀者知音寫《蜀中唐門》，這兒，我先獻上我當年辦神州詩社最投入時期的「英雄好漢」。

稿於一九八四年六月初

中國報開始連載《殺人者唐斬》

校於一九九三年六月二十三至二十四日

自金寶赴吉隆坡／海車重傷小狗Sam／見抄襲我作品之戲／結束五天KAMPAR「傷心之旅」／與姊夫、梁飛鞋、何飛豬遊ULU YAM／在KL度寂寞端午／海病轉危／何人可在馬尋獲中國台聲盜版之

溫瑞安

《英雄好漢》、《神州無敵》、《天下有雪》等書／「亞洲華文作家」一文述及我與方／琁姑處有大馬出版總發行商「探路」重修於一九九八年九月十一日方自珠海與能來圳訪龍頭，與大哥、小靜、葉浩、何包旦相聚歡／十二日：淑儀首次入圳共聚，東方神曲上窮碧落下黃泉，四眼仔咸濕皇帝調戲髮髻飛落一妖姬／十三日：儀返港與靜方梁宋瘋狂大購數萬元一流靚水晶，大鬧羅湖城／十四日：康凌回珠，梁返港經濟調度，見花田新版神州奇俠系列：《劍氣長江》，一流，滿心歡喜／十五日：何單刀會過海為爭兒辦重要證件，順利／十六日：浩再返港，處理經濟問題，收到萬象送來《溫瑞安武俠世界》精美圖文，令人驚喜。

溫靜收新咭

……………

溫瑞安

神州奇俠正傳卷四 英雄好漢

目錄

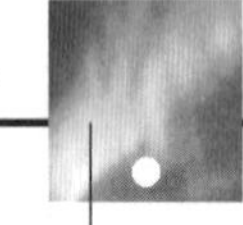

第一章

重返浣花的路上

壹　唐花

「無論天涯海角，我都一定要找到唐方。」

蕭秋水面對椅桌凌亂、但空無一人的客店，靜靜地發了這個誓願。

他正要離開這客店時，忽又發現了一些事物。

一些凳子上、桌椅上，甚至牆壁上，都嵌有一些細如牛毛的針。

一隻小螞蟻爬過。

牠離開一根比繡花針還細的小刺約三尺之地，忽然從壁上掉落、死了。

這些暗器是有毒的。

而且是劇毒。

更特殊的是，這些暗器，打在哪裡就跟哪裡的事物同一色調，打在桌上，就似桌上的一點污垢，要不是蕭秋水如此精細的人留心觀察，根本就看不出來。

這些暗器竟似一些有變色體能力的動物一般。

這樣精緻的暗器，這麼劇毒的暗器。

結論大概只有一個：

——唐門的人來過！

可是唐方的暗器卻是沒有毒的；這點蕭秋水最是清楚。

然後蕭秋水又看見了一朵暗器。

真的是一「朵」暗器，因爲那暗器是一朵花。

鐵花。

這一朵鐵製的花，美得妖艷，五瓣花開，舒放後，中央花心吐蕊，蕊心有五瓣未開，精緻玲瓏，但讓人一看之下，就動人心魄。

但這朵「花」嵌在牆上。牆是舊牆。

這牆裡有很多隙縫，在這朵「花」釘入的牆周圍十尺內，牆中縫隙裡，有兩條蜈蚣、一窩螞蟻、一隻老鼠全都斃了命。

尤其是老鼠，不但斃命，而且全身的毛都脫得光禿禿的。

而蕭秋水自「死巷」之役來回不過片刻，更可怕的是老鼠的洞穴在七尺以外：牠根本還沒有觸及這朵妖花。

蕭秋水不覺毛骨悚然：——這種暗器，他只聽說過，連他父親名列「七大名劍」蕭西樓在內，也僅是聽說過而已。

見過的人都已死亡。

這種「花」有一個名字。

名字就叫「唐花」。

唐花不是人，而是暗器。

——一定有唐門的高手來過！

——這客店內一定發生過格鬥，而且撤退得十分匆忙，連唐門這樣重要的暗器都沒有取走。

「唐花」是唐門三大絕門暗器之一，連「子母離魂鏢」也只能算獨門暗器手法，而不是奇門或絕門暗器。

若不是撤走太過迫急，唐門的人怎會把如此重要的暗器留在這裡？

唐門能造的暗器，三百年來，天下各門各派三山五嶽，一直無人敢仿造，亦無人能仿造。

——可是唐方呢？究竟這裡發生了什麼事？唐方去了哪裡!?

其實就在蕭秋水剛進「歡樂棧」就返身追逐鍾無離之後，曾淼就立即跪了下來，顫聲道：「稟報……小人稟告……火王，小人乃受蕭秋水……之威脅，才……」

祖金殿冷冷地道：「你們不是被派去狙殺慕容英的嗎，康舵主呢？」

曾淼臉色慘白，身子也抖哆起來，顯然對這「火王」很是畏懼：「康舵主逃了。」

何獅、康庭、安、鐵二位判官……全給蕭秋水殺了……」

這句話聽得連穴道被封的唐方也是一震——蕭秋水怎有如此神功，莫非是得了什麼奇遇？

火王如火燒一般的眉毛一揚：「你們幾人，連分舵主在內，還不敵區區一個蕭秋水？……高中呢？」

曾淼垂首謹道：「高中他……他死於慕容英之手。」

火王瞪目道：「慕容英呢？」

曾淼仍是不敢抬頭：「慕容英給……給康舵主所殺了。」

火王呵呵笑道：「很好，很好，被擒的，就只有你一人了？」

曾淼聽火王有笑意，以爲赦免，心中較爲篤定，恭謹地道：「是，是，小人想引蕭秋水到此地來，有火王在，當必手到擒來……」

火王笑道：「你可真會設想呀。」

曾淼叩首道：「不敢，小人乃是向火王學習。」

火王開心地道，「你抬起頭來……」

曾淼抬首道：「是——」突然間火王袖子一揚，一團烈火，迎臉噴來，曾淼措手不及，火焰燒在臉上，發出吱吱的異聲，無論曾淼如何拍打，火焰不熄。

曾淼慘嚎之聲，令人不忍耳聞。

火王冷冷地道：「你是怕死，所以屈服，我就要你死，權力幫不要貪生怕死之徒。」

曾淼在地上，打滾、呼嚎，叫聲令人慘不卒聞，終於聲嘶力絕，痙攣氣絕，火焰即滅，竟未燃及他一片衣衫。

火王的縱火技術，真令人歎爲觀止。

唐方心忖，權力幫竟收羅了天下間如此多奇技異術，以及名門宗師助陣，聲勢之壯，確是開五百年來未有之霸業！

就在這時，忽聽門外一個聲音道：

「他媽的王八羔子，巴拉媽子的什麼鬼叫，這裡哪隻鳥發生什麼鬼事呀？王八蛋！」

這人一口粗話，一出現在店門，唐方就忍不住想歡呼：

這講話如放屁的彪形大漢，卻有一個小小的頭，小小的眼睛，大大的嘴巴，白白的牙齒。

鐵星月！

他身邊當然還跟著一個人。

這人嘴巴尖哨，一副找人罵架的樣子，但看去十分精警，正是邱南顧無疑。

他們背後好像還有人。

他們顯然是經過這裡，聽到慘叫聲而來看個究竟的。

他們並不知道裡面就是火王。

他們更不知道裡邊還有唐方。

火王嘴角掀動：「原來是你們。」

邱南顧「啊」地叫了起來：「是你呀！光頭王八，你還沒死啊！」——滇池之役，蕭易人所帶領浣花劍派之一百三十四條好漢，要不是火王猝下殺手，才不會給權力幫所擊潰！

邱南顧走了進來，他身後卻有一人塞在門口，進不來，因為她太肥了。

肥的是唐肥。

肥的人比較臃腫，輕功不會好到哪裡去，身體不靈便，功力也不會高到哪裡去。

所以火王也沒把她放在心上。

他更不擔心別人會認出唐方、左丘超然他們。

因爲他已替他們改裝了。

火王一直對自己的易容術很有信心，他一直覺得武林中應把他易容技術的排名，擺在「上官・慕容・費」之間。

而且就算他們認出了，又怎樣？

火王本來就想連鐵星月、邱南顧等也一網打盡的。

就在這時，門口忽然轟然一聲倒塌了，灰石紛飛，一巨鳥般的人掠了進來。

火王臉色變了，這肥女的武功遠超他想像。

唐肥掠入，一揚手，三道寒星，打向火王。

火王大喝，人已離開他原來的地方。

然後他發現他帶來的權力幫的人，至少倒了一半，三點寒星並不是暗器，打至中途，忽啪地爆成數百枚細針，方才是暗器。

於是一半以上的權力幫徒都倒下了，獨獨唐方卻沒事。

唐肥拯救的目標，顯然是唐方。

所以她才撲到，就揮手解了唐方的穴道。

唐方一躍而起，就拍開了唐朋和左丘超然的穴道。

唐朋正要解歐陽珊一的穴道，火王怎能忍此凌辱，大喝中出了手。

他的火焰，在一剎那間，噴了出去。

唐肥的衣服上至少有四處地方著了火。

可是唐肥也發出了她的暗器，火王臉色變了，「呼」地掠到門檻，變色道：

「唐門三大高手中妳是誰？」

唐肥衣上的火焰又奇跡般熄滅，只燒得衣上一個個灼洞，露出白白的肉，唐肥倒不在乎：

「我是唐肥。」

——唐門年輕一代有三大高手，就是唐宋、唐絕與唐肥。

火王冷笑，唐肥雖出名的不好惹，他自信還惹得了。

那邊沒有肚子的左常生，已跟一個肚子凸露的和尚拚鬥起來，火王當然不知道那人就是大肚和尚。

鐵星月、邱南顧、唐方、左丘超然已跟餘下的盛江北和權力幫眾大戰起來。

火王還是不怕。他決定在權力幫未全力對唐門採取行動之前，先毀了唐肥這等大敵。

必要時他一把火將這店全燒個精光，連權力幫的人也統統燒死算了。

他正要出手，唐肥就出手了。

唐肥是向著他出手，可是倒下去的是唐肥身後的五個權力幫眾。

火王看不出那慘呼倒下的權力幫子弟是中了什麼暗器，那暗器打在身上，龍精虎猛的人立刻變得一動也不動，一聲也不能吭，就死了。那暗器就直似無形的。

火王瞳孔開始收縮，他發現唐肥愈來愈不似他想像中那麼好對付。

唐肥一直很驕傲。

在唐媽媽一系中，唐肥無疑是最出色的。唐媽媽就是唐門中的唐劍霞，因爲唐肥名列唐門精銳三大高手之一，方才能和唐君傷、唐燈枝兩系中的唐絕和唐宋相較。

雖然火王一出手就灼傷了她，唐肥還是很篤定。

因爲火王的背後就是死路。

她曾眼見那白衣文質彬彬的男孩子出手，出手一刀，快如閃電！

她正要再出手時，忽然看見火王化作一團火。

一個人眼見另一個忽然化作一團熊熊的青焰，那感覺是奇特的，尤其在那團厲火直向她捲來之時。

唐肥飛起，她輕功絕不如唐方那麼好，那火團已捲住她的一雙腿。

她那一雙粗腿立時有一種感覺：好像十把鋼鋸，一齊向她腿骨鑿了下去！

她怪叫，至少打出七種暗器！

那火團又是一盛，暗器打到了火團邊緣，忽然都消融不見！

唐肥卻知道那火團裡面就是火王，但她卻沒有辦法把她的暗器打進去，而她的腿如果再不想辦法，那就要廢定了，所以她毫不猶豫，打出了一道絕門暗器。

從未失手過的暗器。

這暗器當然就是唐花。

唐花一開就謝。

開時如花，謝時成鐵。

每開一次，只殺一人，一人而已。

——其他因此而死的人及其他，都不算在內。

「奪」，唐花釘入牆壁。

火王沒有死。

但局勢立即起變化，火王再沒法用火舌捲住唐肥的腿，他化著一道長焰，直往外捲去！

那一朵花，曾開在火王眼前，竟比火焰開得還要燦爛！

火焰立刻被打滅。

可是火王不在火焰之中，那火團是祖金殿獨門「死火」。

這火一碰到人，火滅，人死，故名死火。

而今唐肥沒有死，火卻滅了。

火是被打熄的，是被唐花打滅的。

唐花也沒有釘在火王身上，可是火王覺得不寒而悚，他也看得出來單憑左常生、盛江北，絕不是那大肚的和尚以及鐵星月、邱南顧、唐方、唐朋和歐陽珊一、左丘超然幾人加起來之敵。

所以他立即退。

他化作一股火舌，當者披靡。

唐朋、唐方、左丘三人同時出手，他們不讓他走，他們恨絕他了。

唐方、唐朋的暗器卻出了手，但那股火焰又爆出七八道火球，吞捲了他們的暗器。

左丘超然擅長的是擒拿手，所以他一把抓住火王。

抓住火王就像抓住一顆火炭一般，左丘超然負痛放手，火已捲到門口！

就在這時，刀光一閃。

在店門前那白衣的、悠閒的、傲慢的公子，突然出了手！

他站在店門，就是不讓任何權力幫的人奔出店門。

他是第四次出手，前面三個逃出店門的人，就在他面前逃了出去。

他們是逃出去七八步後，血才濺出來，然後再走出三四步，才倒地而歿的。

這是因爲他的劍法實在太快了。

他決定要把這火舌「一刀兩斷」！

唐肥這次才看清楚林公子的出手。

刀光一閃，原來不是刀，是劍！

是一柄快劍，使的卻是刀法！

單止這一點，這人的武功，絕不會在南海劍派鄧玉平之下！

火焰突展，就在這時，火舌高張得令人眩目，然後就什麼都不見了。

火王已不在門前。

他已逃走？

林公子衣衫灼焦，神態也不再是那麼悠閒，右眼角下也灼傷了一大片，可是他在緩緩收回那柄使出刀法的劍。

劍上有血。

地上也有血。

一行血跡，正向西延去。

這一刀，卻仍殺不了火王。

但火王卻受了傷。

林公子也受了傷。

而且顯然的林公子也傷得不輕。左常生等一見火王逃竄，也跟那「掌櫃」拚死突出包圍，衝了出去！

而林公子卻沒有攔阻。

他一股真氣，已被那火焰的凜烈摧散，他必須馬上調息恢復。

但他確定，他那一刀，已斫在火王傷得比他更重要的地方。

然而他卻臉上無光，火王這下和他力併，事實上可以說是他和唐肥夾攻之下，火王才掛了彩的。

唐肥心中也驚悸，她的暗器「唐花」，居然也不能奏效。

權力幫一個火王，尙且如此，柳五公子、趙師容以及「君臨天下」李沉舟那還得了！

「你們怎樣知道我們在這裡？」左丘超然手被灼傷了，可是他仍沒有忘記詢問這一句，因爲那時他們穴道被封，而且已被改裝成一個自己若是見到恐怕也認不出來的「人」。

「我們唐家有特殊的連絡方式，」唐肥解釋，她雖癡肥，但卻不蠢，「我一進來，就見到方姊在眨眼，即眨眼次數，表示旁邊那人扎手，所以我們才猝然出手，免得殃及池魚。」

唐方在唐家雖年輕，但因是唐舜堯直系所出，輩份極大，連唐肥也稱之爲「姊」，而原本唐肥也是極喜歡唐方的。

唐方說了一句，急著說了一句讓鐵星月和邱南顧都奮悅得跳起來的話。

「蕭秋水沒有死。他剛才來過，沒有認出我們。」

鐵星月跳起來：「他沒死！好哇！這小子！他現在呢？」

邱南顧也在問：「蕭大哥現在在哪裡？」

「他走了。」唐方答，她眸子發著光。

「我們去找他去！」邱南顧馬上決定。

「往哪兒找？」唐肥問，她想不出蕭秋水這人爲何使大家如許興奮。

「我也想見他。」林公子一向淡定，談到蕭秋水時，眼光也像發著熱。

「他會到哪裡去？」

左丘超然很快地判定：「他一定會回家！」

鐵星月和邱南顧幾乎同時地道：

「我們往四川浣花派去！」

於是他們立即就走了。

所以蕭秋水回到客店的時候，見不到唐方，也見不到所有的人。

貳 十年一戰

蕭秋水雖然一路上都見不到鐵星月等人，但一路上都聽到他們的事。

此地已是華陽，華陽接近成都，已離滇池甚遠，但一路上到處都可以聽聞浣花劍派與權力幫成都與滇邊之戰的消息。這也是蕭秋水所最焦渴得到的消息。

「這大概是權力幫有史以來，遇到最大的抵抗之役，別看小小一個浣花劍派，居然令權力幫損兵折將。」這是靠近華陽市郊的一所小食肆一個造傘的老闆說。

他的朋友是個在酒樓裡做春捲的，也翹起大拇指說：「了不起！浣花劍派硬是要得，可惜……」

「可惜還是螳臂擋車，」一個打麵的小老闆道：「最後還不是毀於一旦……」

「死有重於泰山，輕若鴻毛；」造傘的不以為然，「權力幫雖然仍把浣花劍派毀了，但浣花劍派足足抵擋了足足十七天，十七天……」

「十七天就夠了，一個鏢師就告訴我說，權力幫的狼子野心，已驚動了世外宗主少林、武當二脈的注意……」賣春捲的接造傘的說下去：「我是做東西給別人吃的人，我不懂什麼是武林規矩，但人生在世，能做幾件喚起人家注重、思省的事，也就夠了……」他指了一指造傘的說：

「我贊成老徐的話，仙人板板，那龜兒子權力幫不滅，咱們窮人，給捱家捱戶的敲詐，哪還生活得下去！」

「話不是這樣說的，」打麵條的老闆還是不以爲然，「結果又怎樣，浣花上下，死的死，散的散，逃的逃……」

然後他就看見一個年輕人「虎」地衝了過來，一把提起他，青筋畢露，滿臉脹紅，咬牙切齒地問他：

「你說，權力幫那些王八把浣花劍派怎麼了？」

打麵粉老闆就像小雞一般被這個看來斯斯文文的年輕人提在手裡，嚇得舌頭與牙齦打結，說不出話來，旁邊的幾個朋友，也慌了手腳。

這青年雙目發出厲芒：「浣花劍派怎麼了？成都蕭家究竟怎麼了，你們說！」

那造傘的老闆對浣花劍派，一直都很激賞，捫心無愧，所以敢勸說：

「年輕人，你抓他也沒有用，浣花劍派已經……已經……」

「已經怎麼了!?」青年人虎目暴睜。

「已經死光了。」忽然一個聲音道。

聲音從食店的一個角落傳來，青年霍地回身，只見一個人緩緩地站了起來，手中提著一個布包的長形物體，顯然是重兵器，他旁邊桌沿有四個權力幫服飾打扮的人。

蕭秋水目光收縮，冷冷地道：「你是誰？」

那人慢慢解開布包：「你是蕭家的人？」

蕭秋水沒有答話，那人布包已解，露出一柄虎頭大刀，咧咀露齒道：

「你有沒有聽說過孫人屠？」

蕭秋水點點頭，那人「喀啷啷」一揮大刀，大笑道：「我就是孫人屠唯一的師弟，虎頭刀客赫穿金！」

權力幫的「九天十地．十九人魔」是這樣排列的：

百毒神魔華孤墳
無名神魔康出漁
神拳天魔盛江北
一洞神魔左常生
鐵腕神魔溥天義
三絕劍魔孔揚秦
長刀天魔孫人屠
絕滅神魔辛虎丘
瘟疫人魔余哭余

血影僧魔
飛刀神魔沙千燈
獨腳神魔彭九
千手神魔屠滾
快刀天魔杜絕
飛腿天魔顧環青
鐵騎神魔閻鬼鬼
無影神魔柳千變
狙殺神魔戚常戚
佛口人魔梁消暑

每一個人魔，都有較親近或重要的弟子、屬下或護法。像沙千燈的弟子便是沙雷、沙風、沙雲，在攻擊劍廬一役中，爲陰陽神劍張臨意所殺。康出漁的弟子康劫生，華孤墳的弟子爲南宮松篁，孔揚秦的弟子爲笛子、二胡、琴……

有部分人魔，已爲蕭秋水等所殺，如孫人屠、辛虎丘、屠滾、柳千變等，部分神魔的弟子，亦被大伙兒殲滅，如閻鬼鬼的「鐵騎六判官」、溥天義座下四大高手、余哭余的三大弟子、左常生的兩名殺手……

眼前這個「虎頭刀客」赫穿金，就是死於蕭易人所帶領一百三十四條好漢手下的孫人屠之師弟：

「我在這裡駐紮，凡有浣花的孤魂野鬼，我一一都做了，你是第十一個……」

蕭秋水的眼睛紅了，他彷彿看見浣花劍派，血肉紛飛，成都劍廬，毀於一旦，死的死，傷的傷，逃的被人追殺，擒的被人凌辱，而他父母呢？……

赫穿金陰陰笑：「我上一個殺的，據說還是劍廬中組織裡的統領之一，他的血跡未乾……」赫穿金橫刀，只見湛藍的刀光下，果有幾滴斑褐的血跡。

「他好像叫做張……張長弓的，看起來堅強……後來剁了他兩肢一足，他就哭號了……」

赫穿金講到這裡，得意無比：「從前四川是浣花劍派的勢力，而今是權力幫的天下了！……我們下一個對象，便是蜀中唐門……」

說著又哈哈大笑，狂妄至極。

蕭秋水沒有笑。

他突然堅強了起來。

劍廬毀了，沒有家了，他不能傷悲，而要冷靜。

他望定赫穿金，赫穿金笑了老半天，忽然笑不出了，因爲他發現一雙冷如劍光、亮如秋水的眼睛，在凝視著他。

他從來沒有見過那麼有神采的眼睛。

連好殺成性的赫穿金，也不禁一陣悚然，他不禁問道：

「你究竟是誰？」

蕭秋水定定地望著他：

「我是蕭秋水。」然後很輕很輕地說了一聲，「我要你清楚一點：蕭家的人，只要有一個活著，權力幫就睡不好、坐不寧、吃不安、活不長……」

然後蕭秋水又問：

「你相信嗎？」

蕭秋水的話溫柔如情人的細語，但他的出手，他出手如嘶風驚沙的蒙古天馬狂飆：

他衝過去，揮拳痛擊。

赫穿金不能不相信。

他已覺得他信得太遲，蕭秋水來得實在太快。

他唯有一刀斫下去，至少可以一阻蕭秋水的攻勢。

可是蕭秋水居然沒有避，刀是斫中了他，但赫穿金也不知道自己斫中對方身體哪個部位了。

因爲赫穿金卻聽到自己骨頭碎裂的聲音，然後他居然看見了自己的身子、背後。

奇怪，人怎麼可以看見自己後面的身軀，除非是……難道我的頭……！

——虎頭刀客赫穿金的意識就到這時爲止。

蕭秋水把赫穿金一掌劈成兩段時，本來要出手的四名權力幫徒，連腳都軟了。

不但動手也成問題，甚至連逃走也不敢。

他們幾時見過如此神勇？

那打麵條的、製傘的、做春捲的當然也沒見過。

蕭秋水然後回頭，刀就嵌在他肩頭上，他好像全不覺痛。

「你們相不相信？」

蕭秋水問他們。

「相信什麼？」三個老闆，看到這神威的年輕人，腦中一片紊亂。

蕭秋水笑了：「相不相信？——相不相信，只要有一個蕭家的人在——」

那造傘的接道：「蕭家就永遠不倒。」

做春捲的說：「浣花派會重起的，浣花劍派維持地方正義和公道那麼久，做得那麼好，我們都期待他復起……」

那打麵粉的老闆終於道：

「只要你在，權力幫遲早要成爲過去。」

蕭秋水帶著滿意又驕傲的微笑，他慢慢的，帶著傷，一步一步地走了出去，忽又聽一陣掌聲：

「你夠勇氣，出手夠狠，而且敢拚，內力充沛，但是……」

蕭秋水回頭，那蒼老的聲音繼續道：

「你武功卻不好。你一定還沒練我的『濛江劍法』，練了就不會這樣差。」

說話的人當然就是「廣西三山」中的「濛江劍客」杜月山。

杜月山沒有死。

在「一公亭」石穴中，杜月山最後確爲屈寒山所擒，但自稱「漢四海」的唐朋卻放了他。

「劍王」屈寒山那時正忙著追擊蕭秋水一等人，無暇顧及，於是杜月山就逃了出來。

杜月山個性倨傲，故亦沒有跟其他江湖人聯繫，他擔心自己的《濛江劍譜》爲權力幫的人所奪，所以急著要找蕭秋水。

他知道蕭秋水乃「浣花劍客」蕭西樓之子，所以一路來了川中。

他就在這裡碰上了蕭秋水。

「你一定要學我的劍法，如果你要對付『劍王』，就非要把我的劍法學成不可。」

其實蕭秋水要對付的，又何止於「劍王」，而是整個的權力幫。

杜月山說：「你要到哪裡？」

蕭秋水答：「我要回我家。」

杜月山道：「權力幫的高手說不定就伏在那裡。」

蕭秋水說：「我只有一個家。」他的眼神有說不出的悲愴、落寞，「就算有百萬大軍在那裡，我也要回家去！」

杜月山翹起拇指喝了一聲：「有種！」

隨即又問道：「你的朋友呢？」

蕭秋水的眼神仍有說不出的寂寞。「分散了、死了、或生死不知了。林公子好像還未趕到……」

杜月山問：「你在蜀中，還有沒有知交？」

蕭秋水想了想，說：「還有兩個，都是女的。她們一直是浣花劍派的好朋友，也是我的至交……」

杜月山促狹地笑道：「紅顏知己？」他的心，卻不似他的年紀。

蕭秋水道：「她們是曲劍池曲老伯的女兒，劍法造詣都很高。」

杜月山拍案道：「好！曲劍池名列『七大名劍』之中，我早想會會他。」

蕭秋水奇道：「前輩這時候要找到曲家做什麼？」

杜月山大笑：「劍廬遭滅，曲家必有所悉，先探個究竟再去，比較萬無一失……」

蕭秋水默然，杜月山又道：「此行老夫與你一道去。」

蕭秋水抬頭，滿目感激。

杜月山笑道：「我雖老了些，不知還能不能算是你朋友呢？」笑時又仰著脖子乾盡一杯酒。

「你的朋友都很可愛，」他又瞇著眼睛，白眉梢下的眼睛，像狐狸的笑：「不過我們要做朋友，首先要答應我一路上學『濛江劍法』。」

蕭秋水能怎麼說？

遇到這樣的老好人，這種好事還不能答允麼？

曲劍池和辛虎丘兩人同列「武林七大名劍」之中，辛虎丘靠一柄「扁諸神劍」，曲劍池以一把「漱玉神劍」，武林練劍的後起之秀，莫不以他們爲榜樣。

曲劍池、辛虎丘也是一對好朋友。

虎丘、劍池本就應該在一起的。

但在十年前，曲劍池就開始與辛虎丘疏遠，因爲那時辛虎丘已投入了權力幫。

再過一年，辛虎丘「臥底」到了浣花劍派，最終被「陰陽神劍」張臨意的「古松殘闕」所殺，這就是「躍馬烏江」中的故事。

蕭秋水十年前曾見過曲劍池一次，那時曲劍池精悍、孤傲，整個站起來像天神一般，坐著也像個神祇。

那時候他的劍在手中，而且沒有鞘，他的臉如劍芒一般發著亮。

那時蕭秋水還很小，這次再在蜀中見到曲劍池，他已經很老了，而且憔悴，身體發胖，而且腰間有鞘，掌中卻無劍。

這老人莫非也遇到了一些可怕的打擊？

他身邊還有一個人。

一個出家人。

這個出家人蕭秋水卻很熟悉。

他就是少林古深禪師。

曲劍池笑笑，「我已不似十年前那十步殺一人，千里不留行的七大名劍中的一員戰將了，」他的笑容有說不出的譏誚之意：「武林中好打不平的事，就憑一柄劍，是平不回來的。」

古深大師垂首念：「阿彌陀佛。」

曲劍池眼中悲傷之意更深，「有一次我看見幾十個人，打一個老頭子，那老人又老又可憐，武功又不高，於是我出手，傷了十三人，打退了對方，才知道那老人原來就是『九尾盜』魯公！而我打跑的人是西河十三家鏢局的鏢頭。這下累得我聲名狼藉，我追捕魯公，追了三年，還要應付武林中白道人士的追殺，好不容易，斷了一隻尾指，才殺了魯公，方才對武林有了個交代。」

曲劍池露出了他的手。

右手。

他的尾指已被削去。

誰都知道他已不能好好地握劍了。

曲劍池眼神更深沉的譏誚之意，「我花了三年，才洗清這一項錯失；而人生裡有幾個錯失？人生裡有幾個三年？洗脫罪項的還好，要是洗不脫的呢？」曲劍池起伏的胸膛不像他平靜的臉色：

「而且像今天這樣的處境，已不能敗，一敗，武林中便當你狗一般地踢，連小孩子也對你踹上幾腳。」曲劍池笑笑又問：

「你知道不能敗的滋味嗎?」蕭秋水搖頭,他覺得自己年紀太輕,這裡似沒有他說話的餘地。

曲劍池又道:「如果一個人只能戰勝,不能打敗,那他很可能永遠不敢打架。」他苦笑又接下去:

「他的名譽就像一粒雞蛋,扔出去縱然擊中目標,也落得個玉石俱焚。」曲劍池深意地望著蕭秋水道:

「成名,不一定是件好事。」

杜月山忽然說:「你別說那麼多,蕭老弟最想知道的反而不說。」

曲劍池笑笑:「我說那麼多是想讓你知道,江湖恩怨,武林是非,我早已不想管,但劍盧支持到第十三天的時候,我慭不住,還是去了。」

蕭秋水的眼睛亮了。

曲劍池道:「不但我去了,湖南『鐵板』譚幾道、湖北『銅琶』賈有功,以及蜀中『血連環』祈三也率人去了,結果……」

他緩緩伸出了左手,左手赫然只剩下了一隻手指。拇指。

「只有我一個人回來。」

蕭秋水沒聽完這句話,已淚眼模糊。

杜月山喝問：「劍廬究竟怎樣了？」

曲劍池道：「已在第十七天時被攻破了。」他苦笑又道：「我見到他父親時，他又瘦又倦，已快支持不住了。」

蕭秋水的拳頭緊握，指甲已嵌進掌心裡去。

「我勸他放棄劍廬，逃亡，」曲劍池道：「他不肯，說那兒是他的根，這個我知道，」曲劍池長歎一聲道：

「一個上了花甲之齡的老江湖人，家就是他的命，鋤了他的命根子，活下去還有什麼意思？」

杜月山吆道：「現在劍廬怎樣了？」

古深忽道：「這個老衲知道。」

杜月山道：「你說。」

古深禪師道：「盡成廢墟。」

杜月山問：「有沒有看到蕭西樓的屍首？」

古深禪師搖了搖首。

蕭秋水已站了起來。

古深用一種深沉地聲音道：「那兒沒有屍首。一具屍首都沒有。」

蕭秋水望定著他，他知道這老禪師是自己父親的方外至交，不會騙他。

「但去探的人反而成了屍首。」古深大師歎道：「令尊仁俠天下，權力幫逆行倒施，來劍廬相助的不是沒有，老袖是和岷江韓素兒、峒柏山景孫陽一齊去的，不過……」古深禪師的臉上竟充滿了奇異的變化，像看到鬼魅一般的恐懼：「……也只有老衲一人回來。」

杜月山啞然問道：「大師是說『紅線俠』韓素兒，以及外號人稱『天地一沙鷗』的景孫陽二位麼!?……」

古深禪師點點頭，不再言語。

杜月山也說不出話來。

蕭秋水又問：「我二位哥哥呢？他們都沒有趕去……？」

古深靜靜地道：「據老衲所知，蕭開雁仍在桂林死守。你兄長蕭易人，已在滇境，給權力幫的人擊毀了……」

蕭秋水霍然站起，目中有淚，「胡說，大哥有『十年』的弟兄在，怎會被擊破!?」

古深禪師深沉的點點頭，平靜地道：「我很了解你的心情，『十年』也的確是你的好兄弟。」

曲劍池歎了一聲接道：「可惜你大哥被擊敗時，不但『十年』在他的身邊，連唐門中唐方、唐朋、唐猛，還有英勇著名的鐵星月、刁鑽稱著的邱南顧，甚至鷹爪王雷鋒的弟子左丘超然也在那兒……」

這些名字，唉，這些熟悉的名字。

曾與蕭秋水共生死、同患難的名字。

哎，這些人。

蕭秋水幾乎呆住了。

曲劍池深深地說：「你要不要聽滇池那一戰？」

蕭秋水點頭。再恐怖的現實，他也要面對。

曲劍池卻笑了，笑得懶洋洋，「記得幾年前，你還小，就有了兩個結拜妹妹。」

曲劍池眼睛蕩漾著慈祥，「你，還記得她們的名字罷？」

蕭秋水當然記得，也記得她們一個愛流鼻涕，一個常弄破衣服；常弄破衣服的愛哭，常流鼻涕的則愛笑。

「一哭不休止，一笑不直腰。」

這是十年前蕭秋水給她倆的外號。

十年前，愛哭的叫暮霜，愛笑的叫抿描。

十年後，愛哭的還是叫曲暮霜，愛笑的也是叫曲抿描。

可是還誰敢說她們會流鼻涕，會弄破裙子？

這兩個女子，一個穿素色的長裙，一個著淡紫色的衣衫，一個走動的時候，羞得頭也不敢抬；一個卻睜大眼睛老往人身上打量。

大眼睛的女孩子，一雙眼睛望著你時，就要心跳不已。

羞人答答的女孩子卻低頭時也能讓你心跳停止。

兩個少女向蕭秋水斂衽福了福，蕭秋水慌忙站起來，他還不敢相信這就是那個暮霜，那個抿描……

大眼睛的女孩子吃吃笑道：「我是抿描。」

那害羞的女孩子像蚊子一般小聲：「我是暮霜。」

他們坐了下來，那大眼睛的女孩子往蕭秋水身上瞟了瞟，害羞的女孩子也似乎抬了一點頭來，瞥了一瞥，兩人忍不住相交換一個眼色，噗嗤一聲地笑起來。

女孩子要笑的時候，像風吹花開，說不出原由來。

也許女孩子看見她們小時候的男朋友，都會很好笑，怎麼會那麼大了，怎麼像隻呆頭鵝……

蕭秋水側過了臉——他的臉是熱的，但他知道不能臉紅。

一旦臉紅，會更給人笑得不亦樂乎。

所以他立即問了一個問題。

「請教姑娘，滇池邊我哥哥與權力幫一役，可否讓我知道箇中詳情？」

這是個嚴肅的問題。

曲抿描、曲暮霜忽然歛起了笑容，她們都尊敬那一戰，那一場戰役中浣花劍派的好漢。

那是個名動江湖的戰役。

那一戰雖發生在雲南，但已傳遍了武林。愈遠的地方，反而知道得愈多，且流傳得愈神祕。

「那一戰發生的時候，我們姊妹倆恰好在阿炳井。我們趕去滇池時已遲，只剩下屍體……」

「那一戰聽說起先是石林一帶，與權力幫首度接觸戰，浣花劍派雖有折損，但已殺了飛腿天魔顧環青和長刀天魔孫人屠，後又在怒山附近，手擒佛口天魔梁消暑，又擊傷暗殺天魔戚常戚，大獲全勝……不久後，終在大觀樓，有一場劍拔弩張的對峙……」

「浣花劍派之所以元氣大傷的一戰，是在點蒼山腳下……據說是權力幫的『蛇王』，先把點蒼一脈的正副掌門害死，以逸待勞，在石塔守候你兄長一行人前去……」

「這一役可動天地。據知戰鬥伊始，浣花的好漢沒有敗，而且『十年』的英雄好漢已包圍了『蛇王』……可是後來一人出現了，蕭易人以爲他是朱大天王的重將『烈火神君』，所以沒多加注意，讓他進入戰團，卻猝然被這人狙擊，毀了『十年』中數人……」

蕭秋水握緊拳頭，全身因憤怒而顫抖：「這人是誰!?」

曲抿描道：「祖金殿，便是『八大天王』中的『火王』，他冒充烈火神君，獲得你哥哥信任後，一擊功成，痛下殺手……十年一破，加上『火王』帶來的人內外包圍，一陣衝殺，浣花劍派於是大亂……」

「浣花劍派一開始就失了『彩衣』、『美墳』、『燕君』、『白雲』四個人……蕭易人鼓起餘勇再戰，但是兵敗如山倒，權力幫的人力撲浣花劍派：這一路來，盡是浣花劍派佔的上風，權力幫決意在點蒼山腳給浣花劍派致命一擊……」

「那一刻間到處都是伏擊浣花劍派的人，浣花的『十年』雖被殲滅部分，但壯志未死，眼看還可以拚，那『陣風』卻忽然殺了『樹林』，又擊殺了『海神』，原來他就是『千變神魔』柳千變的嫡傳弟子風冷甲，他殺得二人，『歸元』和『秋月』也合力斬殺了他，但『十年』組織已毀不成軍……」曲抿描聲音愈說，愈是悽楚激昂，彷彿那驚天動地，但又冤魂無算的戰役，就在眼前。

「若『十年』能全力拚搏，這一戰結果，殊難預料，但剩下的『穿心』，又爲

『藥王』毒殺……」

杜月山駭然道：「莫非冤也來了。」

曲暮霜無限惋惜地點頭，眼睛也佈著不安與悽惶，「『蛇王』、『火王』、『藥王』，三王都來了，這次權力幫，無疑用了全力……唐猛早已死在『蛇王』之毒牙下，『歸元』衝殺至離點蒼山一十七里後，終被戚常戚伏殺……『秋月』率兵逼上碧雞嶺，被左常生誘殺……『十年』無一生還……」說到這裡，曲暮霜也爲這天愁地慘的結局，而說不下去了。

蕭秋水卻似已睚眥盡裂。

曲抿描接著道：「這一役，連生死都是多餘的。浣花劍派的人至少殺了比他們人數多出三倍的人，但終於還是寡不敵眾，埋屍點蒼山。這一戰之慘烈，自不可喻，據說鬼泣神號，山上的走獸，都逃到平地來，不忍看此場搏殺……」

蕭秋水沉默了良久，盯住前面，雙拳崩緊，終於問道：「我哥哥呢？我朋友呢？」

曲抿描抿嘴道：「你哥哥下落不明，以他的武功，權力幫要殺他，還不太容易。至於你的朋友們，迄今還沒發現他們的屍首……」

蕭秋水剛要鬆一口氣，曲暮霜又接著說：「不過在峨邊的小鎮上，卻發現了馬竟終馬總管的屍首……」

蕭秋水沉痛地點點頭道：「我知道。」

那是「歡樂棧」之役——而他失去了一個尋獲唐方的機會，遺恨終生的地方。

曲抿描輕輕地歎了一聲，道：「這一戰浣花劍派雖全軍覆沒，但確已喚醒了武林同道的覺省，現在人人都知道，權力幫在這一搏裡露出了他的破綻，只要結合武林各宗各派，是絕對可以一拚的。」

曲暮霜咬咬下唇，輕聲道：「浣花劍派卻沒有白白犧牲。這浣花的精魂，有一天會滅了這天下第一大惡的幫派。」

曲劍池用他的四隻手指，撫摸椅座上的厚毯，長歎道：「可惜卻還是犧牲了一股敢作敢爲的白道正派！」

蕭秋水忽然站起來，用盡一切力氣喊道：「爲什麼劍廬被圍攻了一十七天，才有三三兩兩零星散樣的正義力量前去救拯!?爲什麼，爲什麼從桂林到點蒼山，間關萬里，沒有人加入浣花劍派的隊伍!?爲什麼?爲什麼那一場天愁地慘的點蒼之戰，少林、武當那些名門正派，都沒有一個挺身而出!爲什麼!?爲什麼!?難道要等到天下各宗各派都一一被殲滅，權力幫掌號天下後，這些武林人士，才肯省悟，才肯團結，是不是!?」

沒有人回答。

良久。

古深禪師忽然長歎一聲：「這就是老衲離開少林的原因。」

古深確在中年時已離開少林，有人說他目中無少林，覺得自己的「仙人指」，一指可抵七十二技，故不屑待在寺中，其實古深是無法遵從少林的許多不合理的規例。

杜月山低頭看著自己仍有鎖鏈痕印的手腕，一舉目，精光四射，「反正我這一條命，也算是你們幾個小友救的，需要用得著我的地方，表示我這老頭兒還有點用處。」杜月山恨得牙嘶嘶：

「屈寒山我是跟他對上了，他在權力幫，我便與權力幫沒個了！」

曲劍池仍然用四根手指去撫摸他的虎皮凳椅，那神情就像撫惜一隻小貓一般，「我少了五根手指，我不該再動刀動劍了。」他忽然笑了笑又道：

「誰叫我還剩五根手指！」

參　鬼

於是他們夤夜出發。

目標：劍廬。

目的：救人或殺人。

分析：有浣花子弟，則救；見權力幫眾，則殺之。

不是你死，就是我亡——這是武林的規矩。

也是江湖人的悲哀。

蕭秋水本來就不服膺那個「規則」。

他不是江湖人，甚至不承認是武林人。

他只是詩人，把詩寫在生活和情義裡的詩人。

但是當他忽然什麼都沒有時——沒有了兄弟，沒有了朋友，沒有了家人，沒有了子弟，這時候，他忽然蛻變。

他變得像個江湖人，冷靜、無奈，可是狠辣！

他變得像個武林人，好殺、嗜血，而且無情！

他強迫自己變的，唯有變，才能活。

而且才能報仇。

他能變嗎？

從初戰九龍奔江，到再入成都浣花，他的確已變了許多。

他身邊的人更變了許多。

「浣花溪水水西頭，主人爲卜林塘幽」。

浣花溪畔的杜甫草堂，彷彿還可以聞其吟哦：「終生歷艱險」，「餓走遍九州」，唐代大詩人杜甫，在安史之戰役，一再被俘，九死一生，歷盡艱險，終於入蜀，越天險劍門，而到了四川成都，浣花溪畔，得以舒散心懷，漫吟：

「橙林礙日吟風葉，籠竹和煙滴露梢」。

草堂秋色，如詩如畫。

蕭秋水、杜月山、曲劍池、古深禪師，還有曲墓霜、曲抿描一行六人，迅速穿過百花潭，黃昏時走過舊日蔭濤之吟詩樓，入暮時，來到了劍廬。

劍廬是蕭秋水的舊居，他年少喜遊，名山大川，飛騎遍走，但最難忘的，卻是他這一直未曾久留的咫尺之地。

那漂葉的溪畔，那柳蔭的水邊，那浣溪紗的小麗人，那嬉戲在河岸的孩子，那雞犬相聞於耳的風景人情……

然而浣花溪今天沒有人。

連動物也沒有。

物是人非。

難道權力幫走過的地方，真個雞犬不留？

蕭秋水曾經殺出這重圍，去請救兵。

他離開時矢誓要重返。

如今他回來了，卻要重新殺出一條血路，才能進去。

七月十四日。

就算是孤魂野鬼，也該回到了人間。

這個月色淒迷、夜色模糊的晚上，照著浣花溪的幽幽流水，蕭秋水又回到他出生的地方。

他們一行六人，輕功都高，踏地不留一點聲音，飛掠不驚一片落葉。

古深大師，原是少林高僧，少林寺高手雖重實戰，甚少練習輕功，但少林弟子的基礎，一向是最好的。古深幼時，已擔著鐵桶揹盛滿滿的水，來回少林石階，每日不下百回，已具備了一流的輕功底子，少年時在梅花樁、竹籮筐沿上快步飛行，在輕功下的苦功，只怕很少人能比得上。

杜月山的濛江劍法，本就要身法很好的人才能使用的。

曲劍池的劍法，走古意一路，但他是三十歲方才學劍，是少數半途出家學劍有成的例子；三十歲以前，他是自習「古墓派」的輕功高手。

蕭秋水的「浣花劍法」，也著重輕靈，而且如今他一身無窮內力，再得以輕功見長的梁斗和杜月山指點，只輕輕提一口氣，便急如流星，使得曲劍池大爲錯愕。

曲暮霜、抿描當然比不上他們四人，但這對姊妹除了跟她們父親學劍外，也跟當今天下三大輕功高手中排行第二的「百里寒亭、千里孤梅、萬里平原」中的千里孤梅學過輕功提縱術。所以她們的輕功，自然也絕無問題。

現下她們走得卻更快一些。

因爲她們不敢走在後面。

因爲她們感覺到有人向她們的後頸吹氣。

氣是陰寒的，她們後脖子已炸起一陣疙瘩。

而且她們還看見月亮。

三個月亮。

霧氣氤氳，月意朦朧。

暮霜、抿描就在此時看到了三個月亮。

一個在天上，一個在池裡。

還有一個呢？

曲暮霜發出一聲尖呼，曲抿描膽子較大一些，不過腳一旦軟了，輕功也施不出來。

這時已接近蕭家劍廬了，古深禪師等都提高了警覺，曲暮霜這一叫，四人立即停步，幾乎是在同時間的，到了曲家姊妹的身側。

古深禪師本來是往前直掠，陡然一止，然後似向前急馳一般，一下子就退到了後面：

曲家姊妹的身邊。

杜月山則是一個觔斗，向前飛掠時忽然翻身，也到了曲家姊妹的身側。

曲劍池卻忽然旋身。

他的劍法原本就是在旋轉中發出的。

「漱玉神劍」原本就是「潑玉劍法」和「披風劍法」、「瘋魔劍法」、「旋風劍法」的合併。

他像龍捲風一般，一捲就捲到了曲家姊妹的身側。

蕭秋水則更是突然。

他突然聽到曲暮霜的叫聲。

他突然就到了曲家姊妹的身側。

他這一身內力，令以內功深厚的古深，也爲之側目。

他們四人，正好分東、南、西、北四個方向，圍住了曲家姊妹，也保護了她們。

然後曲劍池吆問：「什麼事!?」

曲暮霜驚恐地道：「你看……月亮……」

曲抿描大著膽子說：「有三個月亮。」

真的有三個月亮。

蕭秋水卻笑了。

浣花溪這一帶，當然他最熟稔。

「因爲有兩個池塘。」

「晚塘在那邊，秋池是這裡，月亮隔著拱橋照下，通常會出現三個，甚至不止是三個的月亮。」

大家都覺得很好笑，然而又有些責怨。

膽大的人對膽小、怕鬼的人，通常是一面怨斥，其實一面也滿足了他的英雄感。

甚至還有意作些鬼聲鬼氣來唬人，讓膽小的更佩服他的膽大生毛。

所幸蕭秋水等都不是那種人。

曲家妹妹都很不好意思，曲抿描忸怩地正想要解釋些什麼，卻聽曲暮霜又一聲驚心動魄的尖叫。

四人都變了臉色。

只見曲暮霜臉色全白，雙瞳已變得驚駭無已，雙手抓住自己，語不成音：

「那池……池裡有……」

四人霍然轉身，目淒迷，露寒重，河塘似神祕的鬼域，哪有半個人影。

然而曲暮霜仍顫聲道：

「人……那河裡有鬼……」

蕭秋水凝視看去，河塘還是沒有任何東西。

曲抿描扶住她，很想爲她圓場，她眼光流盼，無奈地解釋道：

「我這姊姊，膽子素來都——」

接下來一聲驚叫。

叫聲是曲抿描發出的。

她的臉色全白了，比曲暮霜更煞白，白得全無血色。

只聽她尖聲顫音道：

「鬼……有鬼……」

四人回頭望去，曲抿描的聲音繼續傳來：

「真的是有鬼……水鬼……」

然後他們果真看到了水鬼。

不是鬼，而是人。

人自水中浮起。

這人臉孔埋在水裡，背上都沾滿了浮萍與水草。

月亮照在這人的背上，像照在爬滿蔓藤的牆上一樣。

曲抿描又忍不住要驚呼。

她的膽子其實也不比她怕羞的姊姊大。

就在這時，兩道人影一閃。

水中的人，濕淋淋地被架起，放到岸上。

杜月山、曲劍池衣衫點滴未濕。

人是死人。

這死人死得很難看，眼睛全翻白，全身腫脹，舌頭凸出來：足有四寸餘長。

古深忍不住呼了一聲。

曲劍池猛抬頭，目光如劍鋒，出了鞘的劍鋒。

「大師認得他？」

古深用手撥去死人頭頂的水草，原來這死人是沒有頭髮的。古深大師露出深思的神情。

「我認得他。他是和尚。」

古深的神情有一種說不出的詭異：

「他不但是個和尚，而且是南少林的和尚。」古深禪師有一種難以置信的神情再接道：

「福建少林雖不如嵩山少林那麼博大恢宏，但也是江南武林泰斗。南宗掌門人和尚大師，據悉武功已不在北宗掌門人之下，南宗一般的規條與結構，都依據北少林爲宗。」

北少林原本就是達摩南來東渡所立，源遠流長，南少林本就是北宗分支，直至清中葉以後，南少林方才因反清復明志士聚集，而聲名大崛，但也成了是非之地。古深沉吟又道：

「南少林除了和尚大師之外，還有兩位長老，武功都很了得；至於在外聯絡與知事，卻由兩位少林高僧來主理，一位叫做狗尾，一位叫做續貂。」

少林僧人雖人在方外，不問世俗，他們也是人。他們也需要錢，來擴建寺院，也需要把耕種的蔬果售出，以養活寺中數百僧人。

狗尾、續貂兩位大師，名字雖很好玩，但武林人一聽，尤其是黑道上的人一聞，可以說聞名色變。

這兩個和尚無疑等於是少林派出來在武林中主持正義的兩個人。

有一次廣東淨慧寺（後稱「六榕寺」）被「山東響馬」所佔據，寺內的和尚死的死，逃的逃，福建少林即刻派出了他們兩人，然後「山東響馬」都一聲也再不能響了。

「山東響馬」不是一個人，而是一個三十六人的組織，他們佔據淨慧寺，是爲了要在那兒爲根據地，做一番大買賣。

他們以爲「借用」一下就走了，誰知道狗尾、續貂兩位大師在他們未走之前，已到了淨慧。

出家人慈悲爲懷，這句話對狗尾、續貂大師兩人的出手來說，簡直就像沒聽說過。

三十六個人，一個活口也沒有。

後來江湖上才傳說，這狗尾、續貂兩位大師，本來就在少室山下少林寺中當護法的。

能當護法的必定都是少林戒律院、達摩堂中訓練出來的人物，能夠在這兩個極端嚴格的地方出來的人，肯定是少林一脈的精華。只是這兩位「大師」殺人太多，連少林方丈也只好搭間小廟讓他們就在山下住著，不讓他倆上山來。

然而現在古深禪師就說：「這個死人，就是福建少林寺的續貂大師。」

蕭秋水不由自主地站了起來，那三個月亮，似是黑夜精靈的眼，無限詭祕可怖。

就在這時，他又看見一雙眼睛。

一雙驚駭、恨絕，恐懼、死亡的眼睛。

一個活人，不可能有這樣的一雙不是人的眼睛。

霧意迷漫，一個人蹌蹌踉踉，自拱橋上走下來。

他扼住自己的咽喉，幾次差點沒翻到河裡去。

忽然水面起了漣漪，原來是曲暮霜和曲抿描，似燕子一般抄水過去。

她們既知是人，而且是少林派的人，就不怕了。

有些人是只怕鬼而不怕人。

她們怕的似乎只是未知的東西，而不是已知的東西。

可惜她們不知道人才是最難知的。

她們抄過去，扶住他的時候，立刻發覺他也是一個和尚。

她們返頭望去，只見古深禪師眼裡充滿了悲傷，點點頭道：

「他是狗尾。」

狗尾大師已斷氣，咽喉仍格格作聲。

曲家姊妹扶住他的時候，他雙眼往上翻，全是死魚一般的眼白。

難道他是用自己的雙手，扼窒了自己？

曲劍池閃電般掠了過去，扳開了他的手。

曲劍池只有四隻手指，但曲家姊妹二十隻手指扳不開的一雙青筋畢露的手，給他一沾就開。

十道手指的紅印，深深嵌在狗尾大師的脖子上。

他真的是扼殺了自己？

曲劍池也不禁覺得腳底下有一股寒意，直升上來，他大聲喝問：

「是誰殺你的？」

狗尾大師已斷氣，人卻還沒有全死，他「滋滋格格」的喉嚨，在這月夜裡聽來像被切斷了脖子猶未死的雄雞，令人牙都酸了。

狗尾只講了一個字。

他講完了這個字之後，就倒下去，死了。

他一生裡最後的一個字是：

「鬼。」

第二章

在浣花溪畔的故事

壹　鬼氣森森

一個有道的高僧，居然在他死前的最後一句話，說了一個「鬼」字。

曲家姊妹等頓時覺得這個詭祕的月色裡，有說不出的寒意，連橋下流著的，也不知是流水、還是血水？

曲劍池皺著眉心，端詳狗尾大師，曲家妹妹真不知道她們敬愛的父親為什麼要看死人？死人到底有什麼好看？

曲劍池抬頭，眼睛又發出鋒利的劍芒。

「狗尾不是給自己扼死的。」

往後的話更令曲家姊妹幾乎站立不住。

「他是被咬死的。」

曲劍池用他唯一的拇指指著狗尾大師的咽喉，那裡果然有兩只淡淡的痕印。牙印。

古深禪師點點頭道：「他死的時候，血已被吸乾。」

什麼東西會吸血？

莫非是……

想到這裡，曲暮霜呻吟一聲，幾乎要暈倒，向曲抿描挨靠了過去，身子抖動像大寒夜裡街頭沒有棉被蓋的乞丐。

她沒有真正的昏過去。

回爲她怕這一暈要跟她妹妹一起摔到河裡去。

——那個不知流著是水還是血的河裡去。

她想著的時候，不禁又望了望流水。

人就是這樣，愈是懼怕的東西，愈是好奇，想要看看它，看看它究竟是什麼東西？

喜歡去鬼屋、愛聽鬼故事的人，莫非也是這種心態？

然後曲暮霜就尖叫起來。

這一聲尖叫，比任何一次都令人駭悚。

——因爲河裡流的確不是水、而是血。

血水！

月芒映在河上，像亙古以來的毒牙一般，陰深而狠毒，河水像躺在月光上。

河的顏色似棕色，如果在大白天裡，當然是紅的，而今跟月光一照，迷霧一罩，似是赭青色。

一個令人作嘔的顏色。

河裡是血。

不但有血，而且有死人。

死人就一具一具，從上游飄來。

曲家姊妹快要暈過去了。

兩個小家碧玉、水珮風裳的女子，哪見過這種陣仗？

曲劍池皺起了眉頭，無論誰都看得出來，她們兩人不適合在這時候來這地方。

她們在未作戰前，膽氣已被摧毀。

沒有膽色的決戰，豈非必敗無疑？

曲劍池本就不讓她們來的：但他的這兩個掌上明珠，執意要到一個地方時，任是誰，也阻攔不住的。

所以他只好讓她們來了。

無論誰都知道——而今讓她們兩人先行回去，要比帶著她們往裡邊闖，更危險得多了。

所以誰也不會叫她們先走。

飄來的確是屍首。

水是從上向下流的。

上流就在前面。

前面就是劍廬。

劍廬，去，還是不去？

聽雨樓，現今住的是人，還是鬼？

古深大師在算死人。

「一、二、三、四……」

他算到第「十二」時，便停住了，又隔了好一會，才又有一具屍首飄來。

他就數到「十三」。

蕭秋水不禁問道：「這些人是誰？」

古深苦笑道：「知道了恐怕就不能再往前闖了。」

蕭秋水還是要問：「爲什麼？」

古深禪師說：「因爲沒有了勇氣。」

沒有勇氣，就等於失去了信心。

沒有信心的人，活著也幾乎等於死人。

蕭秋水想了想，說：「我還是想知道。」他頓了頓，接道：

「勇氣不是無知的匹夫之勇，而是明知不可爲而爲，千萬人吾往矣的精神。」

古深點點頭，蕭秋水的話，他當然聽得懂。

二十年前他離開少林，無疑也稟著這股「雖千萬人吾往矣」的「勇氣」。

敢作敢爲的年輕人，古深本就喜歡。

古深沒說別的話，他只是把名字一個一個地唸下去：「武當笑笑真人、崑崙派『血雁』申由子、掌門『金臂穿山』童七、莫干山『九馬神將』寅霞生、長老『雷公』熊熊、『雹母』冒貿、靈台山掌門天斗姥姥、第一高手鄭蕩天、寶華山掌門『萬佛手』北見天、副掌門『千佛足』台九公、陽羨銅官山『可禪隱人』柴鵬、馬蹟山七十二峰總舵主石翻蟬、雁蕩山宗主駕尋幽……」

古深禪師一口氣說到這裡，望定蕭秋水，道：「十六大派中，嵩山既倒，恒山已反，點蒼被滅，這兒死的高手，等於是把崑崙、莫干、靈台、寶華、陽羨、馬蹟、雁蕩七大門派的主力全消滅了，剩下的只有普陀、華山、天台、泰山四大門派，以及武當、少林二脈，你想想……」古深禪師一字一句道：

「要是我們今日不及時制住權力幫，他日武林，將會變成怎麼一個樣子？」

他們沉默，沒有說話。

曲劍池歎道：「十六大門派，早就應該團結起來，消滅權力幫的了。」

古深冷笑，他的笑聲不似一個有道高僧，而是像一個快意恩仇的劍客。

「人人自保，何以家為？我勸過少林，方丈認為世俗事，管不得，便是各門各派都有這樣的想法，今天……」他用手向溪水一指，悻然道：

「便落得此等下場。」

杜月山忽道：「普陀九九上人、華山神叟饒瘦極、天台端木有、泰山木歸真，我都認得，我勸他們去。」

古深禪師道：「他們一定被人說動了，所以才一起來此地……」

杜月山尖誚地道：「一起死……」

曲劍池道：「能夠把他們一十三名鎮壓江湖的高手全數殺死於此地的勢力，單止權力幫，能辦得到麼？」

古深禪師沉吟道：「從前有一個人，可能辦得到，那就是燕狂徒。而今李沉舟加上趙師容、柳隨風，以及『八大天王』，也準可辦到無疑……」

杜月山點點頭道：「權力幫只需把各宗各派的頭頭殺掉，餘下來的，就是招攬和包容……」

古深禪師道：「這樣打擊面會縮小，血拚的場面也減低，而權力幫的霸業，會更少阻撓……」

蕭秋水說：「好狠的權力幫。」

曲劍池忽道：「只不過，是什麼能把七大派的高手都齊集於此，一舉殲滅？其他少林、武當、泰山、天台、華山、普陀山六派，又在哪裡？」

大家都爲這問題沉思時，忽聽曲暮霜細細聲地問道：「這些人……是不是都是人殺的？……」

曲抿描也鼓著勇氣問：「……會不會……會不會是……鬼殺的……？」

這種問題，誰能答得出？

這時忽然有火光。

火光似有點火球，在半空、迷霧中懸動著、遊走著。

隔著霧中的河水望過去，遠處有條白衣長袍的影子，但沒有人。寬袍底下像刺破了皮囊，像空氣都沒有，是空的。

沒有穿上的衣服，又怎會自己跑？

遠處有一種聲音，像一隻飽饜的禽獸，在磨著利齒，聽來卻令人牙酸。

那對陰陰的篝火，巡迴、閃動，終於碰上了橋墩，憑著幽異的綠芒，照出了橋頭上三個字：

「奈何橋」。

橋邊一個指標，指向霧中，那兒原來是劍廬的所在，現在寫上血淋淋三個大字，看似用人血蘸來寫的：「酆都城」。

蕭秋水卻笑了。「那兒是我的家。」他緩緩向橋上走去，「誰要在我家扮鬼嚇我——」蕭秋水從容笑道：

「那只有嚇著他自己。」

他拾級而上。曲抿描抿著嘴，悄悄向她姊姊說：

「這人的膽子是不是鐵做的？」

曲暮霜的眼睛卻亮了：

「十年前我們認得他的時候，他的氣概也是鐵鑄的。」

而今這個鐵打一般的人已上了橋。

到處都有奇怪的哨聲。

這種陰異的尖嘯聲，忽左、忽右、忽前、忽後，正是小時候老人家告訴你鬼故事中，小孩子聽到這種叫聲不能往回望的那一類。

鬼火也忽東忽西。

蕭秋水的眼珠也跟著火光轉。

火光在上，他就看上：火光在下，他就望下。

杜月山的臉色本也似有些變了，現在忽然笑道：「權力幫中有一個高手，據說是從江西、陝西一帶言家僵屍拳中闖出來的人，他卻不姓言，姓陰……」

曲劍池眼睛盯著那兩團陰火接道：「這人就是權力幫『八大天王』中的『鬼王』陰公……」

杜月山舒然說：「他殺人的法子很多，其中一種，就是用他一雙毒蛇般的牙齒，去咬破別人的血管，然後卑鄙如蚊子一樣，去吸別人的血。」

杜月山一說完，兩道陰火，閃電般急打杜月山！

杜月山突然出劍。

劍身一片空濛，如灑過一場雨。

兩團火球，被削開兩爿。

但火球又神奇般地炸開來。

炸成千百道沾火的碎片。

杜月山的雙掌雙袖，不斷飛撥。

火的碎片都被撥了出去，其中有幾片，落到死人的身上，死人立即全身燃燒起來；其中幾塊落到水上，整條溪水竟都燃燒起來。

火光中，杜月山已驚出一身冷汗。

蕭秋水卻認得這種縱火的手法，他失聲叫道：「是火王，不是鬼王！」

忽聽一個陰惻惻的聲音道：

「誰說的？」

那聲音是在蕭秋水後面說的，嘴裡的氣幾乎已吹到蕭秋水的後頸上。

蕭秋水霍然回身，回頭卻沒有人，身後卻來了一道風。

一道如同地獄吹來陰寒的風。

就在這時，忽然橫來了一道指風。

指風如同陽光遍照，溫煦和暖。

指風剋住了陰風。

來的人是古深。

古深另一隻手，向蕭秋水肩上一搭，疾道：「回去！」

——鬼王陰公既來了，蕭秋水絕非其敵。

古深禪師返手一帶，蕭秋水卻未被帶動。

這點連古深都覺得很訝異：

——但來不及訝異，蕭秋水已返身出掌。

蕭秋水出掌的剎那，只覺陰影一閃，他的掌就向那陰影拍去。

那陰影接過他那一掌，忽然飄過了對岸。

然後橋墩中斷，轟然一聲，全都落到水裡去了。

蕭秋水和古深禪師也雙雙飄回了岸邊。

這時他們就聽到咳嗽聲，一聲，又一聲，很輕，不過咳的人，好像是一面咳，一面還吐著東西，良久，那人陰聲細氣，還挾著一點點喘息道：

「好掌力。好內功。」

曲劍池大步踏前，剛才他一直還沒有出手，此刻他瞇起來的眼睛似已完全出鞘的劍鋒：「『鬼王』陰公？」

大火燒亮了一條江。

在熊熊的火光中，確有一陰灰灰的「東西」，拿著一張白手巾，在揩抹他的嘴。與其說那是「嘴」，不如說是一張鮮紅紅的東西，就像潰爛的傷口那兒溢出來一般的東西，但那手巾卻十分雪白。

那「人」吐出來的東西卻似熬燉過後的青草茱，不過味道惡臭。

古深禪師向蕭秋水低聲道：「你內功好，交手時，不必靠近，以掌力摧之。」

蕭秋水還來不及點頭，只見火光之中，赤熾熾的燒出了一個人。

一個光頭的發亮的人。

蕭秋水認識他。

這人絕不是什麼少林和尚，而是權力幫中，「八大天王」裡的「火王」祖金殿。

蕭秋水他們都沒有問。他們都知道「火王」既然先問，便一定會說下去。

祖金殿冷笑道：「你知道這些人都是怎樣死的？——」

祖金殿果然說了下去。「崑崙、莫干、靈台、寶華、陽羨、馬蹟、雁蕩七派精英，今日之所以會聚集這裡，只爲一件事。」

「鬼王」陰公吃吃笑道，「倒絕不是爲了救浣花劍派，岳太夫人不在劍廬，岳太夫人也沒有落在我們的手裡。」

祖金殿也嘿嘿笑道：「他們也並非爲救岳太夫人，只是在她手上，有一幅令牌，就是『天下英雄令』。」

「火王」祖金殿又嘿嘿乾笑兩聲，接道：「所以他們都趕來，要把這面令牌『搶救』回去……」

蕭秋水眼睛亮了。他明白了。

岳太夫人就是岳飛的母親。

岳飛的赫赫功業，天下皆知。

天下英雄，因受感於岳飛，故十六大門派，以及三十二奇幫雜派，都歃血矢誓，奉「天下英雄」令牌於岳飛，願隨時聽其調動、驅使。由於他們對岳將軍感念至深，對金兵入侵魚肉百姓又極為痛恨，所以誓言也至毒至絕，以致這樣的誓言一旦許下，就算一門覆滅、血濺五步也不足惜，絕不言悔。

岳飛奇功蓋世，由始至終，沒有動用「天下英雄令」，他是至孝的人，故把這面令牌，交予他母親，以防萬一時，他娘親可用令牌來得到庇護。

岳太夫人秉性剛烈，也沒有使用這使天下好漢稱臣的令牌，她只潛身於蕭家；據她近身護衛張臨意的判斷，以浣花劍派的潛力與實力，反而在一般門派之上。

可是因為辛虎丘的通風報訊，權力幫知曉了岳老夫人身在劍廬，所以出動那麼強的主力攻浣花，最主要的目的便是奪得令牌，以及擒住岳太夫人，牽制岳飛。

這一小小的令牌，在曾於神前歃血宣誓，生死相護的天下英豪來說，卻是件強取硬奪也要爭回的要命事物。

可是現在令牌呢？

岳太夫人呢？

陣前緊急，岳大將軍奮勇殺敵——怎能讓岳太夫人生死不知？

想到這裡，蕭秋水心如同那焚燒的江水，沸騰不已！

「鬼王」陰公咕咕笑道：「所以嘛，這些所謂武林高手，一個一個，全死了……」

古深禪師冷笑道：「不過你們也沒有得到『天下英雄令』。」

「鬼王」陰公道：「哦？」

古深禪師道：「若『天下英雄令』已到手，這些英雄豪傑，便爲你們所用，不必盡數殺戮……」

蕭秋水的眼睛也亮了：「你們既未獲『天下英雄令』，就等於說劍廬還有人活著……」

——岳太夫人活著，蕭家的人便也有可能活著。

——可是究竟是誰把岳太夫人手中有「天下英雄令」並避住於浣花劍派消息通知各門各派的呢？

——必定有一個可以讓各門各派皆爲取信的人，透露岳太夫人在劍廬，方能致使各路高手趕來搶救。

——權力幫就算奪不到「天下英雄令」，也可在此處，守株待兔，殲滅來援的豪傑。

——所以攻打浣花劍派只是一個幌子，權力幫之所以花十七天沒有攻下劍廬，也只是一個幌子，連讓蕭秋水等逃出去，好召集天下英雄趕赴，也可能只是這幌子中的虛招。

然後權力幫便在各路英雄趕援浣花劍派時，加緊滅了浣花的兵力，再張開一面大網，把趕來的人一網打盡。

——蕭秋水到桂林分局，本來就要通知浣花被圍、岳太夫人受困的事，可是蕭秋水並沒有去成。

他陰差陽錯，被屈寒山打下山崖，反而遇見梁斗，到了丹霞，轉了一個大圈子，再回到成都來。

——那麼是誰通知桂林分局的呢？

當然是在灘江前險死還生的唐方那一干弟兄俠士們。

——那又是誰通知各門各派來援浣花的呢？

「鬼王」陰公的話，等於替蕭秋水解決了這心裡的疑問：

「你二哥蕭開雁，替我們找齊了十四大門派的人，孟相逢、鄧玉平等，又替我們找來了少林、武當，加上你們這一班人，倒省得我們一座又一座山頭，一處又一處幫派，分頭去打……」

蕭秋水目瞳收縮，道：「我二哥呢!?」

「鬼王」陰笑道：「你問他麼？」他用手指了指，正是「酆都城」三個字。

蕭秋水怒意頓生，叱道：「我大哥呢!?」

「鬼王」暴笑如夜梟。

蕭秋水雙拳緊握，正要走過去。

古深禪師低聲地道：「單憑『鬼王』和『火王』，還殺不了九派十五大高手，千萬不要意氣用事，他們必定有更大的實力隱伏。」

曲劍池也疾道：「還有四派高手不在此地，嵩山少林和武當實力未至，我們要留得青山在……」

就在這時，他的臉色忽然奇異地歪曲了。

這種歪曲，連他自己也不曉得。

曲劍池站在曲家姊妹的身後，爲的是替這兩個涉世未深女孩子斷後。

蕭秋水、古深大師站在橋墩處，杜月山心急，也緊貼他們身後。

霧很濃，彷彿還有一種淡淡的死氣。

蕭秋水等所站之處較高，從上面看下來，曲劍池的臉色在霧色中變得無限的幽詭、可怕！

更可怖的是曲劍池本身似不知道。

當他知道時，喉管裡已發不出聲音了。

他倒了下去。

古深喝道：「毒霧！過河！」

他僧袍翻飛，雙掌飛旋，當先提氣，飛躍浣花溪！

蕭秋水閃電般抄起曲暮霜、杜月山迅速抓起曲抿描，也飛渡河水。

古深禪師是要開路，他知道「火王」與「鬼王」必然不會放過這攻擊的好機會。

「火王」和「鬼王」果然不放過。

這場戰役快、而短促，當杜月山和蕭秋水救得曲家姊妹到岸時，古深大師的生命，已離開了他的軀殼。

古深大師幼年在少林學藝，成年之後，自創「仙人指」，他背出少林的時候，達摩堂、戒律院、木人巷、卅六房的僧人，都攔他不住，內功修爲，已是一絕。

他飛過對岸時，特別注意的是「鬼王」。

他跟「鬼王」對過一掌，「鬼王」陰柔澈骨的「寒冰掌」恰好就是他「仙人指」的剋星。

但他的「仙人指」也正好可以罩得住「寒冰掌」。

所謂「道長一尺，魔高一丈」，就在於誰高誰低的問題。

他決定先硬拚「鬼王」一雙掌力，再硬闖「火王」的火攻，等到杜月山和蕭秋水一到，局面至少可以穩下來。

至於這邊的霧佈滿劇毒，是稍留不得的。

他飛過來時，果然與「鬼王」對了一掌。

這一掌不分勝負。

但他人在半空，無處著力，便吃了虧。

「火王」的火，卻不是向他打來。

那火團捲向杜月山，古深大師卻藉「鬼王」的掌力，撲了過去，雙袖一捲，把火團一送，捲飛到對岸去。

然後他再提一口氣，身形忽然一擺，像魚在游流中一擺尾，又游到另一個方向一般，連他自己都對這一招輕身功夫很滿意。

就在這時，忽然劍光一閃。

他沒有料到此時有劍，而且是如此快劍！

如此厲劍！

蕭秋水等腳尖沾地，即回頭看：

這時古深大師已變成了兩爿——

被一劍劈開的兩爿，仍帶著血、腸、臟……飛落到彼岸來。

然後古深就倒了下去。

分兩爿倒在岸邊。

兩瓣身子、兩隻瞪得老大的眼珠。

古深死不瞑目。

屈寒山！

又是「劍王」！

而這持劍的人真使蕭秋水睚眥欲裂：

這是何等的一把魔劍。

又見劍王。

古深還未及發出他的「仙人指」，便死在浣花的溪邊。

這浣花的流水，今日所流的卻是血。

蕭秋水再也不能忍受下去——他忽然了解這些武林高手是怎麼死的了：這八大天王在這兒，暗殺、狙殺、毒殺，配合無間，就算這些幫派的宗主，武功比古深禪師還高，也沒有用，一樣會遭了這些人的毒手、暗算。

這時他看到對岸的土地上，冒出了個人頭。

笑嘻嘻的人頭。

「藥王」莫非冤。

貳　斷了的手和平凡的刀

莫非冤「呼嚕」一聲跳上來問：「我的『煙雨濛濛』怎樣？」

杜月山瞪眼怒道：「你還有什麼花樣，快使出來！」

莫非冤笑道：「那就看你要哪一件了。我還有『春寒料峭』、『秋色連波』、『夏日炎炎』、『雪花片片』等等，就看你要哪一樣了！」

杜月山又想衝過去，但他忽然看到一件事物，就強把衝動忍住，道：「你們仗人多、施暗算，算什麼英雄好漢!?」

莫非冤淡淡笑道：「想當年，你們所謂白道中人，十六大派，與我們權力幫聯合圍攻燕狂徒，卻不說以多欺寡嗎？」他笑笑又道：

「何況敵我相抗，生死相搏，能贏就好，還計較什麼江湖規矩。」

祖金殿亮著禿頭笑道：「若說人多，你們來了六個人，我們四個，究竟是誰多誰少？」

陰公冷笑：「所以你們今日死在此地，認命就是了。」

杜月山只覺手心冒汗，今日的場面，確已無生機。

莫非冤陰陰一笑道：「你們既不過來，我可要過去了。」

這句話聽似恐嚇杜月山等人的，其實卻是說予「鬼王」、「劍王」、「火王」等聽的：他過來，其他三王替他護法，然後一併解決這幾個人再說。

祖金殿等當然知道。

仍然活著的四個敵手，除杜月山外，其他都是可以輕易解決的。

所以他們的主要目標就是杜月山。

他們三人一起衝過去，可以堅信分開來時杜月山就是個死人。

就憑那三個「小夥子」是抵擋不了莫非冤的。

杜月山的「濛江劍法」，與屈寒山齊名，但武功尙遜屈寒山一籌，加上火王與鬼王，杜月山的確抵擋不住。

可是他們錯了。

還有蕭秋水。

蕭秋水猛然發出兩道掌力。

一道打劍王，一道打火王。

劍王一劍劈向掌風，卻一個觔斗，被震飛落於對岸。

火王身上焰芒爲之一滅，氣息也爲之一窒，「呼」地一聲，斜飛八尺，驚駭無已。

他們做夢都想不到這「小夥子」的掌力會那麼高。

蕭秋水逼退劍王與火王，鬼王就一時攻不下杜月山。

就在這時，莫非冤如一縷煙，掠了過來。

突然之間，忽來了一道劍風。

劍勢快得可怕，快得不可思議，而且是從後攻來的！

莫非冤心中一凜，長天拔起，劍鋒也沖天追去！

莫非冤半空翻身，赫然看見曲劍池！

曲劍池的劍已逼近他的咽喉，只見劍尖一線，劍身奇闊，莫非冤身經百戰，應變奇速，居然在此時此刻，猛吸氣，一縮身，往後疾退！

只要他退掠到對岸，他相信火王等必能替他解這個危！

但他忽然發現他胸前「突突」二聲，凸出了兩枚帶血的劍尖。

他頓在半空，片刻才想得出自己的背心已被劍尖穿過，就在這時，曲劍池的劍尖也到了他的咽喉，「噗」地刺入，「嗤」地對穿出來！

然後三人一齊收劍，莫非冤帶著至死不信的神情，「嘩」地直挺挺跌落河中。

浣花溪中，又多了一挺死屍。

只不過，這屍首的魂魄決不會受已逝的浣花同道的歡迎。

抽劍的人，曲劍池飄然落身對岸。

這邊出劍的，也飛身退落在此岸，赫然竟是曲暮霜與曲抿描。

三人對岸而立，手上劍氣一片蒼寒。

他們手中劍、劍尖的一截，卻染有血。

「藥王」莫非冤的血。

劍王、鬼王、火王都住了手。

他們看著水中藥王的屍體，似有些失望，有些憤怒，又有些悲傷。

他們本是在一起的人，爲一個團體、一個理想而獻身，忽然少了一人，他們心裡一定有很多感受。

不過他們都沒有說出來，只是靜靜地看著。

然後屈寒山慢慢地抬頭，望向對岸持劍的曲劍池，兩人目光相遇，就像劍鋒交擊，濺起一串星花：

「好劍。」

對岸的人道：「劍好。」

屈寒山道：「漱玉神劍？」

對岸的人道：「漱玉神劍。」

屈寒山道：「你不是曲劍池？」

對岸的人道，「我不是。」

曲劍池居然不是曲劍池，那麼誰才是曲劍池？

那人笑笑道：「曲劍池不在這裡。」

屈寒山目光如電，迅疾一巡，道：「那就是了。」

那人笑道：「是什麼？」

屈寒山道：「昔日與『陰陽神劍』張臨意、『掌上名劍』蕭東廣併稱『神州三劍』的，還有一人。」

屈寒山一字一句地道：

「你就是『四指快劍』齊公子！」

那人笑而反問：「你說呢？」

屈寒山瞳孔收縮，道：「除了『四指神劍』，又有誰能用四隻手指，使出如此快劍！」

那人拊掌歎道：「劍王果然好眼光。」

那人又歎道：「可惜我已不是昔日年輕時，咤吒武林的齊公子了。」

屈寒山目光閃動：「齊因明當年一把快劍，與南海劍派老掌門高老宋決戰於柳州，那一戰據說是天下快劍的經典鉅戰，可惜在下並未親睹拜賞。」

齊公子糾正道：「不是快劍，而是劍。」

屈寒山笑道：「是劍。齊公子當年風流倜儻，名滿天下，可惜在下出道已晚，未能向前輩討教，今天……」

齊公子道：「你逮著機會了，是不是？」

屈寒山道：「正是要向前輩討教。」忽又問道：「只是……曲劍池的『漱玉神劍』又怎會落到前輩手上？曲劍池的『化魚劍法』，也可以說是江南一絕，怎會煙消聲匿？」

這時曲抿描忽然大聲道：「你要見識『化魚劍法』，我們妹妹都會，不一定要勞我爹出手！」

害羞的曲暮霜也脹紅了臉，大聲道：「我們一樣可以代他出手教訓你！」

蕭秋水現在才明白「曲劍池」倒下時，曲家妹妹既無驚呼，也並不震訝。

屈寒山接著下來說的話，更增加他的恍悟。

「如果藥王知道你是四指快劍，也不會對你施放毒霧了，齊因明齊公子在三十年前，就被譽為「毒不倒」，這又有誰不知，可惜，可惜他把你當作是曲劍池——」屈寒山又道：

「其實我們也真該小心一點——這兩位姑娘離你如此之近，尚未中毒，你又怎會被毒倒？莫非冤的開來：唉，」屈寒山歎息又道：

「藥王用毒，應最知毒性，這次居然失手，那也真的，真的沒話好說了。」

一個人對他最熟悉，專長的東西尚不能把握，那真是罪不可恕了。

正如一位大詩人，寫出濫散文，別人還可以饒恕，如果寫出沒有水準的詩作，則不可原諒了。

也如劍俠的劍，鐵匠的鎚，雕匠的刻刀……一劍刺出方向偏差，只有死；鐵鎚力道打歪，所煉造的器具必定壞損；雕匠的刀，一鑿刻錯，便不成其爲藝術……

藥王用毒，也是這樣。

也許他太驕恣，故此高估了自己無往不利的毒性。

所以他只有死。

屈寒山忽然冷笑道：「我還有一點不明白。」

齊公子道：「你說。」

屈寒山冷笑道：「我只不知道，傲劍狂龍的曲劍池，今天竟變成了縮頭烏龜！」

他的話一說完，便看到兩道劍光。

一道金，一道紫。

屈寒山見過這兩道劍光。

莫非冤便是死在這兩道劍光下。

屈寒山的真正目的，也是想激曲家姊妹出手。

先殺曲暮霜、曲抿描，才能專心對付齊公子。

真正的大敵，是齊因明。

屈寒山外號「劍王」，他想要與「怒鞭電劍、四指奪魂」的齊公子決一死戰已久。

一個劍手，就如一名弈手，要在不斷的對弈中，或比劍中，才能證實自己的成就。

可是當他已擊敗了所有的敵手，沒有了對手了呢？

那寂寞、孤獨是不堪言喻的。

所幸這種人在世界上並不太多，最多也只有一兩個。

少林方丈是不是？武當掌教是不是？

現在的李沉舟李幫主是不是？

從前的權力幫幫主燕狂徒，又是還是不是？

不管是不是，曲暮霜和曲抿描，都絕對不是劍王的對手。

她們兩人，既有千里孤梅所傳的輕功，也有曲劍池所傳的劍法，更有齊公子所教的迅疾劍法，但要比起屈寒山，還差那麼老大的一截。

兩柄劍，一長一短。

曲暮霜使的是短劍，金色。

曲抿描用的是長劍，紫色。

一長一短，兩人飛起，旋光掠起，煞是好看，宛若鳳雙飛。

她們這一招，正是叫「鳳雙飛」。

她們這一招，配合使用，所發出的聲勢，絕不在「七大名劍」任一人之下。

但是一道劍光掠起。

這道劍光如一道霹靂，半途分半成二截，如電擊裂縫一般，分襲兩人。

這兩劍斬向曲家姊妹的劍。

這等於是斬斷這一隻鳳的雙翅。

這時另一道劍光，已越河飛來。

齊公子以馭劍之術掠來，但勢已無及！

更麻煩的是他前面有一團火。

死火。

他馭劍之術再厲害，也穿不過火王的「死火」。

他只好一個翻身，躍出三丈之外。

就在這時，只聽兩聲「嚶嚀」，曲暮霜和曲抿描已掛了彩，神色蒼白，撫肩而退。

她們之所以不死只有一個原因，杜月山已接住屈寒山打了起來。

劍氣縱橫。

屈寒山是李沉舟的愛將。

他和杜月山名列「廣西三山」，廣西「威震陽朔」和廣東「氣吞丹霞」齊名。但他曾殺了顧君山，傷過梁斗，也囚禁過杜月山。

杜月山恨之入骨。

「濛江劍法」一片迷濛，忽然一清，變作一劍。

這才是奪命的一劍。

通常待敵手知道是那一劍時，杜月山的劍已刺破他的喉嚨。

而今杜月山的劍也刺破了——

屈寒山的袖子。

屈寒山忽抬左手，把袖子一遮，就在杜月山的劍尖，刺中了袖子時，他的右手忽然多了五柄劍。就在杜月山的劍尖對穿了他的袖子時，他的五柄劍都發了出去。就在杜月山的劍尖點破他的臉頰，他的五柄劍，已有三柄刺入杜月山的肚子裡去。

還是有兩把刺不到，但杜月山已似一條給抽出了脊骨的蛇，忽然軟倒了下去。

屈寒山揚袖一甩，把杜月山的劍掟了出去。

杜月山萎倒，五官都擠成一團，像一隻風乾了的柿子。

屈寒山抹去頭上的汗，臉上的血，凝視了他袖上的劍孔一會兒，好不容易才說得出。

「殺你真不容易。」

這時候，火王吃住齊公子，齊公子過不來。

鬼王也正罩住蕭秋水。蕭秋水的掌力內功，遠在陰公之上，但論身法、武技、蕭秋水一直無法沾上陰公的邊。陰公也一直設法化解蕭秋水的功力，想耗盡蕭秋水的功力。

他滿心以爲蕭秋水血氣方剛，極剛易折，只要邀鬥，必定能耗盡其鋒，再搏殺之。

可是他愈鬥下去才知道，蕭秋水的功力竟是耗之不盡，而且愈戰愈盛的！

幸虧他鬼影似的身法，鬼魅似的出手，蕭秋水仍是應付不來。

這八大天王，伏在浣花，殺了不少武林高手，卻耗在這裡，鬼王心裡不忿，便發了一種極其尖銳、又詭異的怪哨聲。

然後遠遠又有一種更令人毛骨悚然的哨聲回應。

齊公子臉色變了，權力幫顯然還有伏兵在這裡。

他原本想詐死伏在這裡，然後先行做掉防不勝防、歹毒絕倫的藥王，甚至不惜犧牲古深禪師，以贏得勝利，一旦得手，再全力合擊鬼王與火王。卻不料殺出個劍王，損失了摯友古深禪師。而今杜月山又戰死，眼看權力幫的援兵又來，真是退無死所。

火王獰笑，突然挺著光頭撞來。

齊公子一劍刺出，他不相信火王的光頭，比他的劍還快！

他更不相信他的劍會刺不穿火王的頭。

就在齊公子的劍尖只差毫釐，就要刺殺火王之際，祖金殿忽然抬頭，一笑。

他雙指一挾，閃電般一挾。

他挾住了齊公子的劍。

齊公子發力抽劍，就在這裡，他只覺一股極熾炙的熱流，自劍身傳入了掌中，再流播全身。

他想抽劍，但全身似已被吸住。

劍身已微微發紅，祖金殿眉心也發紅，但雙目卻似噴出火來。

「急如熱鍋上的螞蟻」，齊公子現在才知道這句形容詞的貼切。

他這邊遇了險，蕭秋水那邊也是險極。

蕭秋水現下的一身內力，當今之世，江湖之中，已鮮少人能跟他相較，但是他的武功，卻不是很好。

他騰手拿住曲扺描的紫劍，施展「濛江劍法」，夾雜了「浣花劍法」，經他以充沛的內力運使，只見紫氣萬象，花雨點點，鬼王竟無法逼視。

蕭秋水這時卻忽然發覺杜月山倒下去了。

他急了起來，劍舞得隱有風雷之聲。

「濛江劍法」，本來是極精微的劍法，而今蕭秋水一運內力，發出劍勢，竟空濛一片；「浣花劍法」，本重靈巧，而今經渾厚的內力催發，每一劍都能斷金碎玉！

蕭秋水的以內功發劍，剛好可以補「浣花劍法」之柔弱，「濛江劍法」之疏失；補正了缺點，剩下的就是優點，所以鬼王一時亦無法奪其鋒銳。

蕭秋水愈打愈淋漓盡致，他的劍花漫天空濛，又漫天花雨，瞬間已刺出一十三劍。

鬼王接不下，只覺劍器劃空之聲，只有速退。

當蕭秋水刺出三十七劍之後，眼前人影忽然一空。

他連忙收劍，只見曲暮霜已倒了下去。

鬼王現在撲到了曲抿描那邊。

蕭秋水提劍闖過去時，曲抿描已經倒下了。

這時候正好是齊公子五臟俱焚，而火王挾住了他的劍之當兒。

劍王也正好大笑一聲，仗劍向蕭秋水劈來。

他與蕭秋水相遇不下五次，每一次相遇，蕭秋水武功都有精進。

他每一次都要殺蕭秋水，可是皆未能如願。

這使他要殺蕭秋水的決心愈來愈強烈。

他這一次就要揮劍劈殺蕭秋水。

就像他把古深禪師劈成兩爿那樣。

就在這時，河的對岸飛來了一點淡淡的光芒。

這光芒似從水裡飛上來的，水裡原來的兩個月亮，只剩下一個。

這一點淡淡的光芒，到了屈寒山的面前，突然遽增。

增至十倍、二十倍、三十倍⋯

屈寒山不能閃，沒法躲，但他立刻做了一件事。

他用左臂去格。

然後他的左手就斷了。

他幾乎來不及有什麼感覺，他的血濺出，那光芒稍挫。

就在這稍挫的時機，他的劍已抽了回來，還了那人一劍。

那光芒一折，「登」地一聲，星花四濺，兩物交擊，屈寒山才知道那是一柄刀。

一柄刀。

平凡的刀。

刀又不見了。

變成了人。

刀在這人的腰間。

刀已還了鞘，五尺七吋，平凡的刀。

人呢？

黑布鞋、白布襪、青布衫。

人也是平凡的人。

他微笑淡似月光。

他的刀也淡如霧月。

但屈寒山的左手卻斷了。

斷在這把平凡的刀下，這個平凡人的手上。
劍王連想都沒有多想，一腳踢出。
這時他的斷手才掉下來，他一腳踢在他斷了的手上。手飛出，打向那平凡的人，血也飛濺。
然後屈寒山就飛退。
退得極快。
那平凡的人輕輕擋開那鮮血和斷手，淡淡地道：
「你從前也暗算過我，現在我也暗算你，剛好扯平。」平凡的人道：「你放心去吧，你已斷手，我擔保沒有人追殺你。」
蕭秋水看到那平凡的人，熱淚幾忍不住要奪眶而出。
「你來了，前輩。」
蕭秋水的語音都澀了。他眼裡只看到那人，看不到別的。
他沒有注意鬼王的掌風，他只看到眼前這個人。
於是他被打飛丈外，那平凡的人一把挾住了他。
他神奇般又站得如山一般穩，縱然唇邊溢出血來。
那人的聲音都噎住了。

「不是前輩，」那人笑笑，說：「你忘了。」

「我們是兄弟。」

蕭秋水的喉嚨也似被塞住了，他吐出了一口熱血，道：

「是兄弟。」

「大俠梁斗，是我的兄弟。」

來的人是梁斗。

大俠梁斗。

和他那柄平凡的刀。

砍斷劍王一隻手的刀。

參　一隻拈花一般的手指

鬼王看到梁斗，似也不敢逼近去。

但他要殺人，他一生裡，最喜歡就是嚇人，其次就是殺人。

因爲他在小的時候，有人殺了他一家，他睜大了眼睛，看著仇人如何辱殺他的一家人。

他的父親，居然被殺了三天，全身上下，沒有一塊肉是完整的，連日不住呻吟，仍沒有死；他唯一的妹妹，被淫辱了五天，視覺、神經、聽覺全都毀了，但只是哀號，也沒有死。

他的仇人揚言要殺他，恐嚇他，那一個個的「人」，比他小時候聽說過的鬼魅還要可怖得多。

他當時立誓死後也要化作厲鬼報仇。

可是那一次他並沒有死得成。

他被楚人燕狂徒所救，變成了權力幫眾。

原本他武功不濟。一直到十年前，李沉舟刻意栽培他，教他適合他性情的武功，他搖身一變，變成了「鬼」。

鬼中之王。

然後他一個個的殺人，把「人」變成了「鬼」，他才甘心。

他好殺人，更愛嚇人。

甚至常用嚇唬來殺人。

他現在就覺得渾身發熱，非殺個人不可。

他每次被人折辱，就有回復昔日他目睹仇人凌辱他曾偷窺過洗澡的姊姊那種感覺。

他立刻要殺人！

地上有兩個人。

曲暮霜、曲抿描。

殺。

梁斗臉色變了。

蕭秋水霍然回頭，看到鬼王正要殺人。

殺兩個倒在地上的女孩子。

梁斗正要飛過去，突覺天搖地動。

一丈內的槐樹倒了半片，七尺外一株杉樹連根拔起，河水噴起十尺高泉，然後像冰雹般大力地打射下來！

隨後他才弄清楚蕭秋水雙掌打在地上。

土地上。

然後五丈外的鬼王怪叫一聲，沖天飛起！

再摔下來的時候幾乎臉青鼻腫，一雙腳竟似軟了，鼻孔不住地淌血。

原來他並不是自己掠起的，而是被蕭秋水震飛的。

蕭秋水的雙掌打在土上，土地上急遽把掌力傳到鬼王所立的土地上，再沖擊上去，饒是鬼王藉力竄起得快，也受了不輕的內傷。

梁斗這時才輕輕地落下來，像一片葉子一樣輕盈。

他笑道，而且眼睛亮了。

「好內功。」

蕭秋水眼睛更亮：

「因爲你來了。」

梁斗笑道：「好兄弟。」

這的確是蕭秋水有生以來，打得最好的、最有力的、最得心應手的一擊。

這時齊公子全身如同火燒。

這火就是煉火。

火王笑了。

他已有把握把齊公子煉之於地獄之火中。

就在這時，他忽覺雙指如挾冰塊，一寒。

繼而全身如同落入冰窖之中。

劍氣。

齊公子明知逃不過煉火之劫，立意要與火王拚個玉石俱焚。

於是他發出劍氣。

劍氣摧人。

火王的笑意立時僵在臉上。

這時齊公子的鬚髮，一齊焦鬈了起來。

火王的「煉火」，已逼入了齊公子的五臟六腑裡去。

齊公子的劍，如同白玉一般，高潔如玉，就是著名的「漱玉神劍」。

現刻這柄劍以劍脊爲半，左半燒得透紅，右半冰封。

這兩股一炙一寒的功力，竟把這柄「漱玉神劍」變得如同陰陽分隔。

沒有人能分開他們。

這兩股力量不能與任何力量並存。

他們既要吞噬對方，也一樣會把任何外來的力量吞噬。

這兩股力量，就是人間的殺氣與地獄的煉火。

就在這時，這兩股力量消失了。

如潮漲潮落，如風吹葉飄，如魚游水中。

魚游在水中，遇到逆流，忽然一閃，就順流而下了。庭院深深，地上黃葉，忽爾飄起，遊遊蕩蕩，忽又輕輕地貼到地上，不動了。其實是因爲風。而風是看不見的。尤其是和風。

這道力量，不止是和風，甚至連微風也不是。

它比風更自然，就像梁斗的微笑。

但力量大於千、萬倍。

那是一隻手指。

那隻手指按捺在劍上，就像拈在花瓣上一般輕柔。

這時立刻有一個極大的、可是發生得又極自然的變化：冰全都裂了、碎了、融化於無形；透紅的劍身，又筆直了，回到了白玉一般的光芒。

那隻拈花一般的手指按在劍身上，然後又緩緩地收回去。

留下來了一句話：

「阿彌陀佛。」

說這句話的人，用很小的聲音，怕驚動了他人似的，語音慈和無畏懼。

但是祖金殿和齊公子，乍聞此聲，如晴天霹靂，登登登，各退三步，臉色大變，竟一跤坐倒。

那是個和尚。

灰袍、灰袖、神情稍稍帶一絲厭倦，但眼神很有一種專注的感情。

而那感情不是小的、窄的，而是對整個人間世，甚至非人間的。

和尚矮小。可是卻不讓人感覺到，彷彿他身高七尺，一個巨人似的。

其實他旁邊的僧人才是巨人。

一個很高、很大、白眉、白鬚、白僧衣，他雖然是個和尚，但氣概就像個將軍。

一個至少有百萬兵甲的大將軍。

但也不知怎的，這神威凜凜的頎長和尚，跟那神情閑淡的和尚站在一起，人人都會先注意到這矮小的和尚。

梁斗站得筆直。

甚至在倒影中，也可以看出他站得何等筆直。

他那種淡淡的笑容，不見了，但是變成了無上的尊敬。

他的眼神那一種尊敬，簡直有點接近一個初入江湖的青年，對一個譽滿天下傳奇中人物或大俠的眼神。

梁斗筆直走過去——沒有從河水飛越過去，而是一直走去，經過小橋，斷橋的地方，小心跨過去，然後謹慎地一步一步地走，左手握住蕭秋水的手、蕭秋水不由自主也隨著他的步伐走，像個孺慕的少年人。

梁斗到了那灰衣和尚的身前三尺之遙，立定，長拜倒地，恭謹地道：

「大師來了。」

灰衣僧合什道：

「施主也來了。」

梁斗恭聲地說：「然而我先大師出發三日，大師卻與我同時到。」

灰衣僧道：「先到又如何？後到又如何？反正該到的，都會到的；不該到的，便會不到。」灰衣僧笑笑又說：

「施主也不是到得恰好麼？」

梁斗還是很恭敬，忽然道：「他是我兄弟。」

灰衣僧笑道：「蕭少俠麼？老衲雖深居寺中，也知道人間裡出了個英雄人物。」

蕭秋水不知怎地，竟有一股惶惑：「大師是……？」他不禁扯扯梁斗衣襟，悄聲問。

梁斗笑道：「大師是當今少林、北宗掌門。」

蕭秋水不覺一陣悚然，池中的月亮，皆不復存，忽覺天上一輪明月，特別清亮半弧型的在那大師背後，月華，那僧人背光而立，竟似碩大無朋，蕭秋水幾乎忍不住要跪下，也不知是爲那僧人，抑是月華。

少林方丈，天正大師。

天正微笑說，「我旁邊的這位，就是名震天下的龍虎大師。」

梁斗眼睛一亮：「是戒律院的主持麼？」

那龍虎之勢的僧人一合什，也不回話。

梁斗向蕭秋水說：「丹霞別後，我即上少林，拜會方丈大師，將近日權力幫的事向方丈一一稟告，大師本著普渡眾生的心情，答應我另派人下山來浣花看看……不料，不料是方丈親自出動，而且還有威震武林的龍虎大師。」

天正合什道：「權力幫在武林中爲非作歹，也非一日之事，老衲身爲佛門中人，未能降妖除魔，已心生愧疚，此刻下山，原是多年心願……再說，權力幫也非易惹之輩，這次請龍虎師弟來此，亦是借重他伏虎降龍的本領……必要時老衲也會通知本門其他子弟——」

「只不過，」天正平靜地道，「若能不造殺孽，不必流血，善哉，善哉。」

蕭秋水沒有說話。

他沒有說「謝」。

他的感謝如同刀刻，深鐫於心底。

天正、龍虎兩位大師，俱是天下名僧，舉手投足，能號令江湖，天下側目，但他們來了。他們放下了少林寺繁雜的課務，特別趕到了四川來。他們來了。爲了什麼？——他們也許是爲了造福整個武林，也許不只是爲了浣花劍派，但蕭秋水還是一樣感激他們，甚至更感激他們。

梁斗笑笑又說：「我也到武當拜謁太禪真人，可惜未遇，聽說是剛好跟一班武林人下山去了。」

天正笑道：「梁大俠爲了找老衲，也不知費煞了多少心機，他找到我後，就一輪誇你，如何勇敢，如何仗義，而武林中不能再失去這種敢作敢爲而又有所不爲的俠少了，少林派一定要站出來做點事，否則就對不起你，也枉爲少林一脈了。」天正大師微笑望著蕭秋水。

「梁大俠是人間君子，也是江湖俠客，生平到處逢人皆為友，但也絕少對人如此稱許。」

天正笑笑又道：

「了不起。」

蕭秋水望定天正大師。他還是看不清他的樣子，只覺得他背後的光華特別大。日華如同光圈，映在他的背後頭上。這時鬼王、劍王、火王都已悄悄退走了。藥王卻死了。霧已散盡，浣花溪，就似她名字一樣幽清。

曲暮霜、曲抿描已給救醒。

齊公子驚魂稍定。

古深禪師死了，杜月山也死了。

蕭秋水、大俠梁斗、齊公子、少林天正、龍虎以及曲家姊妹，一行七人，正向蕭家劍廬推進。

古道。

西風。

瘦馬。

——不止一匹，有四匹。

四個人：一個冷傲、清秀的青年人，背後一柄長劍，劍身比常人長了一倍，而劍鋒似乎如海天一線，鋒利到幾乎看不見。他穿白衣。

一個中年人，濃眉，像憂鬱一般深濃，他喜歡皺眉，不過神情很淡雅，像已看破人間一切情，又回到了漠然。他也是佩劍的，但劍用厚布，一層又一層，緊緊地裹住，再用緞帶，一圈又一圈，緊張地繫住，彷彿這劍是極端利器，隨時怕它會自動飛出來傷人一般。

還有兩個人。

一個人儀容頹萎，一個人羽衣高冠。

這四個人，已經過了安居壩。

他們一行四人，往成都推進。

成都，浣花，蕭家，劍廬。

成都似隱隱有一種神祕的力量，吸引著人前往？

浣花的人，那股對抗權力幫的精神與力量，還存不存在？

蕭家的人，全死了，還是活著？

劍廬呢？

劍廬在望。

天拂曉。

劍廬是雅緻的建築，主要以深綠爲主，朱紅爲輔，在樹蔭深處，挑出一角飛簷。

飛簷在朝陽下發著光。

然而浣花蕭家的威望，是不是仍如昔日在芸芸衆生中的清譽，在莽莽武林中發出發聾振聵？

蕭秋水沒有忘記問曲家姊妹：「令尊究竟怎麼樣了？」

曲抿描抿著唇道：「他真的去了劍廬，也真的只剩下四根手指……」

曲暮霜失聲哭道：「……只可惜他不能似齊世伯那樣，用四隻手指握劍。」

——這點蕭秋水明白。

——一個用五隻手指握了四十年劍的老劍客，一旦剩下了四隻手指，無論是誰，或有多大的決心，一時都不會適應得來。

——所以曲劍池不能出來，也不願出來。

——一個劍客，當他出來時，連劍都握不住，那有什麼用？

——只是齊公子爲什麼要代他出來呢？

齊公子趨近來悄聲笑說：「你一定在想，我四指神劍齊某人爲何要代他出來呢？」齊公子笑笑又道：

「因爲他就是我師弟。無論誰發現自己憑四根手指也能在武功上精進不退，都不會再因爲有四根手指而不再在江湖重振聲威——」

齊公子堅定地道：「我要他奮發。而且——」齊公子看看自己的手指，說：

「我被人斬了六隻指頭，但我還是沒有絕望。」齊公子笑得比別人多長了十隻手指一般驕傲：

「所以我更不能讓他萎頹喪志。」

——所以他要代曲劍池出頭，先用四隻手指揚名立萬，好讓曲劍池有個榜樣可以跟隨。

一個負傷的人應該對自己失去的趕快忘掉，對自己仍保有的珍惜。更重要的是恢復自信。

蕭秋水看著笑嘻嘻，無所謂的齊公子，覺得他這種比別人少幾根指頭的人，簡直像比別人多了隻手或腳一般，可敬可重，而且值得驕傲。

前面當先而走的巨僧忽然止步，天正大師道：「劍廬到了？」

蕭秋水道：「劍廬到了。」

劍廬還是依樣。

聽雨樓前，曾是「鐵手鐵臉鐵衣鐵羅網」朱俠武與「飛刀神魔」沙千燈會戰的地方。

振眉閣前，原是蕭秋水和蕭夫人力戰三位佩劍公子，也是「陰陽神劍」張臨意搏殺沙氏四兄弟的地方。

見天洞處，是辛虎丘狙擊蕭西樓不成，反被蕭東廣追擊的地方。

還有在黃河小軒前，蕭秋水一劍挑開黑衣女子的臉紗，那如雲烏髮，清亮的臉……

——唐方唐方妳可好？

——是唐方。

什麼都無恙。

一花、一草、一木，都在，可惜了無生氣。

因爲人都不在了。

物是人非，人去了哪裡？

蕭秋水默然，他用手去抹拭那桌上、椅上的塵埃。

桌上有一口花瓶，有福祿壽的繪圖，手工很粗，他卻記得這是十年前，一個附近的佃農，在過年大節時，特地不下田一天，徒步走廿來里送來的。

因爲這莊稼漢感激蕭家的人，替他從惡霸手中保住了這塊田。

那惡霸叫海霸天，跟權力幫沒有關係，卻是朱大天王的分系，沒有多少人敢惹，父親卻叫自己兄弟四人，把他一股惡勢力給挑了——

蕭易人、蕭開雁、蕭雪魚，和他自己。

那一次，他們踏著彩霞漫天的阡陌路歸來，心裡好興奮。

從此以後，每年那老漢都送東西來——蕭西樓也沒有拒絕，他瞭解那淳樸的農夫，若不讓他表達這一點感激之心，那就等於看不起他。

所以他接受了，——第一次送來的就是這只粗糙的花瓶，雖不值錢，但已是莊稼老漢所能購買的極致了。

蕭西樓後來說：「這件好事是你們做的，這花瓶就歸你們收吧。」

蕭易人不要，他沒功夫收集物品，蒸蒸日上的武林事業，正要待他來開創。蕭開雁也不要，他沒有興趣。蕭雪魚也不要，那時南海劍派的鄧玉平剛送給她一把純白玉的古刀。蕭秋水要。他要來紀念。

他把這紀念品擺在這裡，每年爆竹響起時，他都會想起這件事；一年又一年歲月的悵惘，像爆竹梅花，散落一地。他鮮衣怒馬，長鋏短歌，在江湖上闖蕩，但每逢插枝梅花的時候，他就帶一朵梅花回來，插在這老舊的瓶子上，回到家裡來過年。

而今瓶中已沒有了梅花。只有紙花。紙是緞絨紙，是蕭夫人的母親費宮娥製作的特有的高質紙帛。

每逢過年時，他和蕭夫人一面聽外邊新年快樂熱鬧的恭喜聲，一面紮造這些各式各樣的紙花。

蕭秋水看到這些紙花，就想起他慈慧的母親。——也許他眼睛潮濕不是爲了這熟悉的瓶花，而是那些童稚的時光、年少的歲月、從前的事……

天正大師看著他，眼神很瞭解。齊公子等已在劍廬上上下下找過一遍，什麼都沒有，忍不住問：

「岳太夫人原住哪裡？」他關心的是「天下英雄令」，因爲那上面有他的誓言。他並不要做個失信的人。

江湖上的人，往往把信義看得極重要：有時甚至比生命還重要。這是江湖人傻氣的地方，也是江湖人了不起的地方。是傻還是了不起，就要看你自己怎麼去看。

——該醒了。

一聽到問詢，蕭秋水猛然就醒。

這些名家高手，莫不是爲了自家的事而來的，而蕭家劍廬，他最熟悉，他一定要引領……

誰知他這時就聽到天正大師說：「在那一間裡。」

他手指遙遙指去，亭台樓閣、花榭山石，隱隱就是振眉閣！

蕭秋水赫然道：「大師，……你，你，你怎麼知道？」

天正大師淡淡地道：「這地方原來必臥虎藏龍，每處地方都有其極秀處，亦隱伏極險處……唯這閣樓是最安全，而氣象隱有天地之勢……蕭大俠是一派宗主，自然會把太夫人安排宿於此地，方才無慮，不知然否？」

蕭秋水驚佩地道：「是……正是……」他心裡慚愧，在蕭家生活了二十餘年，竟不知蕭家聽雨樓是如此精妙的陣勢，不禁潸然大汗淋漓，也頓悟了昔日爲何蕭東廣可以輕易截住辛虎丘的去路。

天正大師道：「蕭家有如此氣象，無怪乎會出得了少俠這等人才……也無怪乎會引起權力幫忌意，唉。」

寶劍引人注目，持劍的人容易活不長。明珠奪目，則收藏的人難以保有。樹大招風，高處生寒，這是理所當然。

梁斗頷首道：「權力幫已收買了鐵衣劍派，眼見浣花劍派此等聲勢，又將與南海劍派聯合，自然是要先除之而後快了。」

南海劍派少掌門鄧玉平，因愛慕蕭雪魚，早有心入贅蕭家；鄧玉平之弟鄧玉函，又是蕭秋水的拜把弟兄，可惜卻死在權力幫之「三絕劍魔」孔揚秦劍下。鄧玉平自然更恨權力幫。

天正微笑道：「只不知朱大天王的人，爲何也要冒這一趟渾水？」

他一說完了這句話，四面大廳的牆上，忽然出現了十二隻手掌。

第三章

在蕭家的廳堂上

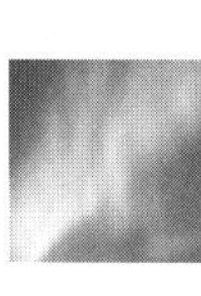

壹 一條胳臂一條腿

十二隻手掌，打破了牆，伸了進來。

然而牆沒有裂，只穿破了手掌的形狀。

而且沒有聲響。

也許擊破石牆，並沒有什麼了不起，可是擊牆只破了手掌型狀大小的洞不少一塊而且沒有發出聲響。這點天下能做到的人，不但不多，而且簡直太少得近乎罕見。

天正大師謂道：「『天王六掌』，果然內力修爲、掌功稱絕，了不起。」

然後牆就倒了，走進來六個人。

六個侏儒。

他們人矮、頭大，手長、掌厚。

蕭秋水暗暗歎息，彷彿瞭解爲何這六人未進來前，要先顯露一手功夫。

——矮小的人難免要壯聲勢，正如醜陋的人偏愛打扮一樣，豈不都是人性中極難堪而又極自然的事？

這六個人，都喜歡看著他們的手掌。

——也許他們不止在看他們最驕傲的武器，也在看這一戰的勝負生死，在掌紋裡有沒有印記？

「你就是少林天正？」

天正大師合什：「阿彌陀佛。」

開始問話的矮人穿黑衣，一身純黑，像隻烏鴉，他說：「我叫苗殺，」轉目向一穿錦衣的矮人，「他叫蘇殺，」瞧著一玄衣人道，「他是敖殺，」又指向一灰衣人道，「他叫巫殺，」用手向一白衣人一指，「這是龔殺，」最後一指他身邊一名紅衣人道，「他叫佘殺。」

天正大師說：「我知道，江湖上，你們就叫做『六殺』。」

苗殺說：「是。我們可爲一個人而殺人。」

蘇殺道：「朱大天王叫我們殺人，我們就殺。」

敖殺接道：「我們六個人，本是無父無母的孤兒，要不是得朱大天王收容，只是六個早死早好的孤兒而已……」

天正大師道：「我明白。你們告訴我們，你們的姓氏原來不同，只是想證明一點，你們六個人，會有今天，會在一起，全賴朱大天王的栽培，所以不惜爲他而死。」

巫殺截道：「不惜爲他殺人。」

天正大師笑道：「我知道了。」

梁斗接道：「既然我們知道了，你們可以說了。」

龔殺倒是奇道：「說什麼？」

天正笑笑，梁斗道：「你們告訴我們這些，只是爲了提出某個要求；要是要求不得，寧可決一死戰，所以好教我們不要拒絕。」

佘殺撫掌歎道：「兩位果是明白人。」忽然悄聲笑道：「如果諸位答應了，朱大天王也有小小的禮物要送予大家。」

他一說完，蘇殺和苗殺就突然倒飛回去。

他們倒飛的身法，竟比前掠還要無缺。

他們倒掠入牆，片刻又掠了出來。

佘殺笑道，「這是三件禮物的兩件，大師和梁大俠，先行過目，請，請。」

這是說，請大家先看看禮物樣品的意思。

佘殺一揮手，蘇殺背後揹了個黑突突的袋子，忽然摜了下來，抽開絲緞，剝開麻布，立即出現一個人，一個光頭！

這光頭人是一個和尚。

蘇殺繼續剝下去，就現出那和尚的雙肩。

那和尚竟穿著大金紅袈裟，眼睛瞪得老大，但穴道已被封，不但動彈不得，也作聲不得。縱兇悍如血影者，也不敢與天正的雙目接觸。

那和尚竟是血影大師！

血影大師，竟是「禮物」!?

只聽蘇殺道：「血影藝出少林，後來大開殺戒，姦淫擄殺，無所不爲，貴派早有追拿他之心，無奈他已投身權力幫，要追逮他，恐怕會使少林捲入江湖風波之中，不易對付……朱大天王有鑑於此，特遣我們六人，擒此叛逆，交由少林方丈發落。」

天正大師合什長聲道：「善哉，善哉。」

苗殺手上提了個布包，布包很大，上面繫了個結，解開布結，只見一個拙古的書盒，上寫梵文，天正大師看了也不禁怒目一展，苗殺笑道：

「這經原是達摩東渡，留於少林之瑰寶，後三百年來劫火，此經終於落入塵俗之手，據悉少林歷二百四十六載遍尋未獲……朱大天王有鑒於此，特令在下交還少林方丈保存，物歸原主。」

佛門雖無嗔無欲，但此經乃真本，是佛學中至寶祕笈，饒是天正大師這樣的高僧，更愈發心動，長吸一口氣，緩緩道：

「尚有一物，未知……」

宗殺笑著接道：「少林至剛至猛的內家拳路、與武當至陰至柔的內家拳法，一直無法配合使用，但朱大天王浸淫兩派數十載，已研得合併之法，正不知與武當太禪研討好，還是向大師你求教是好，現在……」

宗殺笑笑，再不言語。

梁斗暗呼了一口氣，忖：好厲害。

就算天正無貪無欲，但少林、武當，一直併立，各據一方，如有誰先得併合兩家武功訣門，無疑聲勢大增，武功劇進，另一派就無法望及項背了。……這等誘惑，又有誰能禁受得了？

只聽天正沉默良久，終於問道：

「只不知天王要老衲做的是什麼事？」

宗殺道：「沒有事。」

苗殺立即接道：「只不過要大師和大師的朋友，不要管一件事。」

天正緩緩問道：「不管哪一件事？」

還是宗殺接道：「不管一隻胳臂一條腿的事。」

天正大師繼續問：「哪一個人的胳臂和腿？」

宗殺沒有答，龔殺突然大聲說出來：

「蕭秋水的！」

這連蕭秋水都嚇了一跳，一大跳。

天正大師沒有再問。

梁斗卻忍不住要問。

「你們爲什麼要他的一條胳臂一條腿？」

「因爲他在秭歸，帶人殺了『長江三英』。」

梁斗又問，「可是他在丹霞嶺上，曾救過『長江五劍』，而且柔水神君雍希羽也答應替他脫罪。」

「有這回事，」佘殺似在六人中，最能言善道，而且機警聰明，「所以『長江三英』的事已不計，但是他又殺了『長江四棍』中的金北望金老三。」

蕭秋水不是因爲怕死，可是他必須分辯，「他不是我殺的！」

敖殺即問：「那麼是誰殺的!?」

蕭秋水疾道：「權力幫，九天十地，十九人魔，一洞神魔，左常生的弟子：鍾無離、柳有孔殺的。」

敖殺無言，佘殺卻道：「原來是這樣的。我知道你也不致於說謊。但是金老三雖不是你殺的，卻是因你而死的。」

這點確然，鍾、柳二人暗殺金北望，是因爲要手刃他。所以蕭秋水無言。

宗殺冷笑又道，「何況，天王的令，已經下了。」

——朱大天王既已下令，便無權挽救了。

——他要一個人死，就得死，他要一個人生，就得生。

——一個別人生死都得由他來支配的人。

天王既下了令，再說也沒用了——宗殺正是這個意思。

「而且，」宗殺道，「為了柔水神君的請求，朱大天王只要蕭秋水一隻胳臂一條腿而已；」

他笑笑又接著說：

「隨便哪一條都可以。」

宗殺這樣說的時候，彷彿已把一件極高價的事物，用了極廉宜的價格拋售出去似的。

如果他是一個商人，他已表示他的貨品已打折扣了。算得極是相宜：

——連你不買都不可以。

只要天正不管，別人就管也管不了。

他們六人很相信自己的武功——而且更相信朱大天王的三件「禮物」。

「三英四棍、五劍六掌、雙神君」，朱大天王的部下，除了長老級的章殘金、萬碎玉和烈火、柔水二神君之外，就要輪到這「六殺」爲最強了。

他們對自己的武功，一直都很自信，也很自負。

一個人若天生醜陋，很可能會多花時間在學問上——而不是多花時間，在炫耀他們的容貌外表上。

「六掌」武功之所以高，因爲他們專。

——因爲他們知道，若要出人頭地，就得苦練，不斷的苦練，天天的苦練，時時刻刻的苦練。

梁斗輕輕咳了一聲，他知道天正縱不會答應，也不好說話了。

這時應該由他來說話，而且該由他挺身而出。

他是蕭秋水的兄弟，無論如何，他不能讓他們這樣做。

他開始時不敢說，是因爲有天正大師在，他不敢僭越，他現在敢了。他不敢，是因爲尊重。他敢，是爲了義氣。

梁斗說：「帶我去見雍學士，我跟他說去。」

佘殺搖頭，笑了。

「沒有用，跟誰說都沒有用。」

——因爲朱大天王已經下令了。

梁斗輕咳道：「那麼，我不答應。」

佘殺看向天正，含笑道：「並沒有人要你答應。」

——天正大師答允就行了。

天正大師是武林泰斗，只要天正不出手，「六掌六殺」就了無所懼。

曲暮霜忽然大聲道：「我們不答應。」

曲抿描用更大聲音喊：「打死我們也不答應。」

佘殺臉上沒有表情，卻歎了一口氣道：「那妳們只好死了。」

「六殺」立意要再出手一次。

他們覺得以掌穿牆的恐嚇，還是太輕了。

先殺兩個人來開開戒，也許梁斗會知難而退。

梁斗此人在江湖一帶，頗有俠名——能不招惹，還是儘量不去招惹得好。

——這是朱大天王手下的人做事的原則。

一旦結怨，趕盡殺絕！

——這也是朱大天王手下做事的另一原則。

原則常有兩面：有時一面看似不傷人，另一面卻往往殺人不見血！

他們就用殺人的一面，先行殺掉曲家姊妹。

可惜他們一動，梁斗就動了。

他擋在曲家姊妹的身前。

「六殺」其他五人都變了臉色。原本是佘殺一人動手的，但梁斗攔在身前，他們也不能不一齊動手，大俠梁斗，譽滿江湖，六掌還是不敢輕敵的。

梁斗忽覺滿天掌影，他分不出哪一隻是虛，哪一隻是實的。

偌大的廳堂，連桌、椅、杯、盤，都變作了掌影。

梁斗身退，退至盆栽之前，忽然盆栽變成了手掌，向他背後按來。

他長身而起，落到橫匾上，那橫匾又忽然變作掌影，梁斗急忙一沉，向兵器架子掠去。

可是兵器架子每一件兵器，都變成每一隻手掌，向他按來。

梁斗這才知道「六掌」的武功，遠勝於上次丹霞所見的「五劍」。

這廳堂每一事物，都變作了手掌，連寸步都不能移，連半步都無法再退。

——況且不能退，他要保護曲家姊妹。

這六人一出手，就是殺手。

——既然出手，便絕不留情。

梁斗長歎一聲，一道淡淡的刀光飛出。

不眩目的光芒，平凡的刀。

古道，西風，瘦馬。

四個人在天涯。

天涯不遠，也許近在咫尺。

那兩個萎頹、高冠的人，以及一個少年、一個中年人、騎馬走入胖子店。

離成都僅有數十里的胖子店。

刀光一閃而沒。

刀又回到平凡的鞘中。

刀是不是平凡的刀？人呢？

——人是不是平凡的人？

梁斗很不願出刀，因爲他每次出刀，都要傷人。

——梁斗很不願意傷人。

可是他一出刀，不止傷人，可能還會殺人。

這一次他不得不出刀，在交手第一回合裡，他就被迫出刀。

——因爲不出刀就應付不了。

更可怕的，這次他出了刀，發覺還是未必應付得了。掌都消失了。

那股逼人的殺氣，一下子萎縮，回到了六人的眼神和掌心裡。

他們六人，目光除了肅殺，還有一片震訝。

因爲他們掌心都多了一道痕。

刀痕。

血微微溢出，盈注在他們掌心紋溝裡。他們驚訝，但已矢志要殺梁斗。

——這樣的敵手，絕不能讓他活下去，放虎歸山！

所以他們目中殺氣更重。

梁斗神色依然平淡，只不過輕咳一聲。

蕭秋水立刻發覺他青衣長衫濕了一點，濕了一點點，而且青衫變成了褐色，一種極幽沉的顏色。紅色滲和青色時，兩種極鮮亮的顏色在一起，就會產生這一種消沉的色彩。難道、難道梁斗吐了血、吐的是血？

梁斗笑了。

他發現自己不是這六人合起來的敵手。

可是縱不是敵手——也只好對敵到死爲止。

人在江湖，有些事是百挫不折、雖死不辭的。

人能面對死，不會驚怕，世上又有幾人？

——是有幾人！

至少蕭秋水和齊公子是。

他們已一左一右，在梁斗身邊。

六掌瞳孔收縮，他們已準備第二度出手。

掌影漫天，忽然一隻拈花般的手指，在他們手心輕輕一點。

十二指，十二點，十二隻手掌，都軟了下來。

天正大師，臉含微笑，好像沒有動過一般。

然而六掌驚愕無比，垂著他們猶在發麻的手，看著天正大師，眼睛比血影還要驚慌。

「拈花指。」

有人失聲而呼。

然後六人盡皆變了臉色。

「少林七十二技」中，「拈花指」只是一技，但卻是很特別的一技。

學「拈花指」的人特別少，不是特別傻，就是特別笨——因爲學「拈花指」有成的人，一萬個人，最多只有兩、三個，而且學「拈花指」的人，不得學其他七十一技，否則容易走火入魔而歿。

可是當時在少林絕頂聰明，很得長輩賞識年少時的天正，卻選擇了「拈花指」。那時形神大師還在世。形神問：「你爲何選擇拈花指？」天正答：「因爲我要學它。」形神後來讚這少年和尙的資質能智通天地。

——一個人若專心學一樣東西，或做一樣東西，首先要把自己置之於死地，斷了後路，才能專心一志去學，方可望有所成。

——否則，你又想寫詩，又想演戲，既要學武，又要跳舞，搞不好對音樂也有興趣，繪畫也塗幾筆，就永遠難望有所成了。

天正專心一志，精研「拈花指」，果然得了空前未有的成就。

——少林絕學，本來任何一技，都足以訓練出一代高手。急功的人貪多，反而無成。天正大師的「拈花指」，雖只一技，但已款通天地，存乎一心，形外成內，俱無阻礙，就連學會「少林七十二技」中五、六項的藏經樓高僧木葉大師等高人，都遠非其敵手。

佘殺恢復最快。他雖垂著雙臂，但仍能笑道：

「天王說過，若天正大師、太禪真人在，決不可力敵，這句話沒有錯，」佘殺笑說：「大師好指力。」

天正笑道：「承讓。」就沒有再多說。

宗殺接著說，「不過，在下仍有事情要請教大師。」

天正道：「請說。」

宗殺道：「大師是方外高僧，爲何要管這椿俗世事，好叫晚輩大惑不解？」

天正笑道：「若有人叫你折一條臂膀給他。你也不肯，他怎肯？」

宗殺說：「可是那肩膀不是大師的，而是他的，這跟大師無關。」

天正道：「阿彌陀佛，誰說無關。天下蒼生，都本我佛善念，自當珍惜。」

宗殺道：「所以折他一條臂膀，就等於折大師的了？」

天正笑道：「則寧可施主折老衲的。」

宗殺歎道：「那天王文禮，大師都不要了？」

天正笑道：「既折老衲的，要來作甚？」

宗殺道：「血影大師是叛徒，少林不要處置了？」

天正合什道：「這種人天理不容，毋須拿別人胳臂來換。」

宗殺又道：「梵經神會，原屬少林，大師不要了？」

天正道：「葉歸根，塵歸土，是少林的，終歸少林。」

宗殺嘿聲笑道：「那麼內外家拳的融合，大師甘於拱手讓於武當麼……」

天正大笑道：「天王研得內外家武功心法融合之祕，實當可喜，唯我佛中人，能恒寂天地，覺知一心，生死永棄，無相無明，才是發法門之徑。」

佘殺爲之瞠然。苗殺叱道：

「你這老僧，三個大禮，也換不到蕭秋水的一隻腳麼——」

天正含笑道：「死物如何能換生物之理？一個活生生的人，來換這些負累，真是不值啊。」

六掌等無言。佘殺忽道：

「天王臨行前又交代我說，如天正不肯，說不願將有生命之人換無生命之物，則可以給他看一件東西——」

天正白眉一展，道：「哦？」

佘殺乾笑道：「大師既然如此執迷，在下也只好被逼如此了。」

說著一拍手。

敖殺和龔殺又倒飛而出。

再掠進來時提了一個人。

又是一個和尙。

這次天正的臉色也有些變了。

那巨大的龍虎大師，眉鬚俱豎，滿臉脹紅。

貳　四個在古道上走著的人

被抓進來的和尚全身形同枯木，但一雙眼睛，卻炯炯有神。

可惜他也被點了穴道，絲毫動彈不得。

襲殺反手扣住了這和尚，敖殺拔刀。

刀短，一尺五寸長，但寒光熠熠，抵在和尚的脖子上，刀鋒已入肉，兩邊一片緊白，刀鋒處鮮血滲出。

那和尚卻很鎮定，招呼：「方丈。」

天正合什。

兩人看了一眼，眼神充滿了瞭解，神色都很安詳。

佘殺冷笑：「你當然知道他就是你們少林的誦經堂主持木蝶大師罷？」

天正大師沒有回答。

佘殺卻看得出天正並不似他外表那末平靜，因爲天正的眼神已有了感情，那一股厭世的，而又專注的神采，變成了焦切和悲憫。

佘殺知道已擊中了對方。他還得要戳下去，於是他道：「他是你師弟，既是生物，也不是叛徒，你要救蕭秋水的一手一腳，還是要救他一命？」

木蝶大師是少林高僧，而且也是維持少林宗主命脈的數名要僧之一。

少林寺既是佛廟，也是個組織；事實上，少林勢力威望如此龐大，不組織起來，也絕對不行。而少林的組織，也有些似外面幫會的組織，設有外圍、內圍、子弟、弟子、分舵、分堂、統領、香主、旗主等之分，不過是名稱、方法有點不同而已。維持這組織的最重要成分當然是人材。最重要當然是這組織與行動的運作和指揮。木蝶無疑跟天正一樣，都屬於少林寺內決策高峰的要將。

木蝶大師也深諳四種少林絕技，卻不知怎地，今日他竟落到朱大天王部下的手裡。

佘殺目中有狡獪的笑意：「怎麼樣？大師是要令師弟的性命，還是蕭秋水的一手一腳？」

蕭秋水大步踏前，道：「不必大師為難，蕭某人一隻手一隻腳，過來剁去便是！」

佘殺一點頭，巫殺掠近，一反手，拔出一柄金光閃閃的刀，就要動手，曲暮霜不覺驚呼一聲，蕭秋水卻連眼睛都不眨一下。巫殺獰笑道：

「你不怕死？」

蕭秋水道：「怕。」

巫殺道：「既怕，爲何不逃？」

蕭秋水冷然道：「我怕，但是不逃。」他斷然道：「何必要逃？」

巫殺大笑道：「好小子，你有種，不過有種也得死！」說著挺刀便刺。

佘殺忽道：「不可殺。」

巫殺奇道：「爲什麼？」他一面說著，一面回首。

他發現一個可怕的事實。

苗殺、蘇殺都倒下了，佘殺退在一旁，臉都白了，龔殺、敖殺兩個人都傻住了。

木蝶大師正慢慢起身，天正大師正在解開他的穴道。

巫殺怔怔地看著天正，不敢相信天下有武功那麼高的人。

「回去跟天王說，」天正和緩地道：「就說這事我天正管了，找老衲就好。」

然後又注目向木蝶，一臉關懷之色，問：「可好？」

木蝶倦意地合什道：「謝謝大師兄出手相救。」

天正笑道：「何必言謝。」

巫殺還是不敢相信，也不願相信，更拒絕相信。

所以他還是出手。

他一刀向天正掟去，刀劃空射出。

更利害的是他的掌。

掌後發，但掌風已蓋過了刀嘯。

就在這時，那高大的僧人動了。

一動就是一聲大吼，如同半空打了個霹靂，那刀「乓」地碎了，竟被吼聲震碎了。

然後他也一拳打出去。

龍虎大師碩大的身體變成擋在天正的前面。

巫殺的雙掌也變得向龍虎大師衝去。

可是龍虎一出拳，手長臂闊，就在巫殺差半尺要擊中他的時候，他的拳已擊殺了巫殺。

然後巫殺就飛了出去。

徹底地「飛」了出去。

因爲他飛出去時，身輕如鳶，全身已沒有一塊骨骼是連接在一起的。

六殺剩下了五掌。

五殺瞳孔已收縮，驚恐已取代了震訝。

只聽天正喟歎，搖首道：「六師弟出手，還是太辣了一些。」

龍虎本氣勢如龍，忽又乖馴如綿羊，垂手而立道：

「是。」

天正道：「這種出手不留活口，已不是一個出家人所爲。」

龍虎惶然道：「是。」

天正向其他五殺道：「你們可以回去了。」

沒有一個人敢說「不」字。

龍虎大師的「少林神拳」，開碑裂石，聞者膽碎，更可怕的是天正大師的「拈花指」。

他們根本看不清他的出手。

他們實在不明白自己爲何竟擒得住少林最高一輩中排行第四的木蝶大師！

佘殺長歎道：「即然大師要插手，我們只好走了。」

其他四殺也抱拳道：「告辭了。」

忽聽一個聲音道：

「告辭不得。」

那四個人還在古道上走著。

他們已進入了成都。

說「告辭不得」四個字的，不是一個人，而是四個人。那是四個人同時說的。

走進來的卻不止四個人。

一共七個人

天正笑道：「十位好。」

十位?蕭秋水正在納悶其間，門外走入兩個人。

落地無聲，但每一步似一口釘子，尖銳沉宏。

這人卻不是馬竟終，馬竟終外號「釘子」，每一步如一枝鐵釘，這人卻不是鐵釘。

而是棺材釘!

這人腰間一柄劍，劍身烏，劍無鞘。

他身邊的人，也是踏地無聲。

這人一身白衣，寶相莊嚴，乍看有些似畫像裡的觀音，卻手拿拂塵，臉含笑意。

那高大威猛的僧人，一見這兩人，橫踏一步，低頭合什，讓天正大師與這兩人面對而立。

蕭秋水一看，便知道這兩人至少也是一派掌門的身分。

誰知齊公子低聲向他和曲家姊妹道：「那四個矮腳錦衣人，便是『五虎彭門』的彭門四虎將，卻都不姓彭，一個叫『快刀斬』皮棠、『無頭斬』古同同、『斷肢斬』倫走、『七旋斬』許郭柳。」

「五虎彭門」，原來是彭家絕學，但彭礴死後，他的三個兒子，一個好賭，一個好嫖，一個好煙，都成了廢人。彭礴的胞弟彭天敬，又是庸材，所以彭家原來的地位就被這四名彭門的弟子皮，古、倫，許四人所奪。

梁斗接著說，「另外那少左目、斷左手、缺右足，沒有耳朵、臉上一個大疤的人，便是『天殘幫』幫主司空血，穿烏衣百鶉的老者，不是丐幫，而是烏衣幫的總瓢把子單奇傷；還有那精悍的黃衣中年漢子，便是『螳螂門』的第一高手『千手螳螂』郎一朗。」

烏衣幫凶殘惡毒，聞者驚心，司空血的殘傷絕狠，更是天下聞名：烏衣幫是黑道上人馬不多但最精銳、亦最歹毒的一批，他們的頭子就是單奇傷，外號「一劍飛騎」，曾把小天山劍派的掌門宮八斬殺於騎下，並曾擊敗華山劍派的公認第一劍客白無然，劍術之高，據說已不在南海鄧玉平之下。千手螳螂郎一朗，更是有名，近年來「螳螂門」聲名鵲起，就是郎一朗一手紮起的基業。

這些人忽然都來了，來到浣花，莫非是爲救援浣花而來的？還是不然？

那另外兩人呢？這兩人的排場，顯然比郎一朗、司空血、單奇傷、皮棠、古同同、倫走、許郭柳七人加起來都大。

而且大得多了。

只聽許郭柳道：「朱大天王的人，是放不得的。」

倫走接道：「對！放虎歸山！」

古同同也道：「斬草要除根！」

皮棠跟著便道：「免留禍患！」

這四人不但武功搭配得天衣無縫，連講話也銜接得十分緊密。

他們一說完就拔刀。

刀一在手，已到了五掌身前。

一到了五掌身前，立即出刀。

四柄不同的刀，同樣的速度。

忽聽「嗆朗」一聲，一柄精鋼劍，架住四柄刀。

出劍的人是單奇傷，他道：

「就算你們要出手，也得先問問應大哥和莫姑娘的意思。」

他說著，眼睛望向那鐵衣男子和白衣女子。

蕭秋水立即明白了這一男一女是誰了。

武林中姓應的高手並不多，姓莫的女子也更少，像這樣連單奇傷都畏忌的高手，正好只有兩人。

男的就是鐵衣劍派少掌門應欺天。

女的必是恒山派首徒莫艷霞。

莫艷霞，外號「白衣觀音」，但見過她在血符門一役的，都改口稱她爲「血衣觀音」。

她殺人，殺得一身都是血。

恒山一脈，自從柳蔭神尼病逝後，藕斷師太閉關不出後，恒山派無論大小事，都可說已掌握在這莫艷霞手裡，據說她的劍法，已絕不在她師父之下。

應欺天與蕭西樓、鄧玉平並列三大劍派中的代表，劍法之精，絕不在蕭西樓之下，而且劍法之狠，猶在鄧玉平之上。

他能當上鐵衣劍派的掌門人，就是手刃他父親所得來的。

那時候他父親正要考慮加盟朱大天王那邊去。

莫艷霞這時說話了，她的人很美，粉臉紅唇，一雙鳳目，但聲音卻很粗嘎：「我們嘛？我們不要緊，要問，就要問天正大師。」

單奇傷望向天正，天正合什道：「他們也沒有傷人，何必枉造殺孽，請看在老衲的薄面上，放了便是。」

莫艷霞笑得花枝亂顫，道：「大師既說放了，那只好放了。」

應欺天卻忽然開口，開口即道：「不可。」

天正大師就算未當上少林方丈，也是知名高僧。

他在江湖上，有相當的影響力，在武林中，更有極大的號召力。

他說的話，就算不是聖旨，也很少人敢違抗，連不是和尙的，也不敢違反。

可是應欺天現在說「不可」。

每個人都望向應欺天，——連天正也望向應欺天，不過他只是怪有趣地望向他，一點生氣之色也沒有。

應欺天卻不在乎。

早在他敢弒父之前，他就什麼都不在乎了。

莫艷霞看了一陣，故意問道：「爲什麼不可？」

應欺天道：「朱大天王就是另一個燕狂徒的雛型，我們應先剪除他的羽翼，不讓他有機會成形。」

天正歎道：「能不殺人，還是不要殺人的好。苦海無邊，回頭是岸。」

應欺天冷笑道：「佛法也無邊，大師難道以爲放他們回去，他們就會改過？」

天正無言。

應欺天道：「大師既無把握，又何必把禍患留待江湖，讓我們殺了便是。」

莫艷霞嬌笑：「總不成大師也爲了朱大天王的人，寧願以身代剮。」

單奇傷也加了一句：「雖佛曰：我不入地獄，誰入地獄？但若大師常常入獄，隨便入地獄，喜歡入地獄，一個人，可沒幾次活的！」

天正歎了一聲，還是沒有說話。

五掌聽得勃然大怒，心付：只要天正不出手，我們總不成怕了你們！當下惡向膽邊生，佘殺虎地跳出來，一擺雙掌，叱道：

「我們兄弟，今日失利，被困這裡，可也不是任人擺佈的，要殺要剮，就放馬過來吧！」

五人十掌交錯，四道刀光一閃，分東、南、西、北四個方向，宛若四道閃電，交錯擊到！

開始十招，掌影與刀光交集，完全分不開來。

十招之後，掌影大盛。

五虎彭門的四個高手，顯然已漸漸招架不來。

就在這時，又加了一道劍光。

劍光急閃，如毒蛇吐信，連同四把刀光，又漸漸把掌勢迫了回去。

但五十招一過，刀風、劍法，都換作了掌風。

掌風大盛。

這時只聽一聲冷哼，一人隻手空拳，闖入了刀光劍影掌圈內。

這人伸展一雙長臂，格、砸、拿、打，居然一時間只聽到他雙臂舞動，如舞長鞭鐵柱一般的厲風。

百招開外，形勢又變。

那加入戰團的人當然就是「螳螂門」的郎一朗，百招之內，他與單奇傷的一柄利劍，的確壓制住苗殺的雙手，和龔殺的雙掌。

但是彭門四虎，依然壓制不住那三雙手掌。

佘殺還不時過來攻擊單奇傷和他自己。

就在他感到有些吃力時，又突地多了一人。

這人全身上下，無一不傷，無一不缺，無一不殘，走起路來，蹌蹌踉踉，打起架來，也搖搖擺擺，可是他一加入戰團，五掌五殺的劣勢，便再也無法扳回！

只聽一聲斷喝，人影倏分。

單奇傷、郎一朗以及彭門四虎，以及剛加入戰局的司空血，無一不喘氣咻咻。

佘殺、龔殺、苗殺、敖殺、蘇殺卻巍巍顫顫，一齊咯血。

不傷則已，一傷則五人齊傷，戰局之凶，可見一斑。

佘殺苦笑道：「我們今日落入你們包圍，要殺就殺，無須多言。」

只聽司空血「赫赫」笑道：「殺你們還真用不著多說。」說著便出了手，他只有一隻手，可是出手時，連斷手都成爲武器。

忽然人影一閃，只覺一種沉宏的勁氣，迫得司空血一窒，幾乎仆跌，原來是天正飛掠而至，落在佘殺面前，合什道：「阿彌陀佛，手下留情。」

司空血獰笑道：「我外號可叫『刀不留人』。」一揚手。多了一柄緬刀，刀一揚，竟向天正迎頭劈下。

只聽兩聲怒叱，「叮」地一聲，飛劍刺來，刀斷爲二，一揚袖，司空血被打飛丈外。

出劍的人是應欺天。他和他的劍一般冷靜、歹毒。

揚袖的人是莫艷霞，她依然帶著凄辣的笑容，她叱道：「不可對大師無禮。」回首對天正大師笑笑，道：「大師見怪。」

天正平靜地道：「何有！」

莫艷霞冷笑道：「你們五個人，也看清楚了，是誰救你們的。」

五掌愕然，但知道此姝厲害，不得不答，蘇殺沉聲道：「當然知道。」他指的是天正大師。

莫艷霞立即替他說了出來。「是天正大師救了你們。你們也該感恩圖報罷?」

佘殺十分聰明，倒明白了七分，道：「姑娘可否說明白一點。」

莫艷霞冷笑道：「好。那我就說更明白一點。梵經、血影，理應交回少林，物歸原主，大師救你們，也算救得不冤了。」

天正忙道：「救人是應當的事，而且手下留情的是姑娘等，不是老衲，怎可施恩望報！」

莫艷霞扳著臉孔道：「我不管。就算大師肯放你們，你們如不將物歸少林，本姑娘我是萬萬不答應的。」

天正大師本要阻止這等威脅，但知莫艷霞這番話是爲了少林，處處替他著想，如他阻礙，反而是不顧少林利益，只好歎了一聲，不再言語。

五人看了看天正，又看了看血衣觀音等，思索了很久，交換了眼色，心知今番如不妥協，只怕勢難活出浣花，留得青山在，不怕沒柴燒，這次不但搏不得蕭秋水的一條胳膊一條腿，還失了梵經和血經，也只好忍了，再回去稟告天正，求能將功贖罪，望能減輕刑罰。

於是五人心下都有了決定。

苗殺雙手端上了錦盒，遞給天正大師，蘇殺把血影一推，推到天正大師處。

兩人都沒有說話。

佘殺卻說話，一直都是由他說話的。他說：

「好。人和梵經，交回少林，我們……可以走了罷？」

他立刻問，且想立刻走，怕走慢一步，莫艷霞等會反口不認，改變決定。

朱大天王的人——儘可能避免出手，一出手就要斬草除根：這當然不包括別人對他們自己也這樣。

誰不想保住一條命？

天正一手接過錦盒，一手挾住血影，「五掌五殺」也正想離去，蕭秋水、齊公子、梁斗、曲家姊妹等暗自舒了一口氣。

只聽莫艷霞笑道：「你可以走了。」

蕭秋水奇怪為何是「你」而不是「你們」時，遽變就發生了！

參　天正與龍虎

血影大師猝然出手。
左手發紅，右手發金。
血影掌！
火焰刀！
少林雙絕！
天正左手拿著錦盒，右手抓住血影的衣領，他無法招架。
但他一拎一甩，就把血影魔僧丟了出去！
就在這時，四柄刀，一支劍、一雙拳頭、一把緬刀，同時攻到！
天正忽吸了一口氣，全身忽然似一片落葉般向後掠起。
但是應欺天也忽然掠起。
天正大師的輕功，就如一片追風而起的落葉。
他卻似風。
他追上天正，出劍！

天正本可用錦盒去擋，但他不能。

他另一隻手指及時收了回來，在應欺天劍尖上一按。

應欺天就飛了出去，利劍在他手上驟然片片粉碎。

莫艷霞也出了手。

她本追不上天正，但應欺天阻了他一阻。

她的拂塵如數百根針，刺了出去。

天正大喝一聲，數百長刺刺中了他，莫艷霞卻也被這一聲舒天捲地的大喝聲震倒，拂塵萎落地上。

大喝陡止。

眾人猶耳作嗡聲。

天正臉上有一種似笑非笑的表情。

他胸口冒出了一截劍尖，血劍！

他眼神裡又出現了那一種既厭倦又專注的氣質，歎了一口氣道：

「原來是你。」

背後的人想拔劍，拔不出，臉色有些變了。

那人卻正是木蝶大師！

天正的笑意充滿了厭倦：「你是誰？」

他問出了這樣一個奇怪的問題，在這個時候。

木蝶道：「我是翅膀。」

天正又笑了，笑容裡有說不出的瀟灑，完全不像出家人，倒像文采風流的名士，他制止了梁斗等的怒吼與撲近，道：「是柳五公子的『雙翅』之一？」

木蝶臉色有些發苦，舔舔乾唇道：「『雙翅』都來了。」

天正的笑容很好看，他年輕時一定瀟灑英俊，不知爲何出了家。

「你是『一劍殺人』卜絕？那麼他就是『冷風吹』了？」

「他」就是指應欺天。

應欺天變色叱道：「快棄劍！」

他是叫木蝶棄劍，可惜木蝶不但拔不出劍來，連手都粘在一起，可是他的劍明明從後刺穿了天正大師的胸膛。黃豆大的汗珠涔涔而下，卜絕嘶聲道：

「你還不死!?」

天正的眼神充滿了說不盡、道不完的譏誚與疲倦，像厭極了這塵世，他救了木蝶，木蝶卻是卜絕，卜絕殺了他。

他說：「好，我要死了。」他向那巨大的僧人道：

「龍虎，這錦盒拏回少林，血影由你處置。」

龍虎大師悲傷地應：

「是。」

他的聲如鐵杵擊地，人卻紋風不動。

這時天正大師沒有回身，緩緩一指打出。

笑若拈花，指若微風。

微風何等輕舒，木蝶就是避不開。

指按在他的眉心，就緩緩收了回去。

然後微風漸漸息吹。

木蝶就失去了生命。

不管他是木蝶也好，卜絕也好，現在，他的手已很可以放開那柄劍了，那柄殺了天正的劍。殺人的劍。血劍。

因爲他的生命已離開它了。

天正緩緩團坐下來，左右手指在丹田位置上慢慢攏合，然後閉起了他一雙專情得不應是佛家人所有的眼眸，在寧靜的臉容上，有說不盡的譏誚。

高大威猛的僧人卻跪了下去，痛哭失聲。

天正死了

少林方丈圓寂了。

莫艷霞、應欺天等人臉色本都有些發苦，尤其是天正微笑的時候，卜絕拔不出劍的當兒。

可是現在他們終於可以笑了。

這計劃配合得天衣無縫，製造並利用了各種人物與環境，幾乎要失敗，可是它終於成功了。

雖然付出了代價。

可是只要天正死了，這點代價算得了什麼？

——柳五公子真是算無遺策。

但是他們知道。那一行行色匆匆的人。已經超過了成都。進入了浣花。迫近劍廬了。

外面飛簷閃光。

太陽正好。

天正卻死了。

天正大師盤膝端坐，他的灰袍前襟，已被鮮血所染紅。

——他未出家前是什麼人？也許是風流倜儻的五陵年少！

——他少年入寺時是什麼人？也許是情僧，也許是苦行頭陀……

——可是這一切都過去了。是一個謎。他死了，再無人可以解答。

可是還是有些東西必須要解答的，可以解答的。甚至立即就要解答。譬方說掌門方丈之位……

蕭秋水、梁斗等眼見天正大師的身軀給鮮血染紅，他們的眼睛也紅了。

被憤怒的血激紅！

他們真不敢相信天正死了。

——他如死了，血仍流著。血是熱的。

他們看著天正被殺，甚至來不及出手。

——五虎彭門四虎將不足畏，「烏衣派」單奇傷亦不足畏，「千手螳螂」郎一朗更不足畏，甚至連「天殘幫」幫主司空血也不足畏。

——但是柳隨風的近身護衛，有「雙翅、一殺、三鳳凰」，昔日在丹霞山唯一能與邵流淚勢均力敵的就是「三鳳凰」中之一的「紅鳳凰」宋明珠。

——現在廳堂上的「鐵衣劍派」少掌門人應欺天，顯然就是「雙翅」中的「冷風吹」。此人輕功，江湖一絕，而且殺人無算，行蹤詭祕，輕功名列天下前五名之內。卻沒料到他的劍法也是一絕。

——另一個「白衣觀音」莫艷霞，顯然就是「三鳳凰」之一：「白鳳凰」，難怪她走起路來，仰起首來，翹起紅唇，真似一隻鳳凰。傲慢的鳳凰。冷傲的鳳凰。

要別人爲她生爲她死的鳳凰。

——一劍得手，刺殺天正的「木蝶」，無疑就是柳隨風手下六大高手中最可怕的一人。「一劍殺人」卜絕，出手江湖第一絕。他出手殺人，一生從未失手。連殺少林方丈，也一劍臻功。不過他也活不過這一役。

每個人都在憤怒，而且激動，但是蕭秋水除了憤怒和激動之外，還感到痛恨。

他痛恨他自己。

這事他明明可以預防、可以阻止的。

只要他先想到。

而且要先說出來。

天正也許就不會死。

——他赴桂林求援時，路過陽朔，那時馬竟終便曾對他說過：「……豈止如此。連嵩山派也遭了殃，福建少林要不是各方少林子弟救援得早，也不堪設想；此外，五虎彭門、天殘幫、烏衣派、螳螂門也歸順權力幫，近日鐵衣幫、恒山派也奉權力幫爲主幫，至於抵抗的中原鏢局、黃山派、血符門、潛龍幫、中間派全給吞滅了！」

「……這些日子來，武林中就是中了他們的離間計，再給一網打盡的就有括蒼派、崆峒派、司寇世家、太極門……」

——馬竟終說這些話的時候，還沒有與歐陽珊一合力迷倒蕭秋水等之前，他當然不忍也不想下手，所以言下有嚇阻之意。

——那時候馬竟終猶在康出漁控制之下，他說出來的話，自然是權力幫的武林內幕消息。一般武林中人可能反而不知道得如此詳細。

——而今來的人，正是五虎彭門、螳螂、烏衣、天殘等幫派的人，而鐵衣、恒山兩派，既是「白鳳凰」與「冷風吹」的管轄之下，自然聲奉權力幫了。

可惜蕭秋水沒有想到——就算想到，也來不及通知了，他們已出了手。

天正已經遭了暗算。

那巨大頎長的僧人抬起了頭，滿目是淚。

他的白僧衣好似一座大海般的滾騰起來，翻躍、伏踞，又折衝、起落不已。

他全身的骨節，竟「啪啪」地爆響起來。

莫艷霞嬌笑道：「龍虎，你不服是麼？」

龍虎大師沒有答話。那骨裂爆碎之聲更響。

只聽一人輕聲叱道：「六師弟，我來了，你還不服嗎？」

龍虎大師猛掉頭，只見大廳上，背著外射進來的光芒，進來了一個黑衣黑袍的僧人。

龍虎大師的骨節忽然不響了，就似一壺沸水，倒進了冷澈似冰的潭水裡去。

「三師兄，方丈他……大師兄已經……」

那僧人赫然竟是少林身兼羅漢、懺悔兩堂的首座木蟬大師。

少林除天正大師外，最高的首座爲身兼達摩堂、藏經樓之首座木葉，其次就是這位木蟬大師。

龍虎大師在少林位居第六，是少林首席護法。

只聽木蟬黯然道：「……唉……我知道……」

龍虎大師勃然道：「你知道!?三師兄，大師兄命喪，少林危在旦夕，你還……」

木蟬淡淡地道：「那又有什麼辦法？天正既死，我就是方丈了，你對方丈掌門說話，怎可如此無禮？」

龍虎大師像被一支炙棒刺著一般，跳了起來，嘶聲道：「你這……你這潛亂、叛逆……」

木蟬笑道：「少林叛徒，年年都有，」他拍拍血影肩膀，血影大師的笑容也有說不出的詭祕，接道：

「要是沒有三師兄的匡護，我叛離少林，又怎會活到現在？」

木蟬居然笑道：「誰有權，誰就不是叛徒！」

龍虎厲喝道：「你不怕二師兄……」

木蟬笑道：「木葉之死，遲早事耳。達摩堂的人手，我非常需要；藏經樓的書，我早想借閱。」

龍虎岔然叱道：「你該死——」身形掠起，半空中全身骨節又「啪啪」作響。

木蟬叱喝：「叛徒該死。」

——於是龍虎大師成了「叛徒」。

彭門四把刀、單奇傷的劍、司空血的緬刀、郎一朗的雙拳，立時都交擊過去。

龍虎大師人在半空，忽然變成了靶子。

劍、刀、拳都擊刺在他身上，一件也沒落空。

但也一件都沒有奏效。

而且他旋風一般飛撲過來，全身爆裂之聲更響。

朗一郎臉上變色，大呼：

「雷霆霹靂——」

就在這時，真如雷擊，轟隆一聲，郎一朗被震飛丈外，順牆滑了下去。

然後那牆也倒了，不是轟然而倒，而是慢慢地蝕了、霉了、塌了。

龍虎大師的一擊，竟是如此無匹。

梁斗等人臉上不禁有了喜色。

彭門四虎衝得最狠辣，也退得最快。

勇敢和兇狠不同——勇敢是明知死而不懼，兇狠是有所選擇的：

——比方說當自己打不過對方時，凶狠往往成了懦怯。

彭門四虎就是這樣子，可是他們剛想退走，其中的倫走就已被拗斷了脖子。

然後龍虎大師就像丟一顆爛掉的冬瓜一般，隨手扔了出去，那頭顱「砰」地打中皮棠，皮棠的胸骨幾乎要從胸口裡噴了出來。

龍虎大師已拚紅了眼。他就像降龍伏虎的彌陀，甚至像羅剎惡魔，一出手，就要殺人。

司空血、單奇傷和剩下的彭門雙虎，哪裡接得住龍虎大師至大至剛的「少林神拳」和「霹靂雷霆」神功!?

「白鳳凰」這時出了手。

她手裡的拂塵，就似千百把劍，小劍。

她的身材豐腴，惹人遐想，可是閃動起來，比水蛇還快。

她的武功，絕不在宋明珠之下。

她一出手，就把龍虎大師接了過去。

她縱接得住龍虎大師的少林神拳，卻抵不住他的「霹靂雷霆」！

「霹靂雷霆」實在太強！

這種內功，一百七十年來，少林一脈，只有三人可以企及，這是至猛至剛的功力，除了百十年前的萬相大師、百丈禪師之外，便只有這龍虎大師一人學會。

雷霆霹靂，乍閃乍現，莫艷霞猶如天邊彩霞，所據一方，卻是愈來愈小，愈來愈無氣局。

落霞兀自不肯殘散。

就在這時，一道冷毒的閃電刺來。

「冷風吹」應欺天出了手。

他的身形倏忽，像長空閃電，看到時只覺一亮，要抓住已無從。

最厲害的是他倏變的身法，和陰毒的電劍，恰好就是龍虎大師的剋星。

「霹靂雷霆」，先見閃電。

只有閃電一生，雷霆霹靂才響。

所以閃電似的劍光，處處佔了先手。

蕭秋水等來不及看下去。

他已出了手，先攔住彭門古同同。

曲抿描、曲暮霜雙雙截住許郭柳。

齊公子的「四指神劍」，困鬥單奇傷。

梁斗比作刀光，截擊司空血。

他們決不能讓這些惡徒群毆龍虎大師。

龍虎大師在這裡已經代表少林。

——正義的、公平的、俠氣的少林。

他們對他寄於全然的希望！

龍虎，是再也不能死。

閃電雖快，眩目奪人，但雷霆霹靂卻悠遠良久。

閃電次數愈來愈少，在這諸神震怒，雷霆交作的情形下，晚霞更黯然無光。

龍虎大師顯然已佔上風。

莫艷霞曾先後偷襲中他三次，應欺天也刺中他一次，龍虎大師披血而戰，卻沒有倒下。

應欺天等知道這僧人不但會使凌厲熟練的「少林神拳」，而且能祭起無可駕馭的「雷霆霹靂」神功，並且懷有一身「金剛不壞神功」！

這種遠比「童子功」、「十三太保橫練」、「鐵布衫」、「金鐘罩」等加起來都難練得多的佛門禪功，使龍虎大師瘋狂捨身攻擊之際，免卻了後顧之憂。

那一劍三拂塵，只能傷及皮肉，不能毀其筋骨。

龍虎大師的戰鬥力愈來愈旺盛。

應欺天的武功，要比莫艷霞稍高一點，但他只能刺中龍虎一劍，而白鳳凰卻能偷襲中龍虎大師三次，委實是因爲這場戰鬥太凶險：

——龍虎大師是面向應欺天惡戰，所以應欺天反而不能得手。

現在龍虎大師已佔上風。

現在那四個人，已經看見了劍廬的飛簷。

現在正是日正當中的時候。

就在這時，一柄一丈二尺八寸四分三長的黑色鐵槍，閃電般刺入龍虎大師的腰脊。

龍虎大師感覺到那冷冰冰的槍尖，戳散了他的神經，他雙腳沾地，咳出了一口血，嘶聲道：

「寒鐵槍!?」

拏槍的人是木蟬。

「是，要不是，怎刺得倒你？」

龍虎大師又咳出了一口血，喘息道：

「你……你真的是……權力幫的人……？」

木蟬大師依然淡淡地道：「當然是，否則怎會殺你？」

龍虎大師渾身筋骨又「啪啪」作響，狂吼道：「你……你其實究竟是誰!?」

木蟬冷冷地道：「我是權力幫柳五公子的『雙翅』之一，『千里獨行，萬里趕蟬，一槍苦行僧』！」

龍虎大師眶眥欲裂：「你是左天德!?」

木蟬笑笑道：「其實無德。」

龍虎大師長嘶一聲，沖天而起，全力出手。

木蟬卻突然拔出了他的槍。

他的槍自龍虎大師的脊椎骨裡挑出來的時候，龍虎便仆倒下去，像一隻抽空了氣的皮球，全身都癱瘓了。

木蟬收槍而立，俯首看著他，彷彿也有悲憫之色，說：「一個人不識時務，當為環境所不容，其實也只好死了。」

他這句話其實不是說給龍虎聽的。

龍虎大師現在趴在地上，吐出來的已不是血，而是白沫。

他一身「金剛不壞神功」，卻給寒鋼地母製成的鐵槍刺入「龍尾穴」所破，死了。

他這句話顯然是講給梁斗他們聽的。

因為梁斗等人已停住了手。

梁斗、蕭秋水、齊家公子、曲家姊妹，他們每一人，都聽見了。

天正被殺、龍虎大師也死了。

沒有這句話，梁斗他們心知肚明。

左天德、應欺天、莫艷霞，任何一個，都可以要他們送命。

他們已沒有勝機，一絲都沒有。

左天德的話，梁斗當然聽得懂。

不過懂是一回事，同意又是一回事。

完完全全另一回事。

梁斗忽然道：「好輕功！」

左天德欣賞地笑笑：「爲什麼好的不是槍法？」

梁斗道：「槍好，槍法也好，不過好的不止是槍和槍法！」

左天德道：「哦？」

梁斗淡淡地道：「而是身法。卜絕暗算天正的時候，天正是猝受襲擊，而且是四面受敵，跟龍虎受襲時不一樣。」

左天德笑問：「怎麼不一樣？」反正天正、龍虎已死，他不怕梁斗等逃得了。事實上，普天下間，已沒有幾個人能把梁斗等從他們手裡救走。不能。

梁斗道：「龍虎大師雖以一敵二，但心裡早防著你，不似卜絕出手時，天正大師全未防範。可是你出手快，動身更快，明明離龍虎的角度既差又遠，卻忽然縮近距離，加上槍長，故一槍致命。」

左天德拍掌，然後說：

「分析得好！」

梁斗淡淡一笑道：「過獎。」

左天德乜著眼道：「梁大俠是聰明人。」

梁斗微微一笑：「不敢。」

左天德向眾人瞄了一眼：「梁大俠的朋友想必也是聰明人。」笑了一笑又瞇著眼睛道：

「聰明人現在都知道該怎麼做的了？」

梁斗、蕭秋水、齊公子、曲暮霜、曲抿描一起異口同聲道：

「不知道。」

左天德怔了一怔，瞳孔收縮，說，「你們知不知道，敢說『不知道』的下場是怎樣？」

蕭秋水站出來大聲道：「不知道。」

左天德心中大怒，這小子居然敢頂自己的嘴！「什麼東西都不知道的是死人，你現在是找死。」

蕭秋水昂然道：「大丈夫有所爲，有所不爲，死又何妨？」

左天德冷笑道：「無妨，無妨。」正要出手，忽然道：

「外面是誰!?」

四個人長步而入。

一人道：「木蟬，怎麼如此激動，出家人動了嗔念麼？」

左天德一見來人，立即堆起戚容，道：「師兄慘死，師弟身亡，我今日豈止破嗔，還要大開殺戒！」

蕭秋水一見來人，喜得幾乎跳了起來！

他大叫道：

「師叔！玉平兄！」

那個濃眉、憂悒的，卻掛了個淡雅的笑容之中年人，卻不是誰，正是孟相逢！

「恨不相逢，別離良劍」孟相逢！

另一個容色冷傲的青年人，也是與孟相逢同列「當世七大名劍」之內的，與「鐵衣劍派」、「浣花劍派」齊名的南海鄧玉平。

其他兩人，一羽衣高冠，一神情猥瑣，卻是誰？

原稿於一九七九年

在「神州社」之「試劍山莊」建

立「七重天練武台」教武習武，主

辦「雌雄榜」、「飛鴿傳書」公佈
欄，遊山玩水「少年遊」及「即席創
作」、「武俠大競賽」、「軍區作戰
遊戲」和「巡迴演講」期間
修訂於一九九八年九月上旬
念禮、余銘各自一起玩「大失蹤」、
「小失蹤」期間／九月十六日：「戒
晶」／十七日：「新生活運動」之
「A計劃大衝刺」

溫瑞安

第四章

在劍爐的變化

壹　太禪與守闕

左天德顯然全心全意，向那高潔、孤漠、銀冠的道人招呼。不管他們是誰，左天德的臉色，卻不是為鄧玉平和孟相逢改變，而是為了那兩人。

那道人看見大廳的情形，似十分動容。

梁斗正想說話，忽然感覺全身一寒，身上「天柱」、「神道」、「志室」三處穴道都被扣住。

他勉力一看，只見應欺天不知何時，已站在自己身邊。

梁斗想叫，又叫不出，便向齊公子那邊看去，心裡也暗暗叫苦。

齊公子身邊，也站了個白鳳凰。他顯然也是穴道受制。

這時那道人「呀」了一聲，見到天正氣絕，龍虎斃命，很是震訝，沒有注意到大廳的事。

能叫的唯有蕭秋水，他正想示警，左天德忽然退了一步，往後跨走。

他看似只後退了一步，卻突然向前到了蕭秋水身邊，閃電般封扣了蕭秋水「缺盆」、「天樞」二穴，同時間，也點了曲暮霜的「伏兔」穴，曲抿描的「天象」穴。

這三人穴道被封，卻與原來無疑，並不墜倒。

這時進來的四人，爲大廳的情形所撼，並未注意到這般情形。

那神情猥瑣的人，一跛一跛，向天正的遺體走去，到了面到，恭恭正正拜了三拜，握住了天正大師的手，冥靜默念，黯然垂淚。

那羽衣高冠的道人，也十分悲戚，顫聲道：「這……這裡是怎麼一回事……」

左天德合什道：「阿彌陀佛！守闕上人，你來得正好——」

守闕上人!?

武當鎮山守闕上人！

武當派守闕上人，以武功名望，只在少林木葉大師之上，不在長老抱殘大師之下。木蟬大師與之一比，在武林中的威望聲譽，尚矮了半截。

現在武當派守闕上人居然來了！

守闕上人長鬚顫動，竟是老淚縱橫，悲聲道：「是誰殺了他們……」

蕭秋水想答，可是發不出聲音。他覺得守闕上人的語音十分年輕。

這種焦切的心情他似曾相識，高要城內，梁斗等出現，蕭秋水想開口出聲，揭發屈寒山就是劍王的奸情，但也是苦於發不出聲。

所不同的是，這次多了梁斗、齊公子、曲家姊妹也一樣的感受。

「天正大師是被暗殺的……」左天德喟歎道。他左手的手指，尾指豎起，拇指也豎起，好像一隻手影裡貓頭的形象。

在權力幫來說，「貓頭」就是行動。

而且是殺人的行動。

權力幫這次的行動，本來就叫做「地方貓頭」。

「地方」就是指天正大師，「貓頭」就是對付他和他黨羽的暗殺行動。

——暗殺天正，收服龍虎，必要時也消滅之，讓木蟬當上少林掌門。

他們出動了「一翅、一殺、一鳳凰」，方才殺了天正、暗算了龍虎，但也犧牲了卜絕。

而今守闕上人既然來了，為何不也順手把他做了？——這正是大功一件。

武當派一般的外務與決策，掌門太禪真人只屬幕後，守闕才是主持大局、分派行動的鎮山關鍵人物。

守闕既然已經來了，不如一併殺了。

——餘人俱不足懼！

左天德伸出了「貓頭」，應欺天與莫艷霞都看到了。

他們也伸出了尾指與拇指——「貓頭」。

這行動他們完全同意——他們本來就要殺守闕上人，同時他們也知道，這武當守闕，武功也許略遜天正，但絕對在龍虎大師之上。

守闕上人顯然在傷悲中，那容色憔悴、猥瑣的老頭，向他搖搖手，叫他不要難過。

——他們都沒有注意到這特殊的手勢。

——奸徒已控制了全局！

他們決定先由應欺天以急遽身法，突擊守闕。

就算守闕躲過或接下，左天德的長槍，戳刺守闕之「玉枕」穴。

他們知道武當內家功力要得——但「玉枕」穴一破，真氣盡散，縱不死也變成白癡一個！

龍虎大師的佛門「金剛不壞神功」，便是這樣被破去的了；這次他們要破的是「無極神功」，這是武當派幾可與「先天無上罡氣」齊名的內功心法。

只要應欺天、左天德吃住守闕上人，白鳳凰莫艷霞便罩住鄧玉平、孟相逢、猥瑣老人等人，一擊得手，永絕後患！

左天德的「貓頭」，已垂下了尾指。

他們已決定出手。

只要再收起了拇指，「貓頭」不在，行動就要展開了。

左天德已屈起了拇指。

行動即開始！

應欺天出手！

他原本在梁斗旁邊，忽然已到了守闕上人後面。

這只是一眨眼的事——你知道一眨眼究竟有多快，就可以想像他飛躍這幾乎十七尺的距離有多快。

可是他的劍更快——只要你眨了一下眼，你就看不到他出劍，也看不到他收劍，他的劍還在他原來的腰間，好似未動過一般。

但他知道左天德比他更快。

不但輕功比他快，連槍也比他快。

只惜他一劍刺出，守闕上人已不見了。

而且他也聽不到左天德接應的槍風。

他開始還以爲自己眨了眼睛，可是他很清楚自己至少沒有掩住了耳朵。

他霍然回身，全身的毛孔在剎那間都滲出了冷汗。

左天德已死，他的一丈三尺八寸四分三的黑鐵槍，已碎成一十九截，銳厲的槍尖，倒刺入他的喉管裡。一雙千里獨行的腿，軟得似沒有了骨頭，原來腳脛碎裂得像槍桿一般。

在他面前的，是那神情猥瑣的老頭，現在卻神光煥發，神色冷峻，如大殿裡的玉面神像一般。

應欺天的心沉了下去——完全的沉了下去，像冷澈入骨的潭水底層的沉水一般，完完全全的沉了下去。

因爲他知道，世界上只有一種功力，可以在剎那間，毫不費力，而且沒有絲毫聲響地震碎「寒鐵槍」，這功力就是「先天無上罡氣」。

而練得這「先天無上罡氣」最高明的，除了武當兩個現下生死不明的長老外，就只有一個人。

這個人當然就是當今武當派掌教太禪真人。

莫艷霞已倒地。

她刺殺守闕上人時，守闕卻撲向白鳳凰。

莫艷霞要刺殺孟相逢、鄧玉平時，守闕已一手扣住了她背後的五處穴道。

莫艷霞來不及一聲驚呼，鄧玉平的劍已出手。

鄧玉平是向不習慣留活口的。

這個「貓頭」行動就這樣結束：

原來是莫艷霞搏殺鄧玉平、孟相逢和猥瑣老者的，應欺天和左天德狙擊守闕上人的——

而今守闕上人卻制住了莫艷霞，鄧玉平殺了她。孟相逢則迅速地解了梁斗、齊公子、蕭秋水、曲家姊妹的穴道，而猥瑣老人卻殺了左天德。

配合無間，天衣無縫。

等到司空血、單奇傷、古同同和許郭柳想要出手時，一切都已經來不及了。

連應欺天定過神來的時候，也來不及了。

——「貓頭」行動，徹底失敗！

只聽那原本猥瑣而今神光煥發的老人道：「『狗尾』行動，全部成功！」

——「狗尾」行動？

「狗尾行動，」那老頭眼睛閃動著精警的亮光——不是狡猾的，而是比狡猾更睿智的光芒。「對付的就是貓頭行動。」他再次的擺擺手。

他擺手的姿態很奇怪，不是五隻手指在擺動，只有四隻──四指迸伸，中指卻屈收。應欺天覺得這姿勢很熟悉。這姿態就像一條狗在擺尾。

在他們未動手前，這老頭彷彿也對守闕上人這樣擺了擺手，好似是在勸慰他不要太傷心。他省悟他知道得已太遲。他那時還在滿意自己等人佈署的「貓頭」行動，卻不料別人已伏好了「狗尾」行動的殺著。

疏忽永遠是最可怕的錯誤──它的可怕處並不止在低手，就算高手，也一樣會犯。

而且疏忽往往與輕敵同時發生。

輕敵的結果──往往就是死！

而輕敵者在輕敵時還常常以爲自己高估了敵人。

應欺天覺得很孤立。他清楚守闕上人這等高手的武功。他沒有寄望於單奇傷、司空血及彭家雙虎等人。

可是他很沉得住氣。他一直很驕傲一點，他是柳五公子身邊的紅人，也是強人。所以他說：「你就是武當掌門？」他問得很客氣，很沉靜，他是向著那本來猥瑣而今變得十分英睿的老頭問的。

「是的。」那老頭點頭道，「我是太禪。」

「你是怎樣知道我們是……？」應欺天問。向來是他暗算別人的，而今卻遭了別人的暗算。他知道此番大事已不妙了：武當太禪與守闕雖是三十年同門，但絕少見面也很少在一起一道出現，而今竟一起來了蕭家劍廬，自己只怕已難以力敵了。

太禪真人頷首道：「天正顯然是被暗殺身亡的，他的傷口，由後穿心而過，因而致命。殺人兇手顯然是木蝶禪師，他手中有劍，劍上有血，而他眉心穴有一金印，乃中『拈花指』而歿的。『拈花指』只有天正練成。」太禪真人每一點都很精細，說話也很扼要：

「龍虎大師傷口仍有血溢出，顯然剛死不久，且在天正死後發生的。他傷口在背後，也是給人暗算的，是槍所刺傷，而木蝶大師手裡倒提著槍。我了解龍虎的爲人，他不可能背叛天正，那因何在天正殺了兇手而自己身亡後，再爲木蝶所殺？木蝶縱不是主凶，至少也是幫凶之一。」太禪真人緩緩道。

「是。」應欺天不得不承認，「木蝶也知天正懷疑他勾串外人，所以木蝶在天正未中劍前，一直沒有出來，就是怕天正生了疑心，反而不能得手。」

「可是，」應欺天問道，「……你從何判定你的猜測必中，一出手就殺人？」

武當是名門正派，而且是道教中人，理應審慎從事，而且慈悲爲懷，在未百分之百肯定殺無赦時，不可動輒殺人。

太禪真人笑道：「這事開始只是懷疑，後來卻確定了，因有人告訴我的。」

應欺天不信道：「誰？」

太禪真人道：「天正。」

太禪真人緩緩走過去，靜靜地摸住了天正的手，又輕輕地把他上搭的右手牽開，露出左手，左背赫然有幾個字：

小心木蝶。

這幾個字顯然是用鮮血點來寫成的。

敢情是天正臨死前，還念念不忘木蝶的狼子野心，但礙於少林聲名，或無證據，故寫於手背上，讓親信龍虎大師收葬時，可以看見，以便儆戒，圖有朝一日，或可力挽狂瀾。

詎知龍虎大師看不見——已永遠看不見了。看到的卻是太禪真人。他瞭解天正大師，正如天正瞭解他一樣。有一種人，雖彼此沒見過幾次，但天生能相互瞭解。也許他們本來是同一類人的緣故吧。

「何況，」太禪真人笑笑又道，「要殺天正的人，也一定想殺我。」

——而且殺天正和太禪的原因，往往是同一個。

——權！

像太禪、天正等方外高人、除了這盛名之累，還有什麼可以要爭奪的？

太禪真人無所謂的一笑，接道：「別人以為我會光明正大的找人決戰，而且絕不會施暗襲。其實不然。這也要看情形。別人要暗算我，我就可以暗算他。前輩風範、光明磊落，可不是叫人光捱打不還手，任由別人殺戮的！這點我不怕人詬病。我不是天正。天正誠於天，我只誠於人。人對我好，我比他更好。人向我使奸，我則比他更奸。人若對我不誠，我亦對他不誠。江湖上本就：『以牙還牙，以血還血』，天正是要捨身入地獄，我是主張好人上天堂，壞人下地獄。」他笑了笑又道：

「我又不太壞，為何要先下地獄？天理不公平？」

應欺天無言。遇著太禪真人這樣的人，任誰都沒有辦法。這種人不怕使詐，因為他也可以使詐；這種人也不怕誠實，因為他也誠實。

「而且，」太禪真人那雙比狡獪更英睿的眼光又在含笑，「你們暗殺天正、龍虎，我們偷襲你們倆人，這不是很公正嗎？」太禪張望上面，道：

「天道為公而已。」

他說完了這句話，身子就往上竄，拂塵一揚，數百「嗤」聲連響，柔軟的拂塵絲，竟如鋼刺，全崩直如鐵，刺入閣樓板內，只聽一聲短促的慘叫，以及樓板一陣迫急的掙扎聲，便沒了聲息。

血，漸漸染紅了拂塵。

太禪一笑，驟收拂塵，笑道：

「這個該是附送的。」

「咯喇」一聲，樓板裂開，掉落一人，胸腹間被刺千百孔，已然氣絕，蕭秋水等定睛一看，掉下來的人竟是彭九的弟子吳明。

這下子，古同同、許郭柳、單奇傷、司空血等全變了臉色，才知道是絕了望。

太禪真人這時才問，很認真地問：「爲了要使你們這些奸邪盡誅，我不惜請動了沒見面十三年的守闕上人來和我一道斬妖鋤奸。現在，你們要自殺，還是要我動手殺你？」

他臉如冠玉，有一種公子王侯的氣態，偏偏卻是個白髮道人。但是他這般溫文說出來的話，卻令人不得不信，不得不服。

應欺天長歎。他敗得非常不服氣。柳五公子算無遺策，這次居然沒有算出，少林天正、龍虎來這裡之後，武當的太禪與守闕，居然也給孟相逢和鄧玉平請動了來浣花劍廬！

應欺天所不服的是這次僅是柳五公子的行動，要是李幫主也有派人出手……可惜李幫主自己很少親自出手了，甚至很少親派人出手，多半都是柳隨風接管一切；自柳隨風接任以來，權力幫更是蒸蒸日上，絕少受到挫敗。

除了這次……以及在攻打浣花劍派的損失與犧牲。

如果李幫主在，或許……應欺天歎了一聲，他知道權力幫決策的事，他是無權干涉的，就算身分已極之尊貴重要如他者……應欺天慢慢提起了劍，冷笑道：「你們應該看得出，我不是自殺那種人。」

太禪真人也冷笑道：「你也應該看得出，我也不是隨便可以放過人的人。」

應欺天道：「你要我的命，就過來拿吧。」他橫劍當胸，決心一拚。

太禪真人一笑，道：「不過我也有例外。」

應欺天緩緩放下了劍——螻蟻尚且貪生，何況他是人，掙扎了那麼久，只是想要活得更好一點、更有名一點、更有權一點而已。

所以他問：「是在什麼情形之下？」

太禪真人卻不答他，卻自言道，「近日來武林中變化良多，通常都是老一代，被新人所取代，或莫名其妙暴斃，更有之的是滿門遇害……」他的眼睛掃向地上的莫豔霞等，冷笑道：

「像她，像你，像五虎彭門，等等等等……最近又有南宮世家、上官望族、棲霞觀、辰州言家、雪山派等，都有變亂——這，想必是權力幫策動的了？」

應欺天目光閃動，點了點頭，他已看出來太禪真人要問的是什麼了。

果然太禪問道：「只要你告訴我，每一幫每一派的內應是誰，你就可以帶著你的劍、你的人，活著離開此地了。」

太禪真人含笑望向應欺天，道：「怎麼樣？」

只要告訴出別人的名字，自己就能活下去了，——這條件無疑令應欺天十分動心。可是應欺天歎道：

「如果我知道，我多願意告訴你。忠誠固然重要，但性命更重要。沒有生命，談何忠誠？」

太禪真人瞳孔收縮，應欺天不由自主退了兩步，他從未碰到過如此淩厲的殺氣。

「你不知道!?」

應欺天緊緊握住劍。「如果我知道，我早都告訴你了。」應欺天苦笑道：「柳五公子派下來的事，旁人不許過問，除了他要我們知道的外，其他的我們都不會知道。」

太禪真人精光四射眸子瞇了起來，道：

「柳隨風？」

應欺天突然跨了一步，他以輕功成名，只要他走得出這房子，就一定逃得出去！一定！

但是他身形一動，守闕上人就動了。

滿屋子人影飄動，衣袂閃動，急遽的風聲令人喘不過氣來。

然後「冷風吹」應欺天落了下來。

守闕上人就跟在他的後面，僅半尺之遠。

他一旦停下，守闕也止住。

他已開始喘息，守闕卻如同一個人休歇浴沐以後，容光煥發，連呼息都舒緩如風。

可是他們已在剛才的一剎那間，在屋子裡貼壁走了二十一圈。

沒有碰到任何一個人，沒有撞跌任何一隻瓶子，沒有沾著任何一張桌椅。

而應欺天還是逃不脫守闕上人的貼身追趕。

他落了下來，一面喘息，但雙眸睜得老大：他很瞭解自己的輕功，當今之世，他和左天德的輕功，天下間只有五個人能夠與他不相上下，或僅勝他一點，只是一點點

他突被恐懼所擊倒：他知道這紅顏白髮的人是誰了！

他手中所握的劍，不住的抖動起來。

一個善於握劍的人，手怎麼這麼不穩？

太禪真人看著他的手，眼光忽然有了笑意：

「你這人，沒有用了。」

應欺天沒有回應，黃豆般大的汗珠涔涔而下。

太禪真人望向守闕上人，道：

「沒有用的人，該怎麼辦？」

守闕上人笑得像個年輕的小伙子：

「該死。」他轉向應欺天笑道：

「你該死了。」

應欺天立即垂首道：

「是。」

守闕上人突然出了手。

貳　柳五

一支七寸三分長的匕首，突然扎進太禪真人的「神封」穴內。

太禪真人憔悴的臉上，突然脹紅，十分怖人，他一手按住乳旁，發出驚天動地的一聲嘶吼：「你好……」一掌拍出。

守闕飛翻而出，這時白影一閃，白鳳凰竟沒有死，她的拂塵向太禪的臉上罩去！

太禪真人的「先天無上罡氣」，已被破掉，自然無法硬接，但他神功蓋世，雙手一合，竟硬生生把莫艷霞的拂塵抓住。

應欺天這時出劍。

他這一劍是恐懼中出手——因爲他知道，再不在此時立功，他將生不如死——所以他全力出了手。

他的劍就在莫艷霞的拂塵罩向太禪真人臉門的刹那，全扎進太禪的「天宗」穴裡去。

太禪狂吼一聲，猛夾住劍身，吐氣揚聲，「崩」地劍身中折，他一手抓住斷劍，雙指一拗，「叮」地拗斷了一截，「哨」地飛射而出，全打入應欺天的額上。

然後他巍巍顫顫，雙手抓住了兩處傷口，血染紅，他的臉、身、手也完全脹紅，他一雙眼珠子，好像凸了出來一般，瞪住在遠遠的、遠遠遠遠的那處的守闕上人，噝道：「原來，是你——！」

大變遽然來。梁斗、齊公子、蕭秋水、曲家姊妹，甚至連同孟相逢、鄧玉平，還有彭門雙虎、單奇傷、司空血都怔住了，更連佘殺等五人，都無法應付此等奇變。

太禪真人慘然踉蹌了幾步，嘶聲道：「你……你好狠的心……」

他至死也不信守闕上人會殺害他，否則他也不至於如此疏忽，全不防備。

守闕上人微笑。他緩緩抹去臉上的易容藥物，慢慢露出了一個神飛風越的英秀臉容，他笑道：

「這是上官家的易容術，瞞得過你，真不容易。幸好你已多年沒見過真的守闕上人，而我也一早打聽得一清二楚：你本就討厭守闕與你齊名，對他言行，本就不感興趣，而且也已多年沒會過面，這次是爲了要殲滅敝幫，才不惜再請動他聯手對敵；我足足在守闕身邊三個月，學他一氣一行，總還瞞得過你，也算不枉了。」這年輕人似舒了一口氣，很安慰地道。

「慕容．上官．費」本來就是武林之六大左道旁門的翹楚，尤其易容一道，這張臉要是上官世家中上官望手製的，那精明如太禪真人者，也真箇無法看得出來。而上官世家，早已投靠權力幫，得他們之助，權力幫如虎添翼。

太禪吃力地望過去，只覺得朦朧光中，彷彿有一翩翩於俗世的佳公子，可是仍看不真切，他吃力地道：「……守闕……守闕上人呢……」

那公子似怕傷害到他，用一種輕如羽毛、軟如雪花的聲音道：

「他……我只好殺了……他不能選擇出賣你，只好選擇失去性命了。」

太禪覺得生命也即轉離他遠去了。彷彿生命之神在駕著馬車，在雲端等著他，只要他生命飛來，就可以啓程了。這旅程是去哪裡？太禪不知道。他只覺得全身輕飄飄的，眼皮愈來愈合攏。他吃力地張開失神的眸子，喫力地問：

「你……你究竟是誰……」

那公子靜默了一會兒，用一種悲憫的眼色望著他，終於很小心地說：

「我姓柳，在權力幫裡，排行第五。」

柳五！

柳隨風！

這一聲猶如晴天霹靂，炸響在每個人耳裡！

柳大總管！

李沉舟的唯一親信！

柳五公子說完了那句話，便輕輕歎了一聲，一揮袖，就飄然而去，再也不回頭。

也許他知道太禪已必死，大廳上只留下一個白鳳凰，也夠應付梁斗等人了。

這裡大局已定，他已無需費神。

應欺天雖然幾乎要出賣了他，但他也死在太禪手裡，已用不著他動手。

沒有人可以出賣他。

——能不必他動手的時候，柳五公子是從不必親自動手的。

動手就得要冒險，柳隨風不怕冒險：——只不過冒的是一些有意義而且有必要之險，這樣才不容易死得太容易。

——而又出名得更容易。

人生在世，本就好名。豹死留皮，人死留名。

柳五愛名。

所以他也愛美人、愛權和愛錢。

可是他在必要時，也可以殺美人、擲千金、奪大權，他要的名，無須流芳百世，但要他在世時，沒有一個人的名字可以在他名字之下和他這個人的光芒之下抬得起頭來。

——除了李沉舟。

李沉舟是個梟雄。

而他，也許僅是個人傑。——柳五在拂袖返身，走出去時，好像想到了這一些唏噓。

太禪聽到了他的名字，就死了。

死得瞑目——好像服氣死在一個這樣的人的手上。

一個真正的高手，當然是希望自己死在另一個更真正的高手的手下——這就叫死得其所，否則死不瞑目。

莫艷霞看著柳五既沒招呼就飄然而出的身形，眸子裡發著亮，充滿了欽佩、崇拜。

她進入「權力幫」，不過五年，不過她因爲是他的親信，所以可以掌管一些幫裡的資料檔案。這是幫中非常重要的部分，卻歸由她處理。

她隱約查出，在權力幫創幫立道時，原有七個人，他們沒有名字，只有姓和代號：李大、陶二、恭三、麥四、柳五、錢六、商七，一共七人。他們不要名字，也許就是他們未成名前決意要做大事的決心。

——也許真正做大事的人反而是無名的。

可是等到權力幫名震天下時，陶二、恭三、麥四、錢六、商七五人都聲消湮滅了。

這就是要成名付出的代價。權力幫現在威風八面，卻無人知道它昔年曾流多少血、多少汗！

現在剩下的只有李大——李沉舟、柳五——柳隨風，已經是很有名很有名的人物了。

白鳳凰不知這創業的過程是怎樣，但她感覺得出——以前那消失了的五個人，必定是歷盡艱辛的卓越人物，而到現在還能留存下來的人，更是當世豪傑、英雄好漢！她覺得在這樣的其中一個人的部下當一名親信，是一件心服、口服，而且榮耀的事。

她希望永遠這樣。可惜柳五公子卻要她鎮守恒山。她實在無意要去枯守那座孤寂的懸空寺，以及服侍那個老朽的掌門師太。

——何不乾脆殺了她，把恒山實力，全撥入權力幫？

——就像現在她想殺了這群目擊者一樣乾淨。

站在她側前方的一個少年，他背後是蕭家劍廬的「龍虎嘯天」壁圖，忽然道：

「原來柳隨風是如此輕賤他的部下與親信的。」

他的聲音裡充滿著輕蔑與不屑，莫艷霞一震，只覺早晨的陽光灰濛濛灑下來，這少年飛揚的眉和深湛的眼神，竟是……白鳳凰幾乎失聲「啊」地叫出來。稍定神來，才知道好似不是，但又怎會樣子不同的人，神態如此相似？

不過司空血等全沒有注意到這少年像誰。一方面也因爲他們絕少面會過李沉舟，拜謁時更誠惶誠恐，不敢面對他，又如何得知幫主的神容？單奇傷叱道：

「大膽！敢呼柳五公子名號……」

那少年當然是蕭秋水。蕭秋水道：「我不是奴才，我當然敢。」雖然他心裡對柳五也有一種很奇特的感覺：那靜若處子、動若脫兔、穩若泰山、形若行雲的風度……蕭秋水覺得他是他，自己是自己，不過卻更有一種毛骨悚然的感覺：

……就好像現在是處於一個山洞裡，他和柳五，一個是人，一個是野獸，一定要有所解決，也一定會有對決的一天。

——問題是，如果是野獸，究竟誰才是野獸？

——如果是人，誰才是人？

但是他還是看不過眼，要說話：因爲他無法忍受柳隨風如此輕賤他部下的性命。

——這種只求目的不顧犧牲的手段，豈不是也很像他哥哥蕭易人？

——這是他最不同意他兄長的一點。

「雙翅、一殺、三鳳凰」，蕭秋水也知道，這都是柳隨風最精要的幹部，就像李沉舟最重要的幹部柳隨風、趙師容以及要將「八大天王」一樣。

——但是而今，「藥王」死在浣花溪畔，「雙翅」之「千里獨行」左天德死於太禪之手，「冷風吹」應欺天也死於廳上，「一劍殺人」卜絕亦死在天正手裡，他居然可以不顧，沒有流下一滴淚，甚至不留下來俯首探顧，就走了，連一眼也不多看。

彷彿死人對他已經沒有用了，一點用處也沒有了。

——是的。權力幫而今只出動了一個柳五總管，已把武林中兩大派實力的頭領消除了：少林與武當，反抗的實力定必因此役而大傷元氣，無法抗衡，但蕭秋水更無法忍受的是，柳隨風付出的代價：

這代價是他部屬的生命。

——而他毫不珍惜。

彷彿這勝利是天賜的，彷彿這勝利就是必然的，彷彿這勝利就是應該的。

——可惜他不知道，柳五確是以爲是天賜的、必然的、應當的，戰局若落到他柳五的身上，勝利是命定了的。

——而且柳五也從不更絕不，爲將逝或已逝去的人和事，多作喟歎或傷心。

——他認爲喟息是多餘的，傷心更無用。

可是柳五也不知道一些事。

——他沒有聽到蕭秋水那聲斥苛和那時的神情，因爲那時他已經走了。他認爲還活在大廳上的人，已不値得他柳五出手了，然後才安心走的。

可惜他不知道。

但是他離開浣花後，心裡忽然有一道鬱結，久久不能舒，好像自己有心愛的事物留在後頭，忘了取回一般，偏偏他又想不起是什麼。

但他沒有回頭。

風和日麗，天正好。

他想辦法心情好。

何況一個年輕若他的人，居然輕易殺了天下兩大門派的掌門人，爲了這件事，他覺得十分開心。

其實在大廳上的敵人，就算不全殺乾殺淨，他也覺得沒有關係，他反而喜歡留下活口，諒他們已被懾伏，知道對抗下去也無用了。

何況由他們驚懼的口中傳出去，他的形象定必更爲神化或誇張，他就可以更快地名揚天下。

他本來就已夠出名了。

所以他心情很好。

何況日正當中，陽光真好。

他覺得陽光就像溫柔而多情的女子的手，撫拂在他運籌帷幄、決勝千里的雄秀軀體上。

他相信昔年韓信斬殺大敵於沙場，必定也是這種感受。

所以他更快地忘了在離開浣花時那個鬱結。

陽光映射得最燦耀，是在浣花蕭家劍廬聽雨樓，那一片飛簷上。

閃閃發光。

像無數個含著大志氣的希望的人，在招著他們那些發光發亮的小手。

蕭秋水繼續說。而且是冷誚地說。連梁斗都感覺到他的人變了許多。本來熱情得如火，可以融化所有的冰，忽又變得冷峻如冰，可以澆熄很多烈火。

「他的部下屍骨未寒，他就走了。」

莫艷霞聽得不知怎的，心裡真有一陣寒，且由腳底下冒上來。她一直沒注意過這年輕人，現在她才注意到，這年輕人年輕得像她一般的年輕人。

梁斗忽然明白了。

他明白了蕭秋水為什麼忽然變得如此尖刻。

因為他發覺白鳳凰如鳳目般眸子中，望著柳隨風離去的門口，那兒只有洒在門檻的陽光，臉上卻有了陰鬱的苦痛之色。

殺莫艷震，迅速撤退，是他們唯一可行之路。

所以他立即就出了手。

齊公子也是老江湖，他也立刻出手。

佘殺、苗殺、蘇殺、龔殺、敖殺等五掌五殺也馬上出手，此時此刻，他們只有一個敵人，也是一個共同的敵人，那就是：

權力幫！

五殺撲向彭門雙虎，以及司空血、單奇傷，和被龍虎大師震得重傷的郎一朗。

齊公子和梁斗，目標則是莫艷霞。

莫艷霞心裡雖有些凌亂，但她的武功，委實太高了。

她突然竄了起來，蕭秋水只見她背後的長髮，「法」地露了出來，她把長髮一甩，披到臉前，貝齒咬住，拂塵化了千百道暗器激射而出！

「錚」地一聲，一道精光，莫艷霞半空擰身，拔出了劍！

她原本是白巾披髮，如同觀音大士的紗罩，但半空出劍之際，又有一種無比的決心與艷麗，好像一個美麗的女子，知道自己半空出劍是一個美麗姿態般自恃。

「叮」地一聲，刀光一沒。

刀打飛，「奪」地釘入牆上。

打飛的刀是梁斗的刀。

梁斗空手而退。

莫艷霞的拂塵，齊公子剛剛格開，挺劍又上。

「叮」地一聲，劍又飛出。

「嗤」地插入牆上。

兩招兩劍，梁斗和齊公子都空了手。

就在這時「噗」地一聲，嵌於牆上的劍又給拔了出來。

被蕭秋水拔出！

他一招「長虹貫日」，連人帶劍衝了過去！

莫艷霞冷笑，反劍一壓，順劍而上，即可將蕭秋水的胸膛刺個窟窿。

可是她的劍勢只使到壓住蕭秋水的劍身爲止。

一股大力，已由對方劍身倒湧了回來。

莫艷霞從來沒有遇過如此浩蕩的巨力，它消解了自己遞出去的勁力，又撞入了她的五臟六脈，莫艷霞心道見鬼，運力又催。

她不相信蕭秋水年紀輕輕，竟有如此功力。

這功力簡直不在天正大師的「大般若神功」之下。

可惜她錯了。

蕭秋水的功力，不僅不在天正之下，而且若論內力之渾厚，連天正都比不上。

也許只有武當的鐵騎、銀瓶，以及少林失蹤已久的奇僧抱殘等可以相媲美。

要是她一覺不妙，立即收回功力，或卸去勁道，以奇招巧戰，不出三招，當可殺蕭秋水於劍下。

可是她心高氣傲，沒有這樣做，反而運功相抗。

這一下來，蕭秋水功力雖純，而且沉實無比，卻不似天正的內勁之精純及運用自如，大部分都耗在應用不得法上，而今莫艷霞要震開自己，內力便自動相抗，一旦湧出，無限舒暢，幾竭力激出。

莫艷霞本以劍法、招式、變化、輕功見長，功力是較弱一圜，怎比得上蕭秋水？

這一下來，不禁臉色大變，花容失色。

但此時兩方功力，相互壓制，互相剋壓，若一方猝然收回，必被對方內勁排山倒海，連同本身內勁回攻而致死，所以莫艷霞只好硬著頭皮，苦撐下去。

內勁自蕭秋水劍尖源源而去，莫艷霞的紅唇不住抖著，身體抖著，連劍尖也抖著。

齊公子立即見出了端倪，大喝道：「此正其時，殺！」

梁斗沒有動。

他也看了出來，可是他不能下手。

如果一對一，他會毫不猶豫地殺了她，可是蕭秋水牽制她在先，梁斗無法作乘人之危的事。

齊公子掃了梁斗一眼，飛身而起，拔刀。

拔牆上，梁斗的刀。

他以四指握刀，一刀斫出！

他可不是梁斗，如不殺白鳳凰，白鳳凰就會把他們一個一個地殺掉，這不是婦人之仁的時候。

齊公子使刀雖不似用劍一般純熟，但一刀斫下來，刀勢已夠嚇人。

刀未至，刀風已激起莫艷霞的頭巾與雲髮。

刀鋒已照綠了莫艷霞失驚的神容。

就在這時，「叮」地一聲，一劍架住一刀。

星火四濺。

齊公子變色道：「你……」

虎口震麻，刀幾乎震脫。

架住他一刀的人是蕭秋水。

就在這時，莫艷霞一翻身，「刷」地劃了三道劍花，狠狠地盯了蕭秋水一眼，眼色裡也不知是怒是怨，「嗖」地飛掠出去。

這一戰對蕭秋水來說，很是重要。

因為他看見了柳五，一剎那間，在他闖江湖的決心和有大志而無目的的歷險中，一下子，有了個前面的人，他可以去追趕，可以去超越，可以去作借鏡。而不是榜樣，或學習的對象。他有一天要擊敗這個人，而不是拜他為師的孺慕之情。

另外他放了莫艷霞。

因為莫艷霞不是敗在蕭秋水手裡，而是敗在「輕敵」的手裡。

莫艷霞在巨飆般的功力下求掙扎，在刀光下失措，那堅強，就像唐方，只要有一絲絲像唐方，蕭秋水就不忍殺，就不願殺。

外邊日頭正好，可是唐方——唐方，妳在哪裡？

——我想妳，唐方。

蕭秋水的心，又隱隱抽痛起來。

——那被他一劍挑開臉紗的女子……

莫艷霞髮中白紗揚動……也許正因爲這樣，他才不顧一切，放了白鳳凰。

就算再來一次，蕭秋水也會這樣做，他沒有後悔。

何況他從不殺女子。

每個劍客都有他的原則，不必問他爲什麼。

有些劍客不見外人，只殺人。有些劍客只交朋友，不應酬。有些劍客只傷人，不殺人。有些劍客只殺人，不傷人。這都是他們的原則。

莫艷霞雖沒有死，卻受了傷。

傷雖不重，但已不能再戰。

何況她也不想再戰，她立刻就走。

她已掠出了劍廬。

受傷的身子，紊亂的心。

錯愕的臉，詫異的眼神！

齊公子實在不明白這青年在幹什麼。

他沒有空問，也沒時間等，蕭秋水已垂首把劍雙手呈遞給他。

他飛快接過劍，把刀丟還梁斗——五殺與單奇傷等人那邊的戰局，還要他去料理。

何況他也心知肚明，要不是蕭秋水力挽狂瀾，他和梁斗，十招之內，就得要遭了白鳳凰的毒手。

單奇傷、司空血，郎一朗以及古同同、許郭柳跟佘殺、苗殺、蘇殺、龔殺、敖殺等五人，正以一對一，打得難分難解。

彭門二虎「斷頭刀」古同同、「七旋斬」許郭柳力戰佘殺、苗殺，顯然力不從心；郎一朗因被龍虎大師震傷肺腑，力鬥蘇殺，力有未逮；單奇傷獨戰龔殺，卻佔盡上風，司空血也把敖殺打得甚爲狼狽。

但是曲抿描、曲暮霜一加入戰團，一個助龔殺戰單奇傷，一個輔敖殺鬥司空血，局勢便扳了過來。

單奇傷、司空血等五人可謂盡失先手。

齊公子運劍飛去，權力幫本已失勢，怎堪齊公子劍光一擊？

就在這時，迎空一道劍光飛來，正好截住齊公子。

「噹」一，兩劍交加，兩人各躍丈外。

齊公子前襟被劃破，他的漱玉神劍發出如玉如雪的寒芒，森冷地注視來人。

來人是屈寒山。他淡淡地笑著，三綹長髯，無風自動，手中劍忽折爲二。

他棄劍，掌中又神奇般多了一柄劍。

齊公子冷笑道：「難怪人說屈寒山雙手百劍千招萬影，果然名不虛傳。可惜……」他笑笑又道：「劍王只剩下了一隻手。」

屈寒山微笑道：「真是用劍的高手，一隻手就夠了，何況……」他注視齊公子手中劍，好像看一位美麗女子般溫柔。

「好的劍，一把就夠了。」

齊公子也看著自己的劍，神情就像一個領袖群倫的人看著自己最得意的助手一般堅定。

「這確是好劍。如果它殺不死你，錯在用劍的人，不在劍。」

屈寒山也似吁了一口氣，點點頭道：「如果我死了，死在漱玉神劍下，也算值得的。」忽然目光殺氣大現，毅然道：

「如果死的是你，我將把劍與人同埋，決不再用。」

齊公子抱拳道：「謝謝。」

屈寒山垂劍道：「請進招。」

這兩人都是劍法大師，一是白道名宿，一是黑道高手，爲人都千變萬化，難以捉摸。

但他們現在所說的，都是至誠的話。

他們不是對人誠，而是對劍誠。

唯人誠於劍，劍亦誠於人。

所以他們才是劍中英豪。

梁斗撲出的時候，「鬼王」陰公攔住了他。

「鬼王」的武功倏忽奇幻，時似幽魅般閃動不已，正是聞者喪膽的「活殺十八打」。

梁斗只以雙掌招式在對拆著，一直沒有出刀。

一旦出刀，不知生死。

他的刀一出，敵人不死，自己便有危險。

人要出手，便得要全力以赴，這樣才可能把強敵擊倒，否則留三分退路，也等於只出七分力，對方若是高手，這三分便往往要了自己的命。

一旦全力出手，不能命中，卻是連一分自保的力量也沒有了。

所以梁斗一直遲遲沒出手。

沒把握的事，除非必要，否則還是不要常常做的好。梁斗平實，他的刀平凡，但他的人更是沉實。

蕭秋水猝以深厚的內力，擊敗了莫艷霞，正想上前幫忙，卻碰上了「火王」祖金殿。

他聽說過滇邊與蒼山之役，他哥哥蕭易人及「十年會」之所以一敗塗地，祖金殿可說是禍首，誅殺祖金殿、屈寒山、康出漁等人，早是他心頭夙願。

他一出手就下重手，但是祖金殿有鑑於前，連莫艷霞尚且內力不如這少年，自己何敢攖其鋒？忙避去掌力，連用火攻。

蕭秋水武功，連康出漁尚且勝不過，如何是祖金殿之敵？但他內力深厚，潛力發之不盡，他見招創招，隨機應變，以渾厚掌力，打得攻來的火焰搖搖幌幌，幾明幾滅。

祖金殿也忌其內力，一時奪不下蕭秋水。

這時候，廳內八個戰團，打得正酣。

參　琴·二胡·笛子

久戰之下，祖金殿陰狠歹毒，而且烈火熊熊，蕭秋水確窮於應付。

祖金殿吆喝一聲，「呼」、「呼」、「呼」三團火焰，竟串連在一起，如一火棒般，向蕭秋水沒頭沒腦地打到！

蕭秋水情急之下，連削二掌，「嗖」、「嗖」兩聲，兩團火光頓滅，蕭秋水的氣功，何等犀利，祖金殿的「陰火」，水尚且澆之不熄，但蕭秋水掌風一激，「陰火」頓滅。

但是蕭秋水出掌卻不夠周密，滅得二火，還有一火焰已避不及，當胸撞到。

蕭秋水情知若給此火炙著，不死也難活，但情急間也顧不了許多，雙掌一合，硬把火團抓住，想撐得一時，以免烈火焚身。

不料火團被他一閤，立時熄滅。原來他內功高張，絕不在武當鐵騎、銀瓶、少林抱殘、大永老人、丐幫幫主裘無意之下，與少林掌門天正、武當掌門太禪，可謂並駕齊驅，難分輊輊。而今他驚懼之下，內力倏轉，雙掌如寒極之冰，「陰火」頓滅。

祖金殿眼見得手，卻又被蕭秋水破去，勃然大怒，但對蕭秋水內功，更大為戒心，絕不與之硬拚，一有空隙，即行搶攻，蕭秋水只要一個不留神，就要喪在他的火攻之下。

祖金殿這是「以逸待勞」。

這時忽聽錚琮幾聲，又有二胡幽怨，笛子悠揚，吹奏幾聲，便是國樂中的「醉打金枝」。

這「醉打金枝」，清韻無限，蕭秋水聞之爲之神怡，登時不再那麼惶惶悚悚，轉爲瀟灑應付。他內力深厚，潛力無限，一旦從容，功力易爲掌力，內息化爲拳風，甚至提氣爲輕功提縱術，運氣成指勁，出手迅疾，變化萬千，祖金殿一時忙於應付。

蕭秋水打得正酣，跟「醉打金枝」的樂曲配合在一起，節奏、意境、氣態莫不沛然。祖金殿的火攻，莫不給他醉態盎然般的指東打西，打點得七零八落。

只聽樂音一轉，琴聲交響，如馬作的盧，笛子一起一提，躍伏不已，二胡由幽怨轉而激揚，正是樂中的「春郊試馬」。

蕭秋水精神大爽，使拳左衝右突，用掌穿花蝴蝶，祖金殿大汗淋漓，應付不過來，一個翻身，飛了出去。

蕭秋水試騎意暢，正要追擊，忽然掙地一聲，弦絕韻滅，二胡、笛子也音絕神餘，蕭秋水一怔，只見大廳內飛落三襲飄飄衣袂，蕭秋水道：

「是你們？」

捧琴的白衣少年溫艷陽道：「便是我們。」

蕭秋水道：「我們已見著了三次。」

執笛子的黃衣女子江秀音道：「只怕以後還有相見。」

蕭秋水茫然道：「你們是敵是友？」

拿二胡的黑衣登雕樑歎道：「何分敵友？」說著緩緩自二胡中抽出黑水一般漾亮的窄細長劍，道：

「你亮劍罷。」

蕭秋水手中無劍。

他還是問了一句：「昔年『九天神龍』溫尙方，是你什麼人？」他問的是那白衣少年。

昔年「九天神龍」溫尙方，號亦名艷陽，武功蓋世，縱橫江湖，卻因妻子在旁賭氣而至心神大亂，被敵人所擊倒。溫尙方當時年青俊秀，與這白衣少年容態頗有近似之處，用的也是「琴」。

溫艷陽卻淡淡笑道：「我是他嘛？」

蕭秋水大惑。

江秀音突道：「亮你的劍！」

蕭秋水一愕：「斬什麼？」

溫艷陽暴喝道：「斬琴！」

「刷」地一聲，自琴背抽出如一泓瑩水的長劍，「霍」地一刺，劍身迎風抖直，閃電刺出！

蕭秋水卻無劍。

就在這剎那間，他頓悟了「無」就是「有」。

他氣穴一沖，以手作劍，「嗤」地一聲，一道劍風，反斬了回去！

「叮」一聲，竟是兵刃交鳴之聲，但又煞是好聽。

蕭秋水一出劍，登雕樑和江秀音也動上了手，三道劍光，嘯嘯不絕，一劍快過一劍，劍劍相連，又劍劍交擊，響成音樂一般，叮咚連綿。

蕭秋水以手作劍，一一揮撥招架。

笛子、二胡、琴三人劍法又是一創，右手使劍，左手樂器，時劍與劍交擊，樂器與樂器交碰，發出極其亮麗的樂韻，蕭秋水且戰且聆，不覺已被劍風、樂韻包圍。

蕭秋水漸已不敵。

又過一會，笛子、琴、二胡又是一變，樂器變作劍使，劍身反而在空氣間激盪，發出樂音，時劍身與樂器交擊，發出清韻，竟是一首曲子：「依稀」。

依稀。依稀……

依稀是當年。

依稀是昨日。

依稀是那失卻的倩影，咫尺的眼神……

依稀是天涯的分散，遺憾的眷戀……

依稀是……

依稀。

忽聽「嘯嘯嘯」之聲，三支劍尖，正抵住他的咽喉、眉心、胸膛。「格格格」三件樂器，已搭住他雙手和下盤。

蕭秋水沒有再動。

他敗了。

他曾與琴、笛子、二胡這「三才劍客」，決鬥三次，分別在桂湖、丹霞以及這浣花劍廬決戰過，但三次格鬥，無有不敗。

他無言。

然而那「依稀」樂韻，猶在心頭。

只聽溫艷陽緩緩把琴揚起，歎道：「你還是未能忘……」反手一劍，閃的一下，劍已收入琴底。

蕭秋水茫然問：「你們究竟是誰？」

三人還沒回答，蕭秋水忽聽一下擊鼓之聲。

擊鼓一過，一清越脆人的女音唱道：

「郎住一鄉妹一鄉；」

蕭秋水心頭大震，莫可形容，全身一陣抖，失聲叫道：「唐方！」

只聽那越嶺嘶秋的女聲繼續唱道：

「山高水深路頭長；」

蕭秋水跳起，心頭喜悅如千頭小鹿急撞，叫道：

「唐方！」

就在這時，三才劍客出劍。

劍快、音韻更快。

劍是「天地人」合擊。

樂是「十面埋伏」。

但是蕭秋水沒有聽見。

他耳邊只聽到唐方的歌聲。

那歌是他心裡千呼萬喚的無聲。

一定是她！一定是唐方！

只聽那女音清亮地唱下去：

「有朝一日山水變，但願兩鄉變一鄉。」

蕭秋水不管了。

他氣貫丹田，吐氣揚聲，一雙手，都是劍，十隻手指，都是劍氣，躍馬烏江，劍氣長江！

他一劍快過一劍，對二胡、笛子、琴的樂音，都充耳不聞起來，只聽見那唐方的歌聲，要擊倒前面三個人，趕快見著唐方。

只聽「叮叮叮叮叮叮叮叮叮叮叮」一連響，蕭秋水手腳展動，也不知與對方交了多少劍，對了多少招。

這是他第四次與三才劍客交手。

這時在他心神裡，那三才劍客所帶出來的音樂，再也不成音調，「十面埋伏」，已困他不住。

歌聲一絕，換作了擊鼓之聲。

鼓聲咚咚，鏖戰未休。

擊鼓的人是誰？

——有人正擊打揚琴。

正是「將軍令」。

將軍上馬，唐兵留客。

人依遠戍須看火，馬踏深山不見蹤。

蕭秋水的人，回到了「神州結義」時的大風飛揚，快意長歌；他的心，也恢復了飲馬烏江，搏殺鐵騎時的神飛風躍。蕭秋水的劍，也依稀如昔日縱橫無慮、長歌決殺的意境。

黃沙百戰穿金甲，不破樓蘭終不還。

——唐方，唐方。

——唐方！

「將軍令」驟絕。——人在，將軍呢？

馬呢？烽煙呢？——還有唐方呢？

蕭秋水稍一定神，只見江秀音、登雕樑、溫艷陽三劍齊折，斷於地上。

蕭秋水幾不敢相信雙手破三劍，是他一手所致。

——這三人究竟是誰？爲何武功一次比一次高？又不肯傷害自己？且一次一次地

找自己比劍？

半晌。

登雕樑艱澀地澀笑：「好劍法。」

江秀音露出貝齒笑道：「我們可以回去交代了。」

蕭秋水茫然道：「交代什麼？向誰交代？」

溫艷陽沒有回答，卻道：「你勝，因你忘情。」

蕭秋水又是一怔，溫艷陽又道：

「不過，你是因爲情忘情，而不是高情而斷情。故難爲劍雄，亦不爲劍客：劍雄無義，劍客無情，劍終爲情義所斷。」

蕭秋水如冷水澆背，悚然一醒。登雕樑忽道：

「他不是劍客。」

溫艷陽問：「那他是什麼？」

江秀音抿嘴笑道：「他是俠客。俠士多情。」

蕭秋水仍舊大惑，問道：

「請教三位是誰？」

這是他第四次問起。

江秀音笑嘻嘻地道：「我們嗎？我們是狗熊；」笑著向蕭秋水背後遙指，輕笑道：「他們才是好漢英雄！」

蕭秋水回頭望去，一顆心喜飛上了九重天。

卻正是唐方。

一時間，蕭秋水沒來得及看清楚唐方是怎麼一個樣子，飛步了過去，執著唐方冰冰的小手顫聲說：

「唐方……」

唐方莞然一笑，手就讓他握著，置下了揚琴。

蕭秋水一時只覺什麼都沒了意思，只有眼前纔是好的。忽聽乒乒砰砰的打鬥聲，返頭望去，只見場中又多來了幾人，「鬼王」、「劍王」、「火王」、單奇傷、司空血、郎一朗、古同同、許郭柳等都迅速撤走。

蕭秋水見己方大勝，方才放下心來，向唐方真摯地道：「我見著妳，心裡著實歡喜。但是兄弟安危，卻是不能不先顧到。」

唐方半嗔半笑，抽回纖腕，啐道：「初見到面，也不來……跟人家說話，第一句還是先談兄弟的事。」

蕭秋水以爲唐方真要惱怒，急得不知如何是好，一時不知先說哪一句話。急道：「我我……」

只聽一人大聲笑罵道：「哈！這人見到咱們，也不認識似的，一個招呼也沒打，盡拉著方姊的手扮鵝叫。」

另一人陰陽怪氣地揶揄道：「人家久別勝新婚，正在談情說愛，你吃不到的饃饃是酸的，湊個什麼興兒，還不趕快來幫把臂料理掉這班兔崽子！」

第一個說話的人心有不甘，回罵道：「什麼吃不到的饃饃是酸的，分明是臭的硬的才是！我說呀，喝不到的酒是臭的，這才對！」

第二個人又反譏道：「我看算了啦。別人酒量如何，我小邱可不知道，你潮州屁王的海量，我可心知肚明，一杯酒下肚，兩眼發青光；兩杯酒下去，爹爹作親娘，三杯酒呀——四腳朝天咯，這還是拜神用的小酒杯，要是用碗啊——哈——！」

第一個人大怒道：「你他媽的臭小子，我酒量小，你妒忌呀？有本事就比我更小！」

第二個人嘿嘿冷笑：「咱們英雄好漢，怎麼酒量比小不比大!?你要小，我怕你麼？」

第一個人怒極反笑道：「比酒量小嘛?來來來，咱們就喝上三杯，看誰先倒！」

蕭秋水幾乎不用回身，已知來者何人，如此糾纏不清，又胡說八道，更歪理連篇者，天下間捨潮州屁王鐵星月，福州鐵嘴邱南顧還有誰？

蕭秋水正要喜叫，忽聽一人喚道：

「大哥。」

蕭秋水一怔，只見左丘超然垂手立在一邊，一臉惶然，疚歉之色。

蕭秋水立即會意，笑道：

「左丘，萬事有因，不必介懷。」

遂走過去握住他的手，左丘超然雙目是淚，但笑容中也漸釋然。

這時只聽邱南顧反譏道：「三杯麼？唉呀呀，太差了！要比酒量少，我比你少，一杯就倒了。」

鐵星月素來比較衝動，叱道：「那是裝蒜！好！你裝醉，我也可以，一聞到酒味，我就倒也！」

邱南顧「嘿」地冷笑一聲，頭搖得像鼓浪一般，道：「不行不行，我才見到酒杯，便全身抽筋，口吐白沫，雙眼翻白，舌頭伸直——」

鐵星月聽得爲之咋舌：「——死啦!?」

邱南顧道：「沒死，只醉了，蠢材！」

鐵星月跳起來怒罵：「呸！騙死人！醉了哪會這般難看相，分明是中了毒氣。」

邱南顧笑得像隻猴子吱吱亂叫，道：「對了！乖仔！我就是騙死人的！」

鐵星月聽得原來對方是罵自己，一捏拳頭指骨，啪啪作響，道：「你想死是不是!?欠揍太久了吧?我……我放個屁毒死你!」

一提到放屁，那是鐵星月拿手好戲，邱南顧哪裡夠比，慌忙跳開，戒備道：「別放!別放!這違反俠義道德，武林公約!你放，我就吐口水——」

鐵星月一聽，也唬了一大跳，邱南顧的口水，也是武林一絕。正在此時，只聽一個嬌俏俏的聲音問道：

「你們一個比酒量小，一個比放屁吐口水，真是孬種!是英雄好漢的，就跟老娘我比吃飯;」只聽那女音喝道：

「敢不敢?」

只聽鐵星月、邱南顧苦口苦臉齊聲道：

「不敢——」

誰敢跟唐肥比吃飯。

正如沒有人敢跟唐肥比肥一樣。

蕭秋水卻不明白這狗熊一般「腫」，說話聲音蜜糖一般甜的女子是誰。

他實在不明白，因何連鐵星月、邱南顧這樣難馴的人對這胖女子如此伏伏貼貼。

——那只是因爲蕭秋水沒有像邱南顧、鐵星月一般，跟唐肥走過長路，相處過日子。

——鐵星月和邱南顧稱這段日子爲「苦難的日子」，連想都不敢想，回憶都不敢再回憶。

這時大局已定。權力幫的人猝然全數撤走。唐肥、鐵星月、邱南顧、唐方、左丘超然以及兩個白衣人——唐朋和林公子，全部來了。

——權力幫的人當然懂得好漢不吃眼前虧這句話。

——所以他們即刻退。

——柳五公子大概也想不到：在他走後，局勢急遽直下，蕭秋水又逃出了生死大限。

蕭秋水見著林公子，很是歡喜。

「林公子。」

林公子喜笑得鼻頭皺皺，露出兩隻兔子門牙：

「大哥。」

這時蕭秋水忽然發覺，南海鄧玉平、師叔孟相逢，都不見了。

——在白鳳凰受傷前，柳隨風出去後時失蹤的。

見唐肥瞇著眼睛睨著他，神情就像饞嘴貓看見了最可口的魚兒：

「他就是你們的老大？」

鐵星月咧嘴笑道：「不錯，貨真價實。」

邱南顧也嘻嘻接道：「童叟無欺。」

蕭秋水愕然道：「這是——」

唐方笑道：「我妹妹，她叫唐肥。」

蕭秋水微一頷首，唐肥卻不理會。就在此時，蕭秋水也瞥見了站在一旁，全身縞素的歐陽珊一。

蕭秋水想到馬竟終之死，心中暗暗歎息，要不是他們力促馬竟終出手，也許他還不致於死，心中悔恨無限，澀聲道：

「嫂子——」

卻見歐陽珊一手中執一面薄鼓，現向他遞來，蕭秋水這才知道，適才「將軍令」一曲，是唐方和歐陽珊一合奏的。歐陽珊一綽號「迷神引」，對奏樂自有所精擅，她用的兵器，也是一管蕭刃。

只聽歐陽珊一道：「這鼓原是馬哥哥的，現在送給你了。馬哥哥常說：『配得用這面鼓的，唯有秋水兄弟。』你拿著它，也算了馬哥哥一樁心事。」

蕭秋水聽了心中難過，接過了鼓，輕叩幾聲，果爾有金兵交擊，上陣征戰之聲，心頭一凜，彷彿馬竟終堅定、壯烈的神情，怵在眼前。

蕭秋水還想說什麼，只聽齊公子道：

「此處不宜久留，快退。」

蕭秋水本來是來劍盧救援父母親朋之危的，可是現今物是人非親友俱不在。心頭一陣惻然。梁斗道：

「現下權力幫無疑已毀武林兩大宗派少林、武當，十四大門派中，點蒼、恒山、嵩山、崑崙、莫干、雲台、寶華、銅官、馬蹟、雁蕩等十派被打得七零八落，單憑普陀、華山、天台、泰山四脈，絕非權力幫之敵，當今之計，我們必須通知白道中第一大幫——」

齊公子點頭道：「對，丐幫幫主裘無意是個敢作敢為的人，加上南少林和尚大師，北少林抱殘和尚、武當長老鐵騎、銀瓶，尚可與李沉舟等決一死戰。」

梁斗接道：「還有武林四大世家。『慕容、唐、南宮、墨』中，南宮已歸順權力幫，若慕容、唐、墨肯仗義出手，事情大有可為。」

唐朋道：「我唐門與權力幫，本就血海深仇，誓不兩立。」

——權力幫先後曾狙殺唐家唐大、唐柔、唐猛等三人，雙方互搶地盤，日益激烈，江南霹靂堂又靠攏權力幫，蜀中唐門日益孤立，故此兩派決一死戰之期近矣。

蕭秋水接道：「那日我在川中，見權力幫人正追殺慕容家的人，看來這兩家也交惡無疑。」

齊公子點點頭道：「那就好辦。不過天下三大左道旁門望族中『上官、慕容、費』，上官一族，也已加入權力幫。」

蕭秋水大聲道：「據我所知，費家的人決不會容上官族的人橫行。——費家正是蕭秋水外祖母一系，費宮娥平生嫉惡如仇，當不會與權力幫狼狽爲奸。」

梁斗道：「那我們現在就去聯合丐幫與兩廣十虎等……」說到這裡，忽然想起勞九慘死、吳財癱瘓，改口道：

「……和兩廣那八位兄弟聯合……」

蕭秋水擔心地道：「卻不知孟師叔和玉平兄去了哪裡？」

曲暮霜也醒起，迷惑地道：「剛才他們還在這裡的呀！」

林公子突也記起，拍腿道：「糟糕！」

唐肥急問：「怎麼了？」

林公子沒耐煩地白了她一眼，道：「大肚原是跟我們一起來的，可是現在……也不見了。」

蕭秋水喜道：「鳥鳥也一齊來了……」隨而憂道：「怎麼不見了呢？」

第五章

在錦江樓畔的格鬥

壹　和尚大師

柳隨風飄然出浣花的時候，忽然感覺到一件事。

一件事他未了的事。

這事忽掠上他心頭，顯然是絕不可忘的事。

但他偏偏忽略了。

柳隨風知道，在武林中、在江湖中，一點點的疏忽，就足以斃命。

比方說他信任過一個部下，是青城劍派高手褚動天，當時他有意收攬此人，和左天德、應欺天三人合起來，為「飛天三翅」。

他一向都很信任他，褚動天也一向很值得他信任。

有次褚動天要回家，見他爹爹媽媽、老婆兒女，柳五很清楚這種浪子歸家的情懷，所以特別寬限多了三天，給他去了。

他再回來的時候，在同一個晚上，在菜裡下毒，在空氣裡佈毒，在地板下設陷阱埋毒，再聯合幫中七名高手，在背後暗算，最後不借猝以火攻，再用炸藥，目的是把他置之於死地。

他之所以能不死，是因為早有了提防。

那天他吃了晚飯，去聽了一場戲，戲裡是「戰甲歸」，有場女伶在唱：「怎不知歸期……」他猛然心一動，看著地上嗑得一地都是紅和黑的瓜子殼，心裡在想：豬動天已遲了一天回來。

——他可以不把自己的話當話，當然也可以不把自己的人當人。

——這點很重要。

——因為他有了這點醒悟，所以才有了提防。

那次豬動天當然殺不了他，反遭他殺了。

他把他全家大小都殺了——不留給對方一點報仇的機會。

從此以後，他就愈發小心了。

權力幫既可使別人來效命，天下間就一定有人想要拿權力幫的命。

——或者他的命。

要拿權力幫的命，首先要使他沒命。

——他，柳五，是什麼人！

他，在錦江的望江樓橋墩上，靜靜坐下來，沉思。

他在思省他究竟忽略了什麼。

無論多趕忙，他都要等想出來再說。

他在看溪水中的魚兒，快樂地遨遊。

他在清水中略映出自己的倒影。

垂柳幾株，柳梢恰與水面相連。

柳五一抬腿，他的衣袂被風吹起。

他想起了：在蕭家劍廬的大廳上，彷彿有一少年，與幫主面貌酷似。

——這小子是誰？

柳隨風腦裡飛快地思索了一下近日武林中初崛起的少年高手名單：

——東海林公子，刀劍不分，好色，愛穿白衣。

——天山劍派後起妻小葉，用柳葉劍。好鬥，喜一切鬥爭、殺戮、騙詐、狙擊。

——蜀中唐宋、唐絕、唐朋。唐家暗器高手。唐朋喜交遊，就是潛入權力幫的漢四海。唐絕出手最絕，幾乎唐門絕門暗器他都會發。唐宋資料不詳。

——南海鄧玉平、浣花蕭易人。

柳隨風搖了搖頭，微風吹起了他頭上的方巾。

當然不是蕭易人，敗軍之將，何足言勇？更不是鄧玉平。他就跟鄧玉平一道來的，此人武功狠辣，唯尚不足畏。柳五想。

他的腦子就像一個資料的藏室，隨要隨有。柳五一直很驕傲他的記憶力。

——更不是唐家的人，也不是一向好殺的婁小葉，至於林公子，也在場中，並不足懼。

柳隨風一個一個地想下去，獨想到一人，心中一亮：

那是浣花蕭家！

——攻打浣花劍派，一直是權力幫的一個幌子，藉此擄劫岳太夫人，要脅岳飛將軍，奪得「天下英雄令」，尤其是藉此除去來援的少林、武當實力，把二派掌門人，引入江湖，才狙殺翦除，再趁機伏殺十大門派高手，武林精英，才是真正的目的。

——否則區區一個浣花，何必打如此之久？

——可是這一個幌子，卻引出了一個本來無甚名氣，但在惡劣爭鬥中反而名聲大盛，一直令權力幫頭痛，而且白白斷送了幫中不少好手性命的年輕人。

——蕭秋水！

「是他？」柳隨風心中想。

秋風又吹起了柳絲，水波蕩漾。

一個藉藉無名的少年。在巨大無匹的壓力之下，突然變得力挽狂瀾。有信心、夠毅力、易服眾。

柳隨風歎了一口氣，心忖：無怪乎自己殺了太禪，又見天正伏誅之後，便得意地飄然而出，而後心頭一直不安了。難怪！

——此子不除，日後將必與自己抗衡。

他當時假扮守闕，坐鎮廳上，大敵只有一人，那是太禪。

可是他卻感到兩股殺氣、兩道壓力、兩種聲勢。

——原來蕭秋水在。

他決定回頭。

他覺得如果今天不解開這個結，那年輕人一定很快地便與他碰上。

他知道莫艷霞等武功再好，也未必能殺得了蕭秋水。

——這道理就幾乎與他可以殺得了太禪，太禪卻殺不了他一樣顯而易見，可是天下間只有他和李幫主等幾個人瞭解。

他正想返過頭回去時，楊柳飄起，他看見了一個人。

這個人影裊繞，如白衣觀音，但雙頰已泛起了紅霞。

果然不出他所料，莫艷霞是制不住那名未見經傳的青年人。

他暗暗歎了一聲。

莫艷霞到了他面前，幾乎仆倒，他扶住，柔聲道：「妳受傷了。」

莫艷霞受寵若驚，顫聲道：「你知道……？」

莫艷霞一怔，柳隨風淡淡笑道：

「還有五位朋友，跟妳一起來了。」

莫艷霞失驚，忙斂制住急喘的呼息。

柳五長身笑道：「五位既然來了，何不現身？」

五位？

還有三位是誰？

——躲在樹上的孟相逢和鄧玉平都不禁一呆。

他們追出來，原本是想追蹤柳隨風的巢穴，再設法邀眾圍殺之，像當年黑白兩道高手圍捕燕狂徒一般。

後來見白鳳凰負傷出奔，也想先捕而殺之。

但他們卻見到坐在水柳邊，悠然出神的柳隨風。

他們還未動手——對方已先發現了他們，只是——只是柳五說的是「五位」，他們只來了兩人啊！

就在鄧玉平和孟相逢發怔的時候，有人已替他們解決了這個答案。

只見樹林中走出五個人來。

這五個人，其中三個都是僧人，黃衣，法冠，顯然是在佛門之中份位極高的僧侶。另外兩人，孟相逢和鄧玉平一見，幾乎叫出聲來：

這兩人一男一女。

男的中壯之年，清矍瘦綹黑鬚，十分儒雅瀟脫；女的清秀俏逸。

這兩人卻不是誰，正是蕭秋水之姊蕭雪魚，以及與孟相逢並稱「刀劍二絕」的「東刀西劍」中的「東刀」：「天涯分手，相見寶刀」孔別離！

那三個僧人，都已老年，當中那位，童顏鶴髮，容態十分慈藹；他旁邊的兩人，雙目一直沒有睜開來，或許因皺紋太多，就算已經張開來了，也看不出來。

鄧玉平不知道他們是誰。

他出道還早，雖殺人比一百個老江湖加起來還多，但他十年練劍，本臥居在南海，閱歷並不多。

他殺的人，當然是大奸大壞的人。

他殺人的時候，心不會怕，手不會抖。

有一次他右手用劍去殺人，左手拿筷子還挾了塊豆腐；人死在他右方，豆腐也完整地送進他口裡。

那是塊水豆腐。

一個像他這樣，又狠又準又快又辣的劍客，手不夠穩，是絕對不行的。

可是他突然間手抖。

不止手抖動，連眼皮子也抖動著。

這種情形非常特別，鄧玉平知道他這樣子時通常只有兩種情形：對手實在太厲害。——柳隨風是武林中近年來，被公認為最難應付，最莫測高深的一個高手。

另一種情形是：殺氣太重。鄧玉平殺人無算，血腥氣已不算什麼，但那肯定是比殺氣更強更可怕的東西。

那是什麼？

鄧玉平看著那兩個不開眼的老僧人，眼皮子突突地跳動更烈。

——就是這兩人！

——可是他們身上乾淨臉容慈和，不沾一絲煞氣或殺氣，究竟是什麼東西令他不安？

鄧玉平不知道這三人是誰，孟相逢卻知道。

孟相逢闖蕩江湖，在桂林主持浣花，也不知經過多少大風大浪，他知道這三人。

孔別離來了，是強手，他當然喜出望外，否則他也不知憑什麼和這淡淡青衣、但一出手就暗殺了太禪真人的柳隨風力拚。

但孔別離來，還遠不及這三個僧人的出現。

北少林主持天正大師以身殉難，監護僧人龍虎大師也死了，木蝶，木蟬相逐背叛，嵩山少林，只剩下抱殘大師、木葉大師二人，守成已不易，對付權力幫，更力有未逮了。

武當太禪真人遭暗殺，守闕上人也仙逝，真正的高手，足以與權力幫抗衡的，只剩下俗家宗師卓非凡一人，還有兩個行蹤飄忽不定的鐵騎、銀瓶二位道人，更無法控制權力幫。

十六大門派中，十二派已元氣大傷，只剩四派，以及唐門、丐幫等，先勢盡失。福建少林，一度幾毀於權力幫之手，但得各派及時救援，才免於難，更重要的是，南少林所餘下有三個權力幫十分頭疼的頂尖人物：——

南少林主持和尚大師。也是天正大師的少林長門嫡系師弟。和尚大師本身精通「易筋經」和「伏魔仗法」，除天正外，乃是佛門第一高手。

——福建少林兩大長老護監：天目僧人、地眼大師，這二人是少林現存精練「無相劫指」與「參合指」的兩大高手。

權力幫攻殺武當少林用兵神奇，而且連趙師容都親自出動，但仍不能一戰定全功，便是因爲有這三大高僧在。

現在從林子裡走出來的三個僧人，正是天目、地眼及和尚大師！

天高雲藍，竹翠柳青。

風尚好。

柳隨風拇指托住下巴，食指橫在上唇間，其餘三隻手指微翹，陽光中，他的手指白雪般，剔透得秀氣。

柳五在笑，但笑容已有些發苦。

所以他用手指捂住笑容。

通常要掩飾些什麼時，他都這樣。

他知道孔別離是武林中一個很難對付的人物，但更難對付的是那兩名不開眼的和尚。

但最可怕的是那滿臉和祥的和尚大師。

而且他更聽到在兩百步以外，柳蔭與竹林交接處，那兒雖然沒有一點聲響發出來，可是他卻知道還有兩個人在那裡。

更且是兩個極厲害的角色。

這兩個人沒有發出絲毫的聲息，但是柳隨風卻聽到近蔭道處的一叢樹葉，風來的時候，沒有動，也沒有響。

那只有一個推論：有極厲害的人躲在那兒，一動也不動，壓住了樹葉。

柳五不但笑容有些發苦，而且快要笑不出。

所以他就愈發搓摸著下巴和唇。

蕭雪魚看著眼前這個人，真有些怔住了。

她和孔別離間關萬里，請動了這三位少林派高手下山來，在蕭家劍廬與武林同道會合，卻不料在此地截住了權力幫中頭號人物。

「袖裡日月」柳隨風。

要不是孔別離孔叔叔親口說出了，「那人就是柳五」，她還真不敢相信，這年少倜儻，悠遊自在，到而今居然還臉帶微笑的年輕人，就是江湖上、武林中，黑白二道聞名喪膽的：

柳五公子！

她真佩服他，現在還能笑得出來。

她真懷疑在天地間，有沒有人能抵得上這三個和尚合擊再加上關東第一刀客孔別離之一擊？

莫艷霞心中忐忑，她已受了傷，而且傷得不輕。她知道這少林三僧的實力。而今她唯一能戰的，也許還可以制住孔別離與蕭雪魚，但是柳五——柳五公子是不是少林三僧的對手？

她側過頭去，只見柳隨風在笑。

楊柳在飛。

雲在飄。

水流。

柳五恨不得化作流水，長長流去。

但是人生裡有些戰役，是迫不得已的。也是不可逃避的。

——一逃，縱逃出重天，但也沒了信心，缺了勇氣，毀了聲譽。

這種事，他美羅一絕柳隨風是絕對不幹的。

柳五摸摸鼻子，掠了掠垂下來的髮絲，笑道：

「三位大師，別來無恙？」

兩名僧人倏然睜目，雙目竟發出一種凌厲至極，令人悚然生寒的光芒，電殛一般射向柳五，卻不答話。

和尚大師笑吟吟地一聲「阿彌陀佛」道：「柳施主，武夷山一會，對公子神采，老衲未有敢忘，可惜公子卻令生靈塗炭，誠爲可撼。」

柳五笑道：「記得上次大師勸晚輩『放下屠刀，立地成佛』，不知今天又有什麼教誨？」

天目僧人雙目一展，怒道：「不放屠刀，現下成鬼！」

柳五摸著唇笑哂：「出家人也動怒麼？」

地眼大師叱道：「佛家也有一怒動天的獅子吼！」

柳五的雙眉一揚，臉色一寒道：「你吼吧！莫要叫天不應，叫地不聞，叫啞了喉，卻連葬身之處也沒有。」

和尚大師搖搖頭：「三年前，貴幫火焚敝寺，老衲等就已經無天可言，無地可住了。」

柳五想了想，道：「大師。」

和尚大師道，「請說。」

柳五道：「寺毀了，可以再建；廟燒了，可以再造；權力幫可以為大師建一百座廟，一千座寺。」

和尚大師道：「其實廟宇隨身，施主等雖焚我少林，只不過毀去了有形之林，並滅不了無相之寺。施主就算跟我建造千百座廟，那也是虛幻之少林，少林原在心中，誰也燒不掉。」

柳五笑道：「大師的話，晚輩略測一二，大師要的是少林的少林，而非權力幫的少林。」

和尚大師哂道：「其實少林要不要，也都無妨。只要天下間的廟宇，皆不因權力幫而毀，各幫各派，安居樂業，不因權力幫而亡，老衲足矣。」

柳五道：「大師說的有理。但近百年來的武林，公理何存？遼人入侵，姦淫擄殺，無惡不作，南蠻作反，殺人放火無所不爲。武林中自掃門庭雪，哪個人出來主持正義，爲大好國土，爭回一口華夏後裔的氣？再看朝廷這邊，貪官污吏，小人當道，苟安安全，民不聊生，比盜賊還凶，比惡霸還狠。官逼民反，橫屍遍地，儒生志士不求聞達，有爲者也上難動天聽，一個不好還遭抄家滅族……而當今武林，自顧不暇，勾結官宦，自保不迭，哪有一點氣魄來力挽狂瀾？哪有爲國爲民捨我其誰的本色？」

和尚大師低眉道：「阿彌陀佛，善哉善哉，柳施主盡得善念，難能可貴，乃天之幸。」

柳五道：「晚輩這等淺見，實不值大師一哂，但天下間等事，除非遁身道佛，或隱名世外，否則像我們這等凡夫俗子，不是光唸幾句『菩薩打救』就可以了事的。」

和尚大師含笑道：「施主所指之意，老衲明白。」

柳五謙然一笑，道：「大師是高人，晚輩這般說，只是班門弄斧而已，還要大師提醒。少林、武當一向是武林人眼中的圭皋，這兩大宗派只要有一天置身事外，其他門派，莫不跟從，那武林還是一盤散沙，互相毆鬥，彼此利用，那我們比起皓首窮經的學士們、一味勇悍的戰士們都不如的窩囊廢了。」

和尚大師歎道：「施主年少睿智，實令老衲心歎不如，又壯志如虹，胸懷家國存亡之念，誠爲可感。不過，現今的問題，不是武林該不該由李幫主、柳公子統一的問題，而是該不該統一的問題……」

柳五一笑道：「大師請指教。」

和尚大師緩緩道：「是不是武林統一了，問題就解決了呢？則不盡然。契丹入侵，亦無非想統一中原，但其中的統一過程，生靈塗炭，萬民同悲，是何等可怕！太祖得天下後，也一樣統一了全國，但依然苛稅強收，草菅人命，結果出現了今天內攘外患的局面。貴幫高手如雲，氣魄過人，文武俱全，先聲奪人……但在要天下各門各派認同你們所爲的過程中，已犧牲掉無數的幫中同僚，而給你們殺害的異議同道，更不計數……統一了以後呢？實不相瞞，貴幫李沉舟，是當今武林中崛起最快，最露鋒芒的人物，他，一旦崛起，又紮起得最穩定、能日制內斂的青年俊傑，但是，貴幫門下，急於用人，故良莠不齊，像杜絕、莫非冤等人，以前助紂朝廷，殘害忠良，又如戚常戚、余哭余、蛇王等人，都是常替西夏當漢奸，出賣同胞的險詐小人，貴幫一概任用。權力幫一旦得天下，難保不會小人當道，那時豈不是盡負初衷？……江湖中的事，百年前既是如此，必有所因，必有其據，施主等一定要變易，一手推翻，有沒有考慮過所付出的代價，所付出的犧牲，值不值得？破壞盡了，剩下來的，有誰來建設？各門各派統一了，各門各派的武功，有誰來推展？各家各系合一了，試問人人所見皆同，天下還有什麼新意，還有什麼精益求精的地方？……還請施主三思。」

柳五沉默了片刻，忽然一笑，有說不出的瀟灑，朗然道：「不過我們所幸的有李幫主。李幫主白手成名，也沒聽說有什麼錯失的事，萬一未有盡善之處，他都會——自我反省、領悟，予以糾正。現下武林最重要的是團結，團結才是力量，有力量，才可以平外患、安內亂，我們權力幫要做到的，就是這些，不惜犧牲，也要這樣作。」

和尚大師合什道：「不是這樣作不應該，而是這樣作最終會本末倒置。武林本就夠亂了，權力幫一出，各家各派更聞風色變，投順或抵抗，亂作一團，反而連武林中本有一股殘存的正義力量都給抵消了。你們打翻了一切，摧毀了一切，得到了無上的地位，又有何用？暴力所得之天下，來得快，也去得快。你們為何不採取以德理服人與縱合聯盟的方式，以使天下各派不致頑抗到底，心悅誠服，不必多造殺戮……」

柳五冷笑道，「光談怎麼行。我們曾與無數幫派談過，沒有實踐，只談理想，誰會服你？他們只都相應不理，不瞅不睬。這五年來用實力打下三十來個派系，便有了五十餘個組織投靠過來了，這不是最直接，也是最有效的方法嗎？」

和尚大師歎道：「阿彌陀佛，可惜方法雖成，目標已異，施主有沒算過，權力幫為了收服五十多個幫派所殺的無辜之人，可以為國家盡多少力，抗拒多少個外敵的侵入？要是人人這般互相殺戮，哪裡是聯結？反而不戰自敗，天下要大亂了……」

柳五額上有一顆豆大的汗珠，滴落眉梢，柳隨風一手揮去，眉毛因濕而特別黑亮起來。柳五笑道：「大師宅心仁厚，佛道高深，晚輩聆聽教誨，受益匪淺。晚輩定將大師金言，轉告幫主，供他考慮、裁奪。」

孔別離怒道：「你別想走！」

柳隨風一展揚，道：「孔大俠要留我麼？」

孔別離道：「放虎歸山，擒虎難。」

和尚大師又歎了一聲，點了點頭。

柳五洒然笑道：「敢情是大師也要留我了。」

和尚大師道：「留下施主，也許可以減少些殺孽，或許可以在李幫主面前，好些說話，多作深省。」

柳五笑道：「大師不信我返去將會力勸幫主麼？」

和尚大師一呆，不禁猶豫起來。

卻聽竹林邊，柳樹前一聲大喝，道：

「別聽這人鬼話！」

另一人如飛雲般飄下，淡淡地道：

「他剛使人殺了少林天正、龍虎，又親手暗算了太禪、守闕，已罪無可逭。」

孔別離一見此人，喜叫：

「是你！」

貳　閃亮的飛簷

那人濃眉輕蹙，臉含微憂，當然是孟相逢。

這下子，「東刀西劍」：「恨不相逢，別離良劍」孟相逢與「天涯分手，相見寶刀」孔別離兩人可碰在一起了。

他們兩人，曾在山西長城，嶺南川東合抗過南蠻、契丹的侵略，出生入死，大小兩百餘戰，現在又聚在一起，心裡真有說不盡的歡悅。

但是孟相逢的話，卻教和尚大師等五人，驚心動魄。

嵩山少林是少林一脈根源，天正大師一身內外家修爲，是和尚大師遠所莫及，而且也是權力幫在武林正道上頭號勁敵，而今天正大師居然被殺，連武當派出名難惹的太禪上人，也以身殉難，一下子兩大天柱既倒，令平素祥和的和尚大師也目定口呆，一時不知如何處置是好。

柳隨風一見孟相逢和鄧玉平出面，知決無善了，當下心意已決。

只聽孔別離顫聲道，「天正大師他……」

孟相逢肯定地點了點頭。

天目神僧目眶欲裂：「太禪真人也……」

鄧玉平一句就說了：「也死了。」

地眼大師發出一聲驚天動地的嘶吼，十指如鐵，人如矢箭，漫空裂帛連爆之聲，連人挾著尖嘯攫去。

就在地眼大師發動的前一瞬間，柳五已經發動了。

他一動，孔別離就出手。

他出手一刀。

刀不用，用刀鞘。

刀是鞘，刀鞘才是刀。

刀快，但人更快。

人是柳隨風。

風吹柳動，劃過水面，柳隨風比風吹柳，柳梢稍動的刹那，像水面初漾起的波紋的瞬間，還要快。

他已避過了刀鞘。

他已扣住了蕭雪魚的脈門。

這次連和尚大師都變了臉色。他做夢都沒有想到，居然會給一個年輕人，在自己面前制住了自己的人，而自己猶未來得及出手。

和尚大師攔住了要全力出手的天目神僧，道：

「要得天下人心者，豈可如此卑鄙行事？」

柳隨風笑道：「要做大事的，本就該不擇手段。」

和尚大師怒道：「小事不擇手段，何以成大事？」

柳隨風說：「這與大事無關，能成得了大器就好。我不殺她，只要大師不出手。只要大師出手殺我，便是大師殺她，不擇手段的是大師，不是我殺她，不擇手段的不是我。」

地眼大師狂吼一聲，全身突然暴漲，雙目如電，全身搐動體內正蘊釀著狂風暴雨，就要出手。

柳隨風笑吟吟，連眼都沒有眨，避也不避。

地眼大師打到一半，和尚大師忽地一閃身，攔在地眼身前，地眼大師頓時打不下去，硬生生一收，功力移到地下，居然齊膝深陷地裡。

和尚大師叱道：「打不得。」

柳五笑道：「對，蕭女史在，打不得。」

孟相逢森然道：「柳五，你如此要挾，以後還能在江湖上混麼？」

柳五道：「你們人多，我隻手單拳，江湖人知道，罵的是你們，不是我。」

孔別離冷然道：「放下蕭姑娘，一切好說話。」

柳五冷笑道：「你還沒有資格被我要脅。」

和尚大師長身道：「柳施主要什麼？」

柳五笑了。

蕭秋水笑了。

不管如何，他們終於重聚了。

他，和唐方，以及這班「神州結義」的兄弟們，終於團聚了。

他覺得好開心，不禁說：

「要是兩廣十虎都來了，該多好！」

要是兩廣十虎都在，該多好。

「是呀。」邱南顧緬念地道：「那隻李黑，又矮又黑，鼻子扁扁，偏偏一雙眼珠子，咕溜溜的黑白分明。嘿嘿，不知可愛，還是可恨。」

「對啊。」鐵星月也懷念地道，「還有胡福，肥頭大耳，一張腦滿腸肥、烹熟狗頭般模樣，下巴佔了臉之一半，眼睛小得像針孔，哈咿唏……怪物！怪物！」他吱哩嚕咕地評頭評足，卻絲毫沒想到自己眼睛像豆莢般長，血盆大口，實在比金刀胡福難看得多了。

就在這時，驀然間，大廳外、門口、窗戶、牆壁、四面、八方、各處，都一齊著了火。

火海熊熊。

左丘超然失聲道：「糟糕，他們用火攻！」

齊公子道：「他們有『火王』在！」

林公子三次衝出去，都被大火逼了回來，他跟「火王」交過手，心裡不服，怒道：「火王又怎樣!?」

齊公子白了他一眼，漫聲道：「也沒怎樣，但你就是衝不出。」

林公子試衝了幾次，最多只衝出聽雨樓，但樓外火勢更熾，四面都是火海，梁斗道：

「火王靜待了如此之久，必佈置好了才來放火，這次衝出，恐怕不易。」

林公子身上幾處，被火灼傷，白衣也燒焦了幾處，他有潔癖，心中懊惱，忿然道：「快，快滅掉它。」

齊公子甚是看不慣，惱然道：「那你快掘口井呀。」

梁斗知兩人不和，忙岔開道：「快想辦法，別鬧。」

這時火勢愈來愈猛，佘殺等道：「這裡四面已被火勢封死，不一刻就要燒進來了。」

唐肥嚷道：「我熱死了呀！」

梁斗沉吟道：「我們縱衝得出去，權力幫的人也必在外面等著，一旦亡命衝出，也會著了他們道兒，大家一定不要亂，也不能胡闖。」

眾人見他雖因幾次試探奪路，以致被灼傷幾處，但精神奕奕，臉帶微笑，指揮若定，心裡也很是佩服，這些人莫不是闖蕩過江湖來的英雄好漢，一旦鎮定下來，把所有易燃之物遠遠投入火海之中，騰出一片空地來，火勢一時未能捲及，稍為延及的火舌都被凌厲的掌風撞走或逼了回去。

但煙幕迷漫。

火勢愈來愈大。

火光沖天。

火光沖天。

蕭家劍廬起火了。

柳隨風的眸子，似火一般地發著亮光。

「你要什麼？」

和尚大師還在問。

他慈藹的額紋溝裡，已隱然有細小的汗珠。

莫艷霞在想：那火光沖天裡的蕭家劍廬，發生了什麼事？

蕭雪魚適才只覺眼一花，人影一閃，自己已被這公子逮著，心裡慌著也亂著，不知要拿自己怎樣？

天目神僧和地眼大師也在想，這小子究竟要脅什麼？自己同意還是不同意：如何出手救蕭雪魚？

孟相逢和孔別離也在想，天正死了，太禪歿了，十二大門派精英盡耗，今番鋌而走險，也不能縱虎歸山。但如何才攔得住，這樣一個，輕描淡寫的，眉飛入鬢的，從容不迫的年輕人？

柳隨風在想些什麼？

只聽「咔嚓」一聲，大肚和尚這時剛剛才掠到一株樹上，他輕功本來就不大行。他才趕到，卻不知場中諸人，除武功較弱的蕭雪魚之外，人人都知道：

又來了一個人。

——只不知道來的是什麼人？

來的是什麼人？

鄧玉平轉頭望過去，卻見火光沖天中的蕭家聽雨樓的飛簷，依然瑩光閃閃。

瑩光閃閃。

蕭秋水忽然飛掠而去，躍向飛簷。

鐵星月不明所以，直著嗓子叫道：「喂，別去，屋簷早上過了，殺不出路，而且下面也同樣是火哇！」

邱南顧也叫道：「沒用的，旁的屋頂都燒起來了，跳不過去的！」

唐肥冷笑道：「也許他以爲上屋頂，可以涼快涼快去，……哇，煙往上冒，薰得他可真夠瞧哩。」她一直覺得蕭秋水沒什麼，奇怪的是諸人竟如此服他。

唐方說了一句：「他上去，必有用意。」唐肥素敬服唐方，這才不敢再說下去。

蕭秋水身子急若疾箭，宛若流星，掠上屋瓦飛簷，這時煙硝蔽日，卻見蕭秋水往飛簷處斜裡一抹，手中多了一面晶光閃閃的長形令牌，「篤」地持牌落了下來，衣角已被燒焦了幾處。

眾人趨近一看，只見令牌晶光瑩瑩，竟不知是鐵是鋼，上刻有幾個大字：「天下英雄令」，後書「不得有違」四個字，也不見如何異殊。鐵星月搔首奇道：

「如此小小一面令牌，如何號令天下英雄？」

梁斗道：「此令原本是天下英雄交予岳大將軍的信物，幾經波折，今落於秋水兄弟之手，要好好保存方是。」

齊公子則奇道：「你事先已知『天下英雄令』藏於簷處？」

蕭秋水道：「不是。」

齊公子倒是大奇，問，「那你又如何一出手就翻了它出來，權力幫爲了得到它，不惜勞師動眾，卻搜不出，竟仍落到我們手上，真是造化！」

蕭秋水道：「剛才煙硝漫天，我來時就注意到飛簷上有一處閃光得很，離家前這飛簷卻不見此，故有疑心，剛才映著旭陽一照，特別亮燦，而今經下面烈火一映，又閃亮不已，故上去看看，果然……」說著揪然不樂。

梁斗等人心忖：蕭秋水惻然必定是因爲父母家人，未知生死下落，他們既連一面「天下英雄令」，尚且帶不出劍廬，其危急情況可想而知，每念及此便傷情不已。眾人一時也不知如何勸慰，但火勢已愈來愈大，大廳四處，眼看便要波及。

柳五望著火光燭天，道：

「我只有一個要求。」

和尚大師心想：多半不過是要求放他一條生路，但總得把蕭女史放下再說，當下心意已決道：

「你要走，可以，但是……」

柳隨風微笑搖首。和尚大師心裡鶻突，心忖：放你走，你還居然不要走，還想幹什麼……？

只聽天目神僧喝道：「你想做什麼!?」

柳隨風的眼光，也似水波一般溫柔，一般遠颺。

「江湖子弟江湖志。江湖人年少的時候，總是想，跟當世的一些大人物較量，縱比輸了也好，總要把金刀往寶劍上碰出星花，才知道是不是好刀……」

說著忽然一頓，雙目深深地正視和尚大師，道：「白道上，武林宗師中，以北少林天正、南少林大師、武當太禪、丐幫裘無意爲典範。晚生只求大師賜教，一償夙願。」

眾人俱是一怔，此時此景，柳隨風居然不是要逃，而是要求與南少林主持和尚大師放手一戰。

柳隨風笑了一笑，又道：「只不過晚生再狂妄，也知非少林精銳聯手之敵，在下只要求與大師公平一戰，單打獨鬥，若僥倖一勝，則旁人不能干涉在下去留，在下便放了蕭姑娘，如此可好？」

眾人爲之動容。和尚大師名滿江湖，挫敵無數，可說是未逢敵手，柳五如此說，顯然是有求勝之心，實在膽大包天。要知權力幫幫主李沉舟一身通天徹地的絕學，奇門絕招，武林中無人不懼，柳五只不過是李沉舟一名最重要的部屬而已，尚且如此斗膽，眾人聽得有氣。

和尚大師一笑道：「其實柳公子又何必相脅？公子只要勝得了老衲一雙肉掌，老衲亦無顏相留，柳公子請去便是。」

柳五笑。他齒白如貝。眼光溫柔若春水，忽然閃電般連點蕭雪魚身上三處穴道，一扳一推，已推至莫艷霞那兒，莫艷霞反手拿住，心裡感激，暗忖：「柳公子要突圍，必不成問題，把蕭家女子推給我，是希望我藉此以自保，真是苦心。」

柳隨風斂袖向和尚大師一拱道：「感謝大師不吝賜教。」隨而雲停嶽峙，又錯開幾步，走到下首，完全是以後輩請前輩賜正之禮數，和尚大師微微一笑，垂目念：「阿彌陀佛，」道：

「施主不必多禮，請進招。」

柳五恭謹地道：「大師請賜招。」

和尚大師心想再如此客套下去也無益，蕭家火光大作，必有事故，自己還是先料理這小子，趕去爲妙，當下大聲說了三聲：

「請，請，請。」

突然大喝一聲：

「請——」

前面三個「請」字，第一個說得柳五一怔，第二個使柳五一詫，第三個沖擊得柳五一震，到了第四個請字，所有蟄伏的元氣盡出，如排山倒海，狂飆吞滅，湧捲而至，正是和尚大師一出手就藉以「易筋經」中的氣功，使出佛門「獅子吼」，要一舉震倒柳隨風。

第四個「請」字一出，一株垂柳，無風而「啪」地折斷，錦江無端激起水花一丈，柳五的青衫一閃，好似已被大喝聲震了出去，倏然不見。

就在這刹那，和尚大師只覺頭上衣衫一閃，一樣東西，「嗖」地經過。和尚大師頭一偏，一掌往上托去。

就在這刹那間，和尚大師只覺頭上一輕，用手一摸，才知道頭頂法冠，已被柳五抓去。

柳五一擊不中，五指易爪，抓住法冠，倏覺一道疾風襲來，急翻身掠出，但衣袂已被切去一截。

衣袂乃輕絮之物，半空中又無處著力，和尚大師竟以肉掌切去一截衣角，其功力已至爐火純青的境界，柳五心頭大震。

和尚大師更是心頭輕敵之意盡去，正色道：「公子好武功。」

柳五恭敬地道：「未及大師背項。」

兩人交手一招，錯身間幾同歸於盡，不敢再大意，兩人凝視，一藹然淡笑，一洒然微笑，卻遲遲不莽然發招。

柳隨風忽然一轉身，以背衝向和尚大師！

和尚大師倒是一呆，各門各派，可沒這般打法！何況這突兀詭奇的打法，對付一般人還可以，但遇到武林一流高手，何能如此大意？

就在此時，柳隨風倏然一反，又正面向和尚大師。

然後又是一反，遂而一正，一正、一反，又一正一反，反反正正、正正反反，不知轉了多少次，在短短不到十尺之距離中，如此旋轉著但極快疾地欺近！

和尚大師內外家修爲極高深，但也未遇過這種打法，一剎那間，他以「易筋經」中七種絕學，一齊發了出去，但所有功力、掌力、拳力、指力、腿力、腳力、勁力打在旋轉中的柳五身上，卻全給反彈了回來。

柳五欺近！

就在這時，淡青色的身影化作了刀光。

刀從何來？

——這刀的兀驀出現，就如柳五刺殺太禪時一樣。

——只是和尚大師有所備，太禪則無。

——太禪中刀死，和尚大師呢？

大肚和尚禁不住「啊」了一聲，一不留神，自樹上跌了下來，摔了一屁股泥。

就在這時，柳五的刀已刺在和尚大師身上。

一剎那間，刺了三十六刀。

二十七刀刺中。

九刀命中。

然而柳隨風飛起，神情已有一絲不安。

他凜然的眼神望著和尚大師，手裡還執著他的刀。

他的刀刺在和尚大師的身上，就像手摸在濕滑的青苔上一般，又被溜滑過去。

他的刀劃破和尚大師身上九處衣襟，卻傷不了他任何一寸肌膚。

和尚大師微笑，但慈藹的眼目光裡已沒有一絲笑意。

一點笑意也沒有。

他已肯定這青年是他平生勁敵，如果他不是熟習「易筋經」三十八年，只要稍稍大意一點，只要「易筋經」的武功稍不收發自如一些，只要自己失神於一瞬……

今天自己便已喪命在這個青年人手上。

他們交手僅兩招。

和尚大師沒有回頭，但他伸手，道：

「棒來！」

地眼大師立即遞上一根禪杖，和尚大師執著禪杖，連舞數十圈，驟然間狂風大作，竹葉如急雨，柳梢似亂鞭，片刻間柳隨風瘦逸的身影，已被杖風所籠罩！

更可怕的，是柳隨風心裡的感覺。

不再是青天白日，不再有藍天皚雲，那杖是鋪天蓋地的大網，更可怕的是，竹葉是一道道凌厲的暗器，柳絲是一條條歹毒的鞭子！

他已被包圍，猶如十面埋伏中的楚人，衝不出重圍。

圍觀的人吊起一口大氣，也不敢稍舒；天目、地眼二人更知道方丈已十二年來未用得意的「伏魔杖法」，今日居然爲了一個江湖後輩而出動了。

柳隨風身形挪動，和尚大師企圖以大自然的力量來摧毀他，他就化作了大自然。

柳條原化作了鋼鞭，可是柳隨風的人，也化作了柳絲飛絮，杖激飛，他的人也飄起。

就在這時，和尚大師的「伏魔杖法」又變了。

「伏魔仗法」至剛至猛，忽然變成至柔至陰。

杖與杖風，並不殺人，但它所罩住周圍的一切事物，卻絕不可活。

和尚大師至善積德，道行修爲，自然已登峰造極，但一個純然善行的人，一旦爲惡，也特別怙惡不悛，和尚大師此刻發揮出來的杖法，由佛家至善，到了蒼生無命，至絕至殺！

這是「伏魔杖法」的「殺」字訣。

柳五本已無生機。

但他忽然粘在杖上。

整個人貼在杖上、附在杖身。

杖所帶出來的，是死。

所以杖是生的。

柳五粘在杖上，全身輕似柳。

但他活著。

他的青刃已伸了出去。

和尚大師棄杖！

杖飛十六丈遠，再呼地插在地上，九尺九寸禪杖，入土八尺七！

柳隨風就在禪杖離開和尚大師的手掌刹那，已掠了出去！

往扔杖的相反方向掠出！

等於向和尚大師撲去！

和尚大師迅若游魚，忽然一縮。

一縮即退七丈！

「易筋經」的武功，本就匪夷所思。

但是柳隨風一經撲出，也不再追，但臉色全然白了。

他用手捂住胸口，人扶著柳樹：

但眼睛裡閃亮著神光——

就似小孩子玩一場認真的遊戲，他僥倖玩勝了一般。

和尚大師退出了七丈，勢已盡，但人沒有停。

他仰跌下去。

眾人失聲驚呼，他又直挺挺地彈了起來。

這時和尚大師慈藹的臉孔，忽然裂了。

眼角裂了、鼻孔裂了、嘴角裂了、耳孔裂了……全身在一下子間，全都裂了。

只聽他嘶聲道：

「你……你是……同門……的什……什麼人！」

說到「人」字，他雙目就凸了出來，而且滾落了下來，全身腫脹，嘴巴「呀呀」地，已說不出一個字。

待他全身崩裂前，他已氣絕了。

天目、地眼飛身過去，只見和尚大師心中插有一支鏢：

一支很普通的鏢。

沒有雕花，沒有刻字。

和尚大師的血，自傷口流出。

血不是紅色的。

竟也不是黑色。

而是無色的，淡淡如柳青。

這些「血」，有些流到草地上，滲入了土裡。

有些流到了溪水中。

綠草青青。

溪水無波。

三個月後，錦江望江樓這一帶，忽然寸草不生。

雨水沖過此處的痕跡，凡是流過的，連隻蚱蜢也沒有。

錦江河邊，半個月後還有客人吃了一條河裡的魚，大叫一聲，伏地而歿。

連同那殺魚的人、洗那碟子的人、網那魚的人，無一不被毒斃。

這是什麼毒，如此厲害!?

這是什麼暗器，竟殺了和尚大師!?

參 別離良劍・相見寶刀

柳五喘息。

他發出了那一擊，搏殺了和尙大師，但他要調息。

他們交手僅僅三招。

這卻是柳隨風出道以來，最險的一役。

和尙大師的禪杖，兀自在土上嗡動不已。

火勢愈來愈猛，頃俄間蕭秋水等便得葬身火海。

就在這時，他忽然想起一些不該在此時想起的東西：——人將死時，是不是都會想起一些他不該想起卻又偏偏想起的東西？

蕭秋水想起的東西，居然是：——花瓶。

就是那只受幫助的佃農所送來的花瓶。

蕭秋水臨走時匆匆，是要殺出重圍請援，他臨走時，因捨不得劍廬，上上下下都看過一遍，才甘心離家而去的。

而他清清楚楚的記得：——那時這大廳上的花瓶，沒有插花。

自從發生了秭歸鎮與權力幫的鐵腕神魔衝突後，唐柔的死，使蕭秋水沒有心情買花或攜花回家。

這不是插梅花過春節的時候，蕭雪魚也不在家，所以瓶裡一直沒有花。

而今這些紙花是蕭夫人親手做的——正如蕭秋水的衣服，也是蕭夫人親手裁的，那都是特殊的布料跟紙料做的。

然而蕭夫人不做紙花，已兩三年——浣花劍派日益壯大，蕭夫人助夫成事，哪還有當日做女孩時的閒情逸致？

但是現今的紙花是蕭夫人親手裁做的——蕭秋水離開時，權力幫已十面埋伏，蕭夫人且受了傷，怎會有可能還有心思做花？

這說明了只有一個可能——紙花裡有祕密。

蕭秋水心中一明，搶步過去，拎起了花。

眾人都知道，這年輕人確有過人之能，且看他作什麼來著。

唐肥卻頗不順眼地調侃道：「嘿，大火中還要看花，難道花瓶裡的水可以救火不成？」

鐵星月怒叱：「妳少說話！」

唐肥冷笑道：「你少吃我的飯！」

鐵星月一時啞然——他沒有錢，確是常常白吃唐肥的飯餚。

這邊蕭秋水也不理會，拆開花瓣，趨近端詳——

花瓣中果寫有字：

「左轉花瓶。」正是蕭夫人親寫的字。

蕭秋水立刻旋轉花瓶，發現花瓶緊貼石桌。

三次旋轉後，石桌忽然「嘎嘎」移開，出現了地下一黝洞。

洞口極狹，但洞深不知何止。

這時火舌已捲近，眾人無及多慮，望向梁斗，梁斗道：「可是蕭夫人手筆？」

蕭秋水道：「是。」

這時火勢已至，眾人緊站在一起，已無進退之地。

梁斗道：「我們下去再說！」

當先躍下，只聽「噗」地一聲，已著了實地，只聽梁斗仰首叫道：

「下來。」

聲音空空地傳了開去，眾人方知洞穴看似高狹，但裡中甬道頗多，才得傳音回聲，故逐個躍落。

眾人腳踏實地後，發現地穴雖比外觀寬大，但仍覺擁擠，左右各有狹穴，必須俯身貼膝方得匍行，梁斗問：

「這地方你可曾來過？」

蕭秋水惑然答：「我還是第一次知有此穴。」他自小好玩，但父親極其嚴峻，幼受庭訓，不敢嬉遊至大廳上來，而今悟得此地，仍是平生首次，還不知做了個該不該做的事。

梁斗怕黑暗中遇伏，但久留於此，空氣燃盡，在穴中也必致死，於是道：

「我先去探探。」

當下向右邊狹穴推進，齊公子不放心，道：

「我也去，」又怕眾人跟來，道：

「我們呼喚才跟上來。」隨手一晃，拿出火摺子，照著前路，向前爬行。

這下唐肥可慘了，原來她身軀極是肥碩，剛才她擠下穴口時，已甚是不易，穴口也被她擠破了些許，但穴口乃以水泥鋪上，以飾耳目，唯今之地穴乃堅硬地底岩層，根本不能運功推開，這下她可進退維谷了。

過了一會，只見火光漸亮，梁斗、齊公子又退了出來，兩人一身泥濘，顯然爬行得甚是不易，林公子好潔，早已皺眉，問道：

「怎樣了？」

齊公子搖首歎氣，梁斗苦笑道：「唯有指望另一端了。」振起精神，又要推進。

蕭秋水忙道：

「梁大俠，請讓在下先請。」

梁斗本要拒絕，回心一想，也是好的，因爲蕭秋水畢竟是浣花劍派的人，一旦遇上，可免誤傷，而且他較年輕，身軀伸縮自如，於是笑道：

「好是好，但不要叫我大俠，叫我老哥哥便可。」

眾人見他身歷險境，猶如此氣定神閑，不禁暗裡佩服。原來梁斗雖是一方大俠，但在丹霞別傳寺中一役，惺惺相惜，已在丹霞結爲兄弟，故梁斗不許蕭秋水稱他爲「大俠」。

蕭秋水當下蜷伏前往，唐方正在勸勉唐肥，不要心存恐懼，林公子本好潔，但一見蕭秋水冒險犯難，便搶過齊公子手上的火摺子，前往探路。

鐵星月、邱南顧也搶著要去，梁斗知這兩人忙多幫少，當下制住。

蕭秋水、林公子爬入穴中，伸長手臂以火摺照亮，只見前面圈圈連連，都是石壁，看來甬道甚長，只怕得匍伏而行一段時間，前面不一定有出路，兩人心中俱是惶然。

兩人爬了一陣，後面鐵星月等吵架聲漸遠，又過一會，反似從前面傳來，蕭秋水心下惴然，以爲又回到原來之所在，後來才知是石穴中的迴音作用所致。

又過一陣，石壁漸寬，而且壁頂豁高，上面形形式式的鐘乳石，千奇百怪，各形各狀，蕭秋水等知有出口，甚是喜歡，正想回去叫人，忽「叮噹」一聲，踢到一物，用火摺子照近一看，悚然一驚，「突」的一下，火摺子已燃盡，熄了，四下登時一片黑暗。

林公子摸遍衣襟，再也找不到火摺子，倒是摸到衣衫上一團又一團濕黏黏的泥濘，他素來怕髒，不禁有些氣急，卻聽蕭秋水竟然抽泣起來。

他素來服膺蕭秋水，武功雖高，但十分敬重這敢作敢爲的老大，而今竟聽蕭秋水竟嗚咽起來，大爲錯愕，駭問道：

「老大……什……什麼事？」

隔了半晌，蕭秋水哽咽才告平息。只聽蕭秋水忍悲道：「那是家慈的飾釵……」說著「嘩」地一聲，亮起了一把火摺子，林公子初見蕭秋水滿臉淚痕，再趨近一看，只見一婦女飾物用的金釵，想必是蕭秋水睹物思人，而且推測出父母離所圍困，但從此處遁出，心中悲喜交集，一時忍不住竟哭了起來。

蕭秋水抹去眼淚，因手板沾泥甚多，一時臉都塗得黑花花的，強振精神道：

「我們再往前尋去。」

林公子點點頭，旋又猶疑道：「後面的人會擔心，還是先叫他們過來。」

蕭秋水頷首道：「也好，」心知林公子也擔心自己，笑道：

「我哭歸哭，如此節骨眼上，不會有事，也不敢妄生事端的。」

林公子這才比較放心。

蕭秋水尋親心切，繼續往前探索。林公子則返後喚人過來。不一會大家都齊集了，獨有唐肥塞在洞裡，進退不得，要勞鐵星月在後面推，邱南顧在前面扯，才勉強推進了一些。

出得了窄穴，唐肥幾乎被擠得變了形，氣喘呼呼。

大家跟蕭秋水會集在一起，洞穴較大，又闊又奇，石壁有千奇百怪的石乳，可容三四百人齊聚。又過數處，腳踝浸水，原來地穴斜傾，穴中都灌了水。

而且水流是流動的，顯然還有出處。

蕭秋水等緩緩推進，水流漸已及腰，渾身透寒，不住抖哆。

水流向哪裡呢？

大家浸在冰一般的寒水裡，跟剛才在烈火邊沿的情形，又大不一樣，誰也沒有多說話。

就在這時，洞壁又漸漸下降，洞穴又漸合攏，狹小，唐肥的恐懼感又來了，大呼大嚷：

「這死地方，這鬼洞穴，我才不來呢……我才不走！我死也不要走！」

話未說完，「吱呱」一聲，撫股跳了起來，卻撞著了洞頂，頭上腫了一個大泡泡，眾人嚇了一跳，原來她屁股還纏了條水蛇，蛇仍噙住她的股肉不放，鐵星月一把抓住，把蛇摔死，幸虧這蛇毒性不大，唐肥功力又深，自無大礙。

唐肥氣吁吁不住咒罵，曲暮霜、曲抿描勸慰，她都不聽，左丘超然看不過眼，陰森森地加了句：

「這裡恐怕不止有蛇……」

唐肥瞪著銅鈴般的大眼，問：「還有什麼？」

左丘超然拉長著臉，眼睛向上一翻，舌頭一伸，怪聲道：「還有鬼唷！」

唐肥一聲「我的媽呀」，忙跟著諸人走，原來她天不怕、地不怕，最怕的就是鬼。曲家姊妹自然也甚害怕，相偎著往前走，怕誰要是走得後，會被妖魔鬼怪攫走。

這下急行，洞穴更窄，眾人俯首而行，忽地頭頂「啉」地一聲，一物刺下，「嗤」地激起水花，眾人四散，護身戒備，卻見那物並不移動，定睛一看，原來是禪杖杖身，刺入土中，杖尾及水面。鐵星月怒道：

「好哇，竟敢暗算老子……」

梁斗搖首道：「不是暗算。」

齊公子以手掌拍拍壁頂泥岩，道：「這泥岩相隔頗厚，對方聽不到我們在這兒，若施暗算，也不會如此失算，全無準頭。」

梁斗道：「那麼以禪杖貫穿堅岩的人，功力之高，非你我所能及。」

齊公子臉上憂惑，但因火摺昏黯，看不出來：「正是。」

邱南顧問道：「那上面的人，爲何無端端插下這禪杖下來？」

齊公子苦笑道：「我不知道。」

梁斗笑道：「既想知道，何不掘開岩泥，冒上地面去瞧瞧？」

眾人知能重見天日，十分欣喜，七手八爪，敲擊撥扒，意圖破土而出。

和尚大師的禪杖，不再顫動，變得硬冷的生鐵，僵死在那裡。

正如和尚大師的生命。

柳隨風的喘息已平伏。

他的淡若春水的眼睛，忽然熾熱起來，像傲拗不可一世的諸侯，在攻陷城池時高舉干戈的那種狂熱。

他的人本就高傲，向來神色淡然。

而今卻完全變成了入世的狷狂。

這一戰，他知道，已足以名動江湖。

李沉舟最名動武林的一役，是同時間搏殺魔教教主「鬼手十八翻」江燒陽，以及白道武林盟主「談笑一劍」高幸傷，那一役奠定李沉舟牢不可破的地位與名聲，從此無人敢奪其鋒！

今天他卻殺了南少林的第一高手：和尚大師。

柳五此刻不是想到了名、利、地位、權勢……

而是想到了李沉舟的一雙眼睛：

……帶著淡淡的倦意，輕輕的憂悒，宛若遠山含笑迷濛，但又如閃電般動人心魄

——那感情的、無奈的，而又空負大志的一雙眼神！

……

事情發生得太快，待已定局時，已無可挽救了。

天目神僧和地眼神僧，就是這樣的感受和心情。

他們倆都同時跪下來：和尚大師死了。他們身爲福建少林監護長老，居然眼睜睜看著他死。他們心裡都有著同一種感覺：

血海深仇！

莫艷霞說話了。她是柳隨風一手栽培出來的人，自然懂得這個時候該她說話：

「和尚大師死了，柳五公子已戰勝。你們不聽是他親口答應過的嗎？」

莫艷霞笑笑又道，「若你們想以車輪戰術，那也是可以。」

天目、地眼二人一時不知如何是好，他們是出家人，而掌門人的確答應過僅與柳五一戰，其餘人不得干涉；要報仇呢？還是不報！守約呢？還是不守！

柳五卻笑道：「不必了。諸位的深仇大恨，還是一併來料理罷。」

——他本來用話穩住和尚大師，萬一搏殺之後而負重傷，即求退身。

——而今局勢已不同了。

——他沒有受傷，只是發出了那殺手鐧，內力大耗而已。

——他的自信心，已至巔峰，自信還再殺得了兩名老僧中任一人；而另一僧人，可叫莫艷霞絆著。

——劍廬已焚，火王、劍王、鬼王等即將趕到。

——至於孔別離、孟相逢、大肚和尚和蕭雪魚，他根本不放在心上。

——他決定就在這錦江樓畔，把少林實力，瓦解於盡。

天目神僧恨聲道：「既然如此，納命來吧！」

雙目一睜，柳五如遭電殛，全身一悚，天目神僧的「無相劫指」，十指倏揮，源源而出，每指都是凜厲的殺著。

柳五飛閃騰挪，在刹那間變幻出七種身法。

七種身法俱衝不出天目神僧的指風。

就在這時，柳隨風忽然完全不閃躲了。

指風襲入柳五要穴，但柳五的身子，似腐朽了一般，又似柳絮，強力的勁風打過去，不過激起盪盪而飄，全失去了效用。

柳五的神情與身影，也如韋叡臨陣，輕袍緩帶，如在乘輿坐椅，輕舒慢撚，是武學中至高境界：以緩趕急，以慢打快，以後奪先，以靜制動。

天目神僧的指風，一時受挫，但另兩道指風，卻令柳五不再從容。

地眼大師的「參合指」。

地眼以食指代天，中指代人，無名指代地，打出「參合指」，專破內外家罡力的「無相劫指」，遇到柳隨風毫不著力的「柳絮身法」，也許無用，但「參合指」雖如斷絮續至，柳五也不敢硬受一指。

他想用正宗內外家功力相接，又怕「無相劫指」的截斷真氣，鎖斷命脈的指力，一時間兩面應付不過來，俱不討好，左絀右支，漸落下風。

莫艷霞原是要截住地眼大師的，但她已受傷。

她根本截不住這少林高僧。

而「東刀西劍、別離相見」兩人卻截住了她。

莫艷霞的長髮披下來，她的臉靨如花。

她的劍光也如花。

她一劍七招，一招七式，一式七變，一劍刺出，是有三百四十三個可能，而她每次出手，至少七劍。

白鳳凰莫艷霞在江湖上，有人稱「白衣觀音」，又有人叫她做「千手百臂毒觀音」，便是因她的劍法而起。

孟相逢一劍架住了她的劍。

孟相逢的劍就叫「別離良劍」。

莫艷霞發出一劍，他也發出一劍；莫艷霞發出很多劍，他也發出很多劍。

總之他的劍都是相逢的，每一劍都與白鳳凰的劍碰上了頭，並架住了她的劍勢。

而孔別離就趁此狠命攻擊。

他的刀是分離的，一刀砍中去，手中：手斷；腿中：腿斷；劍著：連劍也斷爲二。

孔別離的刀就叫做「相見寶刀」。

「別離良劍」是爲相見。「相見寶刀」乃因離別，所以寶刀良劍，一旦配合，天衣無縫，而且纏打周密，無瑕可擊。

莫艷霞若在平時，她武功遠不在紅鳳凰之上，但也決不在宋明珠之下，自輕易可以取勝，但而今受內創，力不從心，身法騰挪大受阻滯，別離良劍一劍幻似一劍，隨影附身，相見寶刀，刀刀斷斬，白鳳凰大感吃力。

大肚和尚見劍廬火光沖天，心裡惦念蕭秋水等之安危，心同此理的蕭雪魚也擔心家裡情勢，見大局稍定，即往聽雨樓奔去。

大肚和尚走得幾步，蕭雪魚連忙叫住：「喂，和尚，抄小徑走。」

大肚和尚原是蕭秋水至友，交誼最深，情份最久，曾數次到過劍廬，蕭雪魚自是認得，於是喚之打從小徑趕到劍廬。

他們卻不知道，蕭秋水等人，就在他們的腳下。

柳隨風在少林兩大高手間遊鬥，天目、地眼二人，一時還奪之不下。

他一共有三招殺著。

這三招殺著，柳隨風極少使用過。

連李沉舟，都不知道柳隨風的殺著是什麼；他曾跟柳五笑道：「若能知道你三式絕招，我願拿半壁江山跟你換。」

柳五自然不敢換。他答：「我不要江山，卻要跟大哥打江山。」他素稱李沉舟為「大哥」。

適才殺和尚大師，就是其中一道殺手。

和尚大師已瞧出蹊蹺，但未及說出端倪。

他還有兩道殺手，但是一直未能出手——天目神僧的「無相劫指」，地眼大師的「參合指」，一直逼住他的精氣神，甚至侵襲到他身體上每一個機能。

他一定要騰出機會。

——既然沒有機會，他就要創造出機會。

——這兩名老僧，決不能讓他們活著回去。

——連殺少林三大僧，加上今日手刃太禪，實在是人生快事。

他突然之間，人向天目神僧撲去。

天目神僧見來勢如長空搏兔，一驚，全力出手。

就在這時，地眼大師也看見柳五向自己飛撲而來，鷹擊長空。

地眼大師的「參合指」也全揮出。

但是柳隨風既沒有左攻，也沒有右襲，他人還在原地，他以天竺的「多影無幻大法」，攻襲二僧，自己卻蓄勢發出必殺的一擊。

——這一擊成或敗？

他已沒辦法知道。

因為就在這一剎那，他的雙腳，被人扣住。

他的雙足如釘子一般，牢吸在地上，但地面上卻驀然伸出一雙手，抓住了他的腳。

柳五立時躍起、拔起、跳起，又運力彈出、踢出、踹出，但是那一雙手的功力，竟是深沉不可知的，就似鋼箍一樣，跟大地同袤闊共沉厚，而要開啟也只能浩歎恨地無環。

柳五雙足給扣死了。

就在這時，刀光一閃。

平凡刀光。

青衫白襪黑布鞋。

刀快，人平凡。

柳五也聽過「大俠梁斗」這名字。

他手裡淡青一揮，那淡著黛眉的刀光，立時迎了上去。

平凡的刀芒立即黯淡。

但白玉般的劍芒大現。

柳五閃電出手，食、中二指，挾住劍光。

但在同時間，三道光芒同時打到。

一道準、疾、狠：鄧玉平的劍鋒。

一道急、奇、快：林公子的劍尖。

一道如花的東西，在他面前展開——

唐肥的唐花。

在這一刹那間，柳五居然把這三件無可抵禦的武林絕門武器都擋下了。

但他已無法接得住「無相劫指」與「參合指」。

在這瞬息間他一共中了九十一指。

他仆倒下來，就看見拿住他的腳的人。

他知道自己一定會見到這個人，可是沒想到那麼快，而且是在這種情形之下。

他也沒料到這人給他造成的壓力有那末大，有那末快，而且那末致命，他現在所承受的壓力，全是他一手造成的。

那人當然就是蕭秋水。

第六章

從浣花到峨嵋

壹　錦江之水葬唐朋

柳五苦笑了一下，道：「你是蕭秋水？」

蕭秋水剛冒出地面，就看見柳五千變萬化的身形。

柳五那時正聚精會神，對付天目、地眼兩大高手，平時精細的他，也沒料到地上會無端端冒出個人來。

蕭秋水便用自己的一雙手，緊箍住柳隨風的腳踝，加上唐肥、林公子、鄧玉平、梁斗、齊公子等人配合攻襲，天目、地眼二人的指攻方才奏效。

柳五一說話，最驚駭無已的是天目和地眼。

他們的「無相劫指」和「參合指」，普天之下，中得一二指者，不死者鮮矣，而他們趁柳五失神之際，連中九十一指，柳隨風到現在還笑得出，也說得出話來。

蕭秋水看看柳隨風，好久才道：「我暗算了你。」

柳五道：「這是事實。」

蕭秋水道：「若不是暗算，我抓不住你。」

柳五道：「本來就是。」他額上汗珠涔涔下，但談笑間不稍變色。

蕭秋水道：「我們是仗著人多，否則也打不倒你。」

柳五笑道：「我倒了麼？」他笑了笑又接道：「也許我現在是倒了，不過一會兒又會爬上來呢。」

天目神僧怒目一睜，道：「今日老僧要超渡你，以祭掌門。」說著凸出中指，屈第一節，緩緩按下，向準柳五的「眉心穴」，指及一半，全掌通紅，唯有中指白如封冰。

柳五笑道：「這是阿難陀指。」神色不變。眾人一聽，卻大吃一驚，因「阿難陀指」，只要觸中一下，無論是鐵甲金剛，也難抵擋，必死無疑。內力上睨睥天下的鐵騎、銀瓶二位真人，也曾在「阿難陀指」上吃過虧。唯「阿難陀指」十分難練，天目、地眼二人，內力渾厚充沛，苦練五十年，也只不過把指法練成，但出招無法迅速，一快則失去效力，所以在急遽之對敵戰中，幾乎派不上用場。

而今天目神僧要用「阿難陀指」，顯然已生了立斃柳五之心。

蕭秋水難過地道：「你……」

柳五道：「你不必難受，我殺太禪，也是暗算，一報還一報，也沒什麼遺憾的；」柳五淡淡一笑道：

「何況……我畢竟還沒有死！」

天目怒叱：「那你就死吧！」中指已對準柳五的天庭捺了下去。

就在這時，柳隨風的臉突然全無血色，煞白一片。

他一張口，一口血箭，打在天目臉上。

天目眼前一陣模糊，柳五飛起，淡青的刀光，一刀割斷了他的咽喉。

然後他力已竭，氣已盡，倒下，地眼大師厲吼出手。

就在這時，一道劍光飛刺地眼大師背後。

地眼大師唯有回援，一出手挾住長劍。

那人棄劍，又換上一柄劍，劍刺地眼大師臉門！

地眼大師心頭一涼，又挾住。

就在這時，側來一團大火，迎臉焚到！

地眼大師急退，袖袍一拂，大火都反捲了回去。

三人緩得一緩，地眼已看清前面兩人，一三綹長髯，神貌俊矍；一光頭大耳，虎目虬髯。

正是「劍王」屈寒山與「火王」祖金殿。

齊公子一見苗頭不對，立即出劍攻柳五！

他的四指神劍，出名的快，就在這時，白影一閃，齊公子的劍，直刺入了那白影的胸膛。

那白影正是白鳳凰。

她一見柳五危急，奮不顧身闖去，唯孔別離、孟相逢一刀一劍，死纏不放，莫艷霞借力打力，忽然棄劍，孔、孟二人招勢一空，莫艷霞掠至，但齊公子已下殺手，莫艷霞來不及制住，銀牙一咬，以身軀擋住這一劍。

齊公子一呆，莫艷霞雙指一戳，已奪下齊公子雙目，足踝飛踢，踹在齊公子鼠蹊裡。

齊公子慘嚎，仆跌狂滾。

林公子失色驚叫：「齊……」他只叫了一個字，已出了七劍。

他七劍都被人架住，架住他的人也是使劍的。

烏衣幫幫主單奇傷。

梁斗本來不欲在此時搏殺柳五，但此時也顧不得許多了，他的刀出手。

但一道刀光劃成半弧形，「登」地擋了他的刀。

天殘教教主司空血的緬刀。

佘殺等五人，跟郎一朗和古同同、許郭柳交戰起來。

唐肥、唐朋、唐方同時發出了暗器。

莫艷霞白色衣衫上都染了血，她一一代柳五接下，接不下的就以身子擋住。

鐵星月、左丘超然、歐陽珊一、邱南顧，忽見一人大吼一聲，飛拳捲至，正是「大王龍」盛江北。

鄧玉平一見場中大亂，他一矮身，閃電般迅遊入人叢中，一劍就要結束柳五，孔別離和孟相逢也是同一心思。

但他們三人卻發現在這大白天裡，有一樣陰灰灰的東西，不但接住了他們三人的攻擊，還反攻了他們三道腥臭的陰風。

三人退避躍開。就在這時幾件事情同時發生了：

柳五忽然不見了。

蕭秋水、曲暮霜、曲抿描撲向齊公子，扶住，齊公子卻已死了。

莫艷霞渾身浴血，倒地身亡。

——這時全場高手，無一不在此役中全力施爲。

——最令人怵目驚心的，是權力幫爲救柳五的前仆後繼捨死忘生！

柳五在劍廬，一殺太禪，就飄然離去，不再關心部屬的生死。

——也許他是認爲大局已定，勝利在握，已無需多費心思，亦不必爲已逝者傷悲。

可是而今這些人，卻拋頭顱、灑熱血地爲他拚命，這是爲了什麼？

蕭秋水不瞭解。

柳五去了哪裡？

——莫艷霞卻是爲了他而死！

這時局中情勢甚是混亂，但是明顯的，權力幫佔盡下風。

天目神僧咽喉雖斷，但居然未死，跳了起來，一指打了出去！

火王與劍王，兩人全神貫注，苦戰地眼，天目一指打到，火王一條火棒似的手臂一格，「喀」地一聲，肘踭骨骼被天目神僧一指打碎。

但火王祖金殿的火也噴到天目神僧臉上。

天目神僧倒地時，臉孔已被火燒焦。

地眼大師的「參合指」源源而出，又打斷屈寒山一柄劍。

天目倒地而歿，地眼怒急攻心，一口氣連攻數指，劍王火王齊被逼退，地眼大師扶起天目，天目已然斃命，而屈寒山與祖金殿也藉此時機逃遁而去。

林公子的「刀劍」，一劍快過一劍，一刀快過一刀，單奇傷哪裡是他的對手？司空血的緬刀又毒又狠，加上他殘缺而練成的奇招，卻被梁斗一一化解；盛江北轉眼已氣呼纍纍，鐵星月跟他硬拚硬，左丘超然不住以擒拿困纏，歐陽珊一、邱南顧二人卻乘虛夾擊。

最慘的是郎一朗與許郭杉、古同同三人，他們的對手共有五人，是「朱大天王」的重部：佘殺、苗殺、蘇殺、龔殺和敖殺。

郎一朗外號「千手螳螂王」，但他早先已被少林龍虎大師震傷，他的螳螂拳法，最重腰馬膂勁，而今因傷，大打折扣。

郎一朗一心只想殺出重圍，但勢不可能，他們原本衝入救人，一念柳五曾在權力幫替他們說情，有不殺之恩；二是想救柳五以立功，以爲「火王」、「劍王」、「鬼王」三大天王在，局勢必穩得下來，誰知點子扎手，那淡青衣衫的人、白衣年輕劍手、刀劍交加的兩名中年人、那痴肥的女子等人，都是高手，郎一朗悔不當初，早知不來也，使出「百步螳螂拳」渾身解數，想脫困而出。

對付他的是佘殺和敖殺二人。佘殺是「六掌」中老大，最是精明，焉有不知？敖殺年紀最輕，但十分剽悍，他們四掌交錯，就是不放行。

郎一朗大急，改而施展「入步螳螂拳」，想作近身搏擊。

本來「入步螳螂」，可以制住扣住佘殺飄忽的殺著，敖殺凌厲的殺手，可惜郎一朗使到一半，受創處劇痛，滿天星斗，力不從心，勉強以「入步螳螂拳」的步法閃躲，再打一陣，見許郭柳已被蘇殺與苗殺殺死，方寸大亂，喊叫道：

「別打、別打……」

叫得幾聲，佘殺和敖殺全不理會。郎一朗大嚷道：「我投誠了，我脫離權力幫……」這時見「火王」祖金殿受傷，章法更加大亂。

佘殺冷沉著臉，倏然住手，道：「好，停手。」

敖殺也陡地住了手。郎一朗氣呼呼地道：「我……我本就不屬權力幫的，只是大……大勢如此……不得不……」

話未說完，佘殺驀然動手！

郎一朗想要擋架，但敖殺已乍地按住他雙臂，雙膝頂住他雙腿。

郎一朗慘叫一聲，他的鮮血隨著慘呼噴出。

這時古同同剛剛被龔殺和後來加入戰團的蘇殺和苗殺殺死。

郎一朗捂胸想說話，但又中了兩掌。

他臨死時才想到：他向佘殺等投誠，毫無用處；因爲「六殺」根本就是朱大天王的部下，並不是什麼各門各派，或白道中人的高手。

朱大天王的目標是毀滅權力幫，並不是鼓勵或接受權力幫的人放下屠刀，甚或改邪歸正！

所以落在佘殺等手裡，只有被誅殺。

只聽佘殺、蘇殺、龔殺、苗殺、敖殺五人各喝一聲「殺」字。

「殺殺殺殺殺！」

朱大天王這身邊的「六掌六殺」，本來每次殺人後，必各喝出一聲：「殺！」共「殺殺殺殺殺殺」六個「殺」字，然後同時齊叱：「殺」，這七個殺，刻在鋼牌上，便是當日震動武林，聞風色變的：「七殺令。」

而今這六人不再發令。命令到了朱大天王的手中。

朱大天王才是一個真正殺人的魔王。

「大王龍」盛江北這時已氣喘如牛。

鄧玉平、孔別離，孟相逢卻苦拚「鬼王」陰公。

陰公以飄忽詭奇之「活殺十八手」，東打西點，卻仍闖不出這三人合擊的手裡。

「鬼王」的武功，力戰鄧、孟、孔三人，可以說能平分秋色，但是陰公眼見權力幫來援的人，死的死，傷的傷，逃的逃，降的降，他心中大慌，出招也亂了起來。

更可怕的是唐家三姊弟，已走了過來掠陣。

他打著打著，忽然一閃身，青竹輕搖，鬼王忽已不見。

眾人大感震訝。唐方眼光何等明利，眼見鬼王一幌時，竹葉簌簌，一出手，「雨霧」撒出！

只聽啾啾鬼叫，陰公「呼」地自竹樹上飄出，打出一把迷迷濛濛的粉末，眾人掩眼屏息躲過，鬼王竟又不見。

原來「鬼王」陰公有一種極奇怪的功力，如動物中的蜥蜴、變色龍等，可以隨環境事物的色澤而改變，只要附於任何一物上，身體的顏色就與之十分相近，可教人無從分辨，而給他脫逃，或遭之毒手。

這一下子，「鬼王」又不見了。

唐肥叱道：「不要給他逃了！」

蕭秋水回望，只見一株柳樹，無風而略動，喝道：「注意！」猛衝近，就是一抱！

「鬼王」陰公就附身在這棵樹幹上，他與蕭秋水交過手，知道他的功力，大喫一驚，就要閃躲，但已來不及，倏地頭頂零零星星百數十莖亂髮，驟然射出！

這些亂髮，原來都不是頭髮，而是暗器，就叫做「鬼毛」！

唐家的人眼快，一看就知道是淬毒而且毒性奇強的暗器。

這時蕭秋水正張開懷抱，閃躲已來不及，他的功力高，武技卻不好，要閃已遲，就在這時，唐方不顧一切，叫道：「小心！」人已掠出。

唐門年輕子弟中，唐方武功、暗器並不怎樣，然輕功至高，她後發而先至，一推蕭秋水，藉蕭秋水衝力往右前側一撲一伏！

這下可謂險到極點。但部分「鬼毛」依然打到。唐方變成在蕭秋水前面，眼看要中，蕭秋水稍緩得一緩，也及時出掌，他渾厚的掌力，終將「鬼毛」盡數打落。兩人見迄此，一直未有機會敘舊相談，此刻又在生死一髮中並肩聯手，真是千言萬語，都化作了無聲。

「鬼王」一擊不中，知行藏已露，他是何等人物，即刻便逃；眾人擔心唐方和蕭秋水，一見兩人無恙，唐肥向柳樹打出十枚鐵蒺藜，但柳樹上已無「鬼王」蹤影。柳樹一中暗器，片刻即全枯萎。

曲暮霜一聲尖叫，用手指著，只見江中一道伏波，翻翻滾滾，向江中潛盪而去。

這時蕭秋水與唐方，都恍如夢中，再世爲人，一時間覺得只有兩人在一起是好的，任由竹風吟嘯，江水滔滔，兩人只覺情意長，而沒有了旁的。

這在唐朋心裡十分切痛。他在唐門，一直暗地裡傾慕唐方，就在此刻，他瞥見蕭、唐二人眸子裡都是深遠的情意，他原本聰明、精警，而今受創於心，只覺天和地間，都無可泣訴，一時間失卻了理智，飛掠而起。

他的輕功，在唐門中也是數一數二的，否則昔日他化名「漢四海」在古嚴關那裡可以一飄而過？此刻他悲恨在心，無處可訴，長嘯一聲，掠向江中。

他人未掠過，臉色全白。

唐肥一見，大驚：「不可——」

話未說完，唐朋已掠了出去。

人在半空，劈手打出「子母離魂鏢」。

「子母離魂鏢」原本就是極耗真力的暗器——唐門年輕一代的高手中，也僅有唐宋、唐絕、唐肥三人能使。唐朋內功本來不足，體質又極差，但他憑聰悟才智，居然能使「子母離魂鏢」，已很不得了，可是每次出手，大傷元氣，他在灕江前戰屈寒山，已因真力耗盡而遭毒手，在上一次大渡河出手，也因而導致暈倒。

這次他居然凌空出擊，唐肥知道用此暗器的挫傷，但要阻止，已來不及。

只聽一聲狂嘯狂叫，河水裡翻翻滾滾，水花濺中，一人狂嚎翻起。

水裡都是血。

「鬼王」中鏢。

但唐朋人在半空，已無法使力，落了下去。

唐肥輕功不好，來不及救，但她的唐花已發了出去。

就在她「唐花」射出去的同時，「嗖」地一聲，一條纖細的身影，也掠了出去。

唐肥知道是唐方的時候，一顆心幾乎跳了出來。

她為了救急，所以發出了「唐花」。

「唐花」是唐門三大絕門暗器之一，唐肥發出去，連她自己都不能夠控制「唐花」的威力。

像一柄寶劍，飲盡了仇人的血，一旦出鞘，連生死也不再是執劍者所能把握的事了。

可是唐方卻縱了過去。

「唐花」會不會傷了唐方？

唐肥不禁驚呼出聲，像失手打落一個心愛的花瓶，又來不及去撿撈，眼看就要砸碎了，心裡又多希望它不破——

唐朋落下。

「鬼王」十隻手指，分別插入他左右肋骨中。

他整個胃囊抽搐，痛得沒有了知覺，陰公一張口，兩隻足足三寸餘長的犬齒，滴著血向他右腕的大動脈噬來。

唐朋沒有掙扎。

就在這時，唐方三枚蜻蜓，一齊打進「鬼王」陰公嘴裡。

也就在此時，唐花到了。

這一朵奇詭的花，忽然膨脹百倍，迎頭罩下。

這一朵「花」籠罩了兩人的死穴。

「鬼王」陰公和唐方都逃不出去，「唐花」的奇艷，照怖陰公淒厲的峥嶸的臉，也照亮了唐方俏麗而失驚的清容。

就在這時，唐朋動了。

他擋在唐方身前。

大家看見唐方在「唐花」下清如流水的臉，而唐朋擋在身前，在「唐花」下臉無血色。

然後他就沉下去了……

沉、沉、沉……拖著「鬼王」陰公，一直沉入了錦江之底，沖到了無盡無涯的地方……

江裡只剩下了唐方。

唐方哭喚：「朋弟……」

貳　江湖寥落爾安歸？

就在這時，林公子忽刀忽劍的兵器，突然一分。

左手刀，右手劍。

他的兵器原來就是刀劍合併，必要時又可以分開來用。

然後慘叫一聲，單奇傷也被分開了。

他是腰中刀，胸中劍。

單奇傷死的時候，梁斗已點倒了司空血，回首向鐵星月、邱南顧等叫道：

「別殺他！」

盛江北雖是權力幫中「九天十地‧十九人魔」中之一，但他原本是武林道上好漢一名，作惡不多，梁斗正有心要保存他。盛江北本來奮戰，一聽梁斗說不要殺，一時覺得萬念俱灰，驀然停手，長歎一聲，一掌往自己天靈蓋上拍落。

梁斗一手挽住，笑道：「盛老師，勝敗乃兵家常事，何況盛老師是以寡敵眾，何必想不開呢？」

盛江北慘笑道：「我已老邁，不是看不開的問題，而是覺得這樣活下去，也沒什麼意思……」

梁斗笑道：「那麼盛老師何不重新活過？」

盛江北喃喃地重覆了一句：「重新活過？」惘然若失，但眼睛卻似暮色中點燃的燭火，在夜晚來臨時愈來愈亮。

這時大局已定。

佘殺、蘇殺、苗殺、龔殺、敖殺紛紛向諸人拜別，他們這次入川，原本是要擒殺蕭秋水，但而今反與諸俠敵愾同仇，結果相結爲友，殲讎洩憤，料想今番變化如此之大，權力幫與白道俱人手元氣大耗，自己把這消息趕報天王，功多懲少，而且此刻想要從梁斗、林公子、唐肥、孟相逢、孔別離、鄧玉平等千里擒罰蕭秋水，簡直不可能，更且今次之所以能逢凶化吉，多虧蕭秋水引路不少，五殺當下已打消傷蕭秋水之意，只求離去。

梁斗等權力幫巨敵當前，也不想多結仇怨，故與五殺分手。盛江北呆在場中，茫然若失，梁斗解了司空血穴道，司空血血脈得通，也不奪路而逃，心知群俠無心傷己，而今落在梁斗手裡還好，若在林公子、鄧玉平等之劍下，則斷無超生之理，當下司空血乖乖坐著，梁斗說：

「你本來身體上已有殘缺，爲何不多作善事，還要跟權力幫爲非作歹？你向權力幫依順，又有什麼好處，你們這番拚得一死，圖救柳五，而今他逃去無蹤，你卻被擒，究竟是什麼道理？」

司空血雖剽悍凶殘，但也明白梁斗是爲他好，便說出內幕，好讓大家饒他不殺，所以他道：

「你知道我身體是怎樣殘缺的嗎？」

梁斗搖頭。

司空血道：「我不是什麼當世大俠，也不是武林異人，我沒讀過什麼書，自小就練武，小時替人做工，年少時當人打手，壯年時替人保鏢，也算是刀口上舔血的武林人……」

梁斗點點頭道：「當一個刀口上舔血的武林人，是不容易的，我知道。」

司空血的一張臉，牛爿已被打個稀爛，他指著深深一個血洞的左眼說：「是不容易。十六年前，我押鏢時遭人所擒，只是幾個小毛賊，我打久了，殺得筋疲力盡，被人絆倒，就紮住了，他們用牛耳尖刀，挑出我一隻眼珠子，當我的面，下酒來吃……」司空血苦笑，有一種說不出的譏誚與自嘲：

「我的睪丸，也給人割去了，那人是中原彎月刀洗水清，人人叫她做洗女俠，她見我醜，又會武功，想必不是好人，於是就割了……」他見有女子在場，也沒多說，苦澀地笑笑又道：

「我就痛得在地上打滾……那天大寒，冰天雪地，整個春節，我都在暈眩中度過……醒來時有班傷殘的人圍著我，他們都像我一樣，有的缺耳、有的斷手、有的說不出話來。……他們照顧我，於是我們結合起來，跟瞧不起我們的人打架，打不過，再學藝，終於打出了點名氣，就叫做『天殘幫』……」

司空血把醜陋至極的臉孔抬起，道：「其實哪裡是天要殘傷我們！這全都是人傷的……人以爲我們殘缺不全，定不是好東西，十六大門派中，也沒把我們名列榜上……」

梁斗點點頭，十六大派中，其實有許多實力莫如天殘幫的，但武林人中有根深蒂固的觀念，覺得這一群人來路不正，總不登大雅之堂，始終沒有列上；鄧玉平也大表同意，南海島是個小島，非名山名水，所以也沒給提名於十六大門派之中，但以海南劍法而論，中原鮮有敵手，就連浣花劍派，因歷史不算悠久，所以也不在十六大門派之榜內；武林中門戶正邪觀念極深重，從此可見一斑。

司空血道：「洗水清割我……的時候，我正在做善事，還未殺過一人，而且還立志，扶貧救弱……洗水清處罰我時，白道中人，都拍掌叫好，說『洗女俠又造福武林，澤益蒼生了』，我卻痛不欲生……我身體上其他部位，也是在大大小小，爲求生存的戰役中，失去了……譬如說我保鏢之時，遇有人劫鏢，我跟他打，贏得了則他死，輸了就我逃，」他拍拍空蕩蕩的左腿，道：

「……有次逃不掉，腿就給人剁掉了一隻，如此而已……別人是刀光一閃，劍光一亮，敵人——大奸大惡之輩緩緩倒下去……這很有意思是不是？真是高手作風！可惜我就是那倒下去的人……」

司空血道：「於是受的傷多，殺的人也多起來，凶殘之名也愈漸響了。我們這一幫的人，當然也有天性殘毒的人，至少每人心裡，都有怨毒。我的『天殘幫』歹毒之名，諒諸位大俠早有所聞了？……」

眾人默然。司空血大笑道：「你們可別悲憫同情我，我再斷一隻手、一條腿，也不乞人憐憫！近些年來，莫干山、點蒼、泰山三派『替天行道』，決定要滅我天殘幫，於是三派聯手，先追殺在他們近邊的我幫子弟，又半夜殺入幫裡殺我們個措手不及，我們反擊，他們興問罪之師，於是向少林借得了狗尾、續貂等高手，大舉殺進我幫，那一役……」

司空血的眼流出了淚，但他語調不變，「殘傷的兄弟，逃得慢些，又豈是這些『正義之師』的對手？而且傷殘的人，最易辨識，所得罪的又是名門正派，是役我們六百九十位弟兄，死了四百六十二人。並非我幫的傷殘人士，被誤殺者尚不在其數。有的正道弟子較仁慈，把斷臂的幫徒不殺，改而廢了他們兩條腿，諸如此類，總之花樣百出……」司空血忽然厲聲道：

「在這時候，你看到一群本已傷殘，而今被慘殺的弟兄，你有什麼感覺？那時候，舉世俱非之時有一個極有力的靠山卻支持你，你會怎樣!?」

梁斗默然。司空血笑了，他的笑容又有了那種說不出的譏誚與自嘲：「我們是無藥可救的人。所以我們選擇了權力幫的支持。發動這次支持我們行動的人是柳五，所以他有難，我們寧爲他死。」司空血看看諸人又道：

「也許你們正義之士，大爲輕賤這種狼狽爲奸的行爲，但權力幫卻是我們的恩人。我們凶殘著名，但只要人對我們有恩，而且識得我們也有肉有血，縱然爲他死了，也沒有尤怨……」司空血笑了笑又道：

「我回答的問題，是不是答得太長了，你們滿不滿意？」

隔了好一會，梁斗清了清喉嚨，才能說話：「他們呢？」

——他們指的當然是彭門四虎、單奇傷、郎一朗等。

他們都躺在地上，屍骨已寒，當然已不能回答梁斗的問話。

能回答的當然只有司空血一人而已。

因爲他還活著。

司空血答：「大同小異。」

就這四個字，蕭秋水等每個人臉上，都閃過了一道陰影：

——滅大奸大惡的權力幫，必不必要，應不應該？

——問題是：權力幫是不是大奸大惡，非滅不可？

這問題沒有答案。

——誰奸誰惡，誰是誰非，都是江湖上最難判別的問題。

司空血又笑了，既醜陋又獰惡，但滿眼都是淚光：「或許還可以加多一點點：單奇傷年紀輕，他外號『飛劍單騎』，整個烏衣幫，三百餘眾，全由他一手召攬，從籌款到教武，他負擔已夠重了，而又護短，幾個部屬做錯了事，別人謗及他的幫派來路不正，他不認錯，於是就被公認是邪派；權力幫肯承認他，他當然也認可了權力幫。至於郎一朗……」

司空血笑了笑又道：「他腦筋單純，只練武，不用腦。近年來螳螂門名聲大振，所有門務、宣揚、人手調集，都是權力幫暗地裡跟他弄的，他父親臨終時，說他這個孩子難成大任，而今卻能使螳螂門發揚光大，他更是死心塌地投靠了權力幫……還有彭門五虎，彭家人絕，近五十年來，彭門外族子弟，已給屠殺幾盡，……五虎彭門的人，門規極嚴，不能退出，退出者被追殺於江湖，內外不容……」司空血指指地上四具彭門的屍身又道：

「現在彭天敬當權，武功既低，又無容人之量，貪婪嗜殺，所以這四個彭門外子侄子弟，只好先動手奪權，因權力幫爲他們撐腰，所以方才得手……這四人若不聽從權力幫的話，才是怪事呢。」司空血哈哈大笑：

「……年前武當派人追殺他們，還是權力幫擋了回去，沒料卻死於此地。……聽說盛老拳師，到得了晚年，方才變節，投入權力幫，也是爲了怕南少林的高僧尋仇哩……」

他話未說完，頭突然裂了。

他還在笑，張開了嘴，鮮明的血，就從他爆裂了的唯一隻右眼溢了出來，又從裂開的嘴裡激了出來，怵目驚心，甚是可怖。

地眼大師一收掌，肅然叱道：「你多口，饒你不得！」

司空血死了，被地眼大師一袖震得腦溢血而死的。

但他的頭顱雖然裂了，但裂開的地方，就好像在笑著一樣。

鐵星月和邱南顧瞪著地眼大師的目光，就似要從眼眶中噴出火來，去燒死地眼大師一樣。

少林的榮譽是不容人誹謗的。

所以地眼大師殺了司空血。

「你這樣做算什麼!?」鐵星月大吼道：「殺了一個傷殘的人來滅口，就算得上名門正派嗎!?」

也許在平常，地眼大師還會跟他理論，但是而今宅心仁厚的主持和尚大師已死，剛直暴烈的天目神僧也歿，地眼不顧一切了，他雙目如寒刃：

「想怎樣?也要隨他一道歸西是不是!?」

邱南顧冷笑道：「怎樣?……我們給你們殺了，你們就是『替天行道』，是不是?萬一你們給我宰了，就是『鼠輩暗算』是不是?……」

地眼大師老羞成怒道：「你自己找死，怨不得我……」

梁斗微歎一聲，長身攔在地眼大師身前，道：「大師，貴派掌門剛剛仙逝，貴派大小庶務，尚需大師調度，何苦在此爲小輩無知滋生事端？權力幫現下佔盡上風，貴派中流低柱，還仗大師悉心，方能力挽狂瀾。」

地眼神僧心想也是，少林遭逢此變，也夠自己煩心的了，何必跟這般人嘔氣？當下狠狠盯了鐵星月、邱南顧等一眼，道：

「梁大俠說的也是。」眾人也不多言，梁斗帶諸俠離開了望江樓。

江湖寥落爾安歸。

眾俠心裡此時正是一片落索。

權力幫實力，雖在錦江之畔，浣花溪之湄大受挫傷；連柳隨風手下的「雙翅一殺三鳳凰」，亦死其四，而李沉舟手下的「八大天王」，也喪了「藥王」和「鬼王」，可是白道上一脈，斲傷更大，幾已沒有再與之抗衡的能力。

十六大門派中，點蒼、恒山、嵩山、崑崙、莫干、雲台、寶華、銅官、馬蹟、雁蕩十派，名存實亡，少林與武當之領導階層傷亡逾半，無法作戰，剩下的天台、普陀、華山、泰山四派，又豈是權力幫之敵？

至於三大劍派中，「浣花劍派」已毀，「鐵衣劍派」也完了，「南海劍派」鄧玉平孤苦作戰，四大世家「慕容、墨、南宮、唐」，南宮世家已向權力幫歸順；三大奇門中：「上官、慕容、費」，上官族也落入權力幫控制之中，單仗丐幫的勢力，遠非權力幫之敵。

唐方與唐肥心中尤惻然。

江水滔滔。

唐朋葬江中。

唐朋之死，實與她們牽累有關。

——若唐肥不放出「唐花」……唐朋不救唐方……

「我們要去哪裡？」

舉世茫茫，江湖蒼蒼，鐵星月性子急，首先問出了這句話。

他們原本要請出白道武林高手主持正義，但而今正派人士朝不保夕，分化的分化，絕滅的絕滅，正是自身都難保了……

——回桂林去？那兒有唐剛和蕭開雁殷切盼待。

——蕭家的人呢？蕭西樓、蕭夫人、失俠武他們呢？——從地道裡走出去，到了哪裡？

——還是去找權力幫，拚個你死我活？

「到峨嵋去。」

梁斗說。

眾人大感訝異。蕭秋水的眼睛卻亮了。

「我從峨邊來，聽說峨嵋山那裡，發生了奇事，沒有人敢再上山，連河南『戰獅』古下巴，都死在山上，沒頭的身子卻到了兩百里外他老婆的面前。」

峨嵋派三十年前被楚人燕狂徒幾乎殘殺殆盡，已經是微不足道的小流派，梁斗等當然不是要上山求助。

梁斗笑道：「我們一路上過來，也覺得峨嵋的事，大有蹊蹺，不知會不會跟令尊等不知所蹤的事有關？」

孟相逢道：「據說古下巴是被一溫文微笑的青衫少年所殺，那描述的形象，倒近似柳隨風，他制止人上山，只怕山上有事。」

孔別離點頭道：「不管如何，我們上山去看看，總是沒錯，我們趕來的時候，本來請動了裘幫主一道，但他臉帶憂色，怕那極厲害的人魔出來了，所以先過去看看，也就沒來，否則以丐幫幫主的精明與功力……或許，天正、太禪等就不致受暗算了。」

梁斗變色道：「你是說那……那人魔？……」

孔別離也臉帶憂色，點了點頭。

梁斗歎了一聲，不再言語。

曲暮霜多事，不禁問道：「人魔？……什麼人魔？」

鐵星月最好認博學，當下道：「當然是十九人魔了！」

邱南顧卻最不服他，冷諷熱嘲地：「哼，哼。」

鐵星月怒道：「哼，哼是什麼意思!?」

邱南顧向天望望，鐵星月奇怪，也仰天望望；邱南顧又向地睇睇，鐵星月納悶，也跟著往地下瞧瞧，只聽邱南顧自言自語道：

「哈，怎麼有條狗，跟我尾巴走？我鼻子哼一哼，干他屁事!?」

鐵星月聽邱南顧罵他，勃然大怒，道：「不是十九人魔，你說是誰!?」

邱南顧冷笑道：「我怎知道，才沒你那麼博學！賭博的博，逃學的學！」

鐵星月傲然道：「我本就是博學，出口成章，三歲能吃飯，七歲搶東西，孔融十幾歲了還讓梨，我五歲就懂得一口吞掉七粒梨子，其他人一個也搶不到！」

邱南顧鼻子裡哼哼唧唧：「你真出口成髒！三字經一大堆，成語會個屁。那天來寫家書，說什麼『三餐不飽，腸胃不適』，問我『飽』字怎麼寫，『胃』字怎樣寫，我都說了，哈！你以為他聽了怎樣寫……」

曲抿描最是精神，忙問：「他怎樣寫？」

鐵星月急忙了手，紅了眼，大叱道：「喂小邱你你你……」

邱南顧可沒理會，逕自說了下去：「我告訴他『飽』字是一個『食』一個『包』，『胃』字是一個『田』加個『月』……他呀——寫了出來，居然是，」邱南顧一面用了指在空中點點寫寫道：

「『飽』字居然在把『食』字寫上，『包』字寫在下，成了『龕』，『胃』字寫成左邊『田』，右邊『月』，成了『明』，諸位可看過這等大書法家沒有？……」

鐵星月最忌在女孩子面前表現得像個草包，當下恨絕了邱南顧，罵道：「你你你……」

邱南顧可不理會他，笑著說：「你們看他，難怪吃不『飽』，原來『飽』字也不會寫，當然餓肚子了，原來是個只會三字經的『土包子』！這叫『頭大沒腦，腦大裝草』。」

鐵星月乍聽「土包子」，真是怒極，臉紅耳赤，大罵道：「誰說我是土包！只會三字經！我罵給你看！邱南顧，你這個人頭豬腦、紅燒牛腦、五花豆腦、鳳爪燉豬腦……」他罵人的話，雖然已經是四個字，不再是「三字經」了，但是盡是菜色餚名，講得一半，他已餓了，連口水都濺了出來，肚子咕嚕地叫。

邱南顧不甘示弱，也罵了回去，「鐵星月，你說話妙語如豬，真是大豬小豬落菜盤；聲似出谷黃鷹，不如此時無聲勝有聲。」

這下巧聯妙對，鐵星月氣呼呼還想要罵，大家本來一團氣悶，被這四人一鬧，倒是開朗了許多，蕭秋水和梁斗暗自裡惋惜兩廣十虎沒來，否則可以更加熱鬧。鄧玉平知曉其弟死訊，一直揪然不樂，眾人在談笑聲中，往峨嵋山一帶走去。

峨嵋山蒼松蔽日，古柏參天，兩山相對如蛾眉，爲四大佛教名山，五台山爲文殊道場，九華山爲地藏道場，普陀山爲觀音道場，峨嵋則爲普賢道場。其主峰萬佛頂海拔三千零三十五公尺，次爲金頂，再爲千佛頂。巖洞幽邃，木石森麗。

峨嵋山間，浮雲眾湧，時現圓光於圓端，似爲佛光，時隱時現，遊者謂岩下放光石反映之日光，蔚成此奇景。梁斗等一行人自成都出發，經過觀音山，沿崖而行，眾人輕功高強，當履爲平地，抵草鞋渡，是爲大渡河與青衣江合流處，怒濤洶湧，翻江倒海。

自此行人開始絕跡。

梁斗歎喟：「昔日蛟龍所至，百獸潛逃；毒蟒所居，百草不生……而今是誰蟄居山上，使大好名山，少了騷人墨客，雅士信徒。」

這時細雨霏霏，江水氣象萬千，空濛中帶驚心動魄的浪濤，江心有一葉扁舟，始終在怒濤中不去。

江河起伏，巨浪濤天，人在鐵索之上，尚且爲這排山倒海的氣魄所震懾，人畏懼大自然的心理，也到了極點。

然而這葉輕舟，就似一張殘葉一般，任由飄泊，因本身絲毫不作力，所以反倒不受傾覆。

蕭秋水乍看，還真以爲是一片葉子。

眾人也沒多看，繼續往前走，橫渡徐濠，只見廣袤萬里的田野，縱橫千里的阡陌，草長鶯飛，煙雨瀟瀟，峨嵋山的輪廓，連詩和畫都不能形容，連空氣裡都涼清如薄荷。

大家注意山意勝色，蕭秋水見幾株修竹，翠綠碧人，竹葉上幾點水珠，欲滴而未滴，唐方禁不住一拍手欣笑清呼：

「你看、你看！」尖尖細細，春蔥般的手指，點指給蕭秋水看。

這時竹葉上的水珠，正「篤」地落將下來，蕭秋水閃電般過去用手盛住，唐方過來看，趨近蕭秋水鬢邊，欣喜無限。蕭秋水鼻裡聞得一股芬香，不禁心頭一蕩。唐方依然欣悅地道：

「真是好想吹簫。」

蕭秋水說：「我好想聽。」

唐方婉然道：「你想聽，我就吹一首音樂。」

這時大家已坐下來歇息，唐方掏出翠綠的簫管，清遠地一沾口就是幾個快調，像雨後山景裡飛出了一隻鳥，然後有好多隻一齊驚喧起來，那股喜意，繞在心頭，兩人對著山色空茫，竟是連笑都成了浩蕩。蕭秋水生平最樂，就是藝術，不禁悠然出神，在這喜意無限的樂音裡也聽出了眼淚。

唐方凝神奏著，忽聞嗚咽，唐方吃了一驚，只見蕭秋水滿目耽心之色，原來歐陽珊一哭了。

她縞素全身，白無血色，但也有一種動人的婦人之美。唐方猜想她必是於馬竟終生時常吹笛子給她丈夫聽，而今觸景傷情，傷心起來，當下不敢再奏。

蕭秋水茫然若失，鐵星月與邱南顧見氣氛又凝肅起來，兩人又嘻嘻哈哈，相罵起來，旋而二人，一屈右腿，一曲左腳，以臂搭肩，用一隻腳跳著走，比賽誰先累倒，結果走了幾千步，兩人累得氣喘，偏偏都不肯認輸；雨後的泥濘地，給他們用力踐踏得一場糊塗。

眾人看得好笑，忽聽邱南顧「咦」了一聲，道：「這腳印不是我們的。」

原來在這些深深的腳印中，都因力踏而滲出漬水來。這兒土宜植稻，泥質十分肥沃，雜草不多，那痕跡參雜在凌亂的腳印中，差點沒給鐵星月、邱南顧等踏亂了。

開始大家並不以爲意。鄧玉平隨便引目張了張，也「咦」了一聲，眾人才偏過頭來看，不禁同時也狐疑起來。

原來那痕跡，的確是腳印，而且極淺，旁邊也無其他同類腳印，梁斗道：「好輕功。」

原來那腳印只輕輕藉力一點，投空掠去，才會留下如此一個淺淺的痕印。而來人借一點之力，十數尺內再無腳印，輕功之高，可想而知。孔別離道：

「再往附近搜搜。」

左丘超然很快地又發現了另一腳印，也是腳尖一點的部分，位於二丈三尺之外，痕佔雖小，但大小一致，顯然是男性之腳印，眾人知來人武功絕不在己等之下，當下小心戒備起來。

旋又在二丈許距離外找到類似腳印，往同一個方向，走了不久，眾人小心翼翼，尾隨良久，到了長林豐草，清幽絕俗的地方。

只見這裡水秀山明，風景宜人，有一雙茅屋頂的木亭，背竹迎荔，景色淒迷中，令人愕然。又有一亭作畫舫形狀，蕭秋水跟唐方起伏竄落，低聲道：

「這裡便是三蘇祠。」

唐方「呀」了一聲，才知道來到了大文豪、詩人、政論家、散文家、大詞人的謫居地。「三蘇」便是蘇洵、蘇軾、蘇轍三父子兄弟。

唐方心忖：難怪此地如此秀好。蕭秋水指著那亭道：「這是『抱月亭』，」又向那亭舫一引道：「便是『採花舫』。」又指庭園中的一棵併生荔樹輕吟道：

「日啖荔枝三百顆，不辭長作嶺南人。」

這是蘇軾的名句，唐方自然識得。但見日頭斜照，煙雨空濛，那殘門也沒人把守，但自有一種逸然的氣態。門上掛著一副對聯：

「一門父子三詞客，

千古文章四大家。」

唐方不禁臆度蘇氏父子昔年在此暢談政治人物，把酒賦詩的生活，悠然出神，禁不住微微激動，秀肩倚在蕭秋水胸前，輕聲道：

「有一天我們也住這裡，忘了世俗一切……」赧然不語。

蕭秋水怦然心動，一時世間英豪，風雲快意，盡拋腦後，忍不住激動地道：

「好……」還未說下去，忽然前面有些騷動，蕭秋水知有變當前，不敢留戀，當先奔去，只見百坡亭中，殘荷凌亂，竟爲劍氣所激得瓣葉無憑，亭中腳印錯落，顯然不止兩人，在此格鬥過。

梁斗道：「這人劍術好高。」他是練刀的，見殘荷凌殘，而在亭中劍氣竟可以縱撲池外，落葉皆爲刀劍所創，可見得使劍之人的殺氣與劍氣，何等非凡。

鄧玉平森然道：「那人在此遇敵。」白袖一揮，引手一指，只見百坡亭一處出口，有腳印無數，鞋尖向前，但相距俱一二丈遠，是從瑞蓮亭方向來的。

孔別離、孟相逢等相顧悚然，那人以鞋跡判斷，武功必高，但此人之敵，武功更非同小可；要知這兩路人馬既在亭中交手，原先那人必已在亭中，而來敵尚敢以輕功掠入對敵，定必藝高膽大。大敵當前，一般人豈敢一躍數丈地衝入進襲？

眾人相顧梁斗，梁斗道：「跟過去瞧瞧。」

山雨空濛，蕭秋水還在回想剛才唐方在曠野間吹蕭的風姿綽約。卻聽孟相逢一面觀察地上痕跡，一面說道：

「此人遇敵，一路戰著過去。」

又過一會，那地上雨初新歇，雨露猶沾，只見鞋印凌亂，孔別離失聲道：

「看來原先的人又來了幫手，在這裡打了一場。」

唐肥問：「還要不要跟過去？」鄧玉平嫌惡地道：「當然要。」

眾人知來人武功高強，而且至少四人以上，當下都十分小心起來。

左丘超然問：「前面是什麼地方？」

蕭秋水自幼在川中長大，又素好遊，自然對這裡地形比較熟撚，當下道：

「前面二十里就是聖積寺。」

由此遙望峨嵋山，雲罩秀峰，變幻靡常，翠嵐高聳，亭亭玉立，下望鎮子場、川西壩一帶，水聲雷鳴，宛若萬馬奔騰；田疇萬頃，更是沃野千里。

就在這時凌厲的、尖銳的、狂飆的、淒嘯的、惡毒的、犀利的、各種各式的兵器之聲盪風而起。

然而卻沒有絲毫刀刃碰擊之聲。

參　劍王之戰

他們原是走在樹林中。樹葉本身沒有動，沒有動因爲沒有風。

但樹林外倒風聲大作。

五雙鐵掌，一柄長劍。

蕭秋水第一次知道，這五掌一劍，竟可以發出如許多樣的聲音。

五雙鐵掌，飄忽、劇厲、迅急、詭奇、凜烈，各種打法，擒、拿、翻、制、劈、拍、推、撞、湧、潛、沉、握、頂、鎖、崩、沖、挺、落，掛、起、鉤、擊、打、拎、甩、扣、碰、砸，什麼招式都有，但始終攻不入那一柄鐵劍之內。

劍是鐵劍。

鐵是粗鐵。

但這一柄劍；卻使出了數不盡的兵器招式，所以劍風劍招，時變爲刀，時變爲鉤，時易爲槍，時易爲棍，時改爲鏟，時改爲刺，發出各種的尖嘶，變化莫測這四個字，決不能形容這一柄劍。

蕭秋水看到鐵劍，不由想起一個人。

對手愈高，用劍愈普通的「劍王」。

真正高手相搏，落葉飛花，也能傷人。

真正的武功，膚髮眼神衣袂都可以成爲殺人的武器。

屈寒山平時對鐵星月等交手時，一手可使七劍以上，殺畢天通等時，用的是：「寒光閃閃的寶劍」，但殺顧君山時，用的卻是鐵劍。

因爲屈寒山本身就是「劍」。

所以他已不用「用劍」。

手中劍愈平凡，心中劍發揮愈是高妙。

劍急掌快。

掌密不見人，劍速不見蹤。

他們是誰？

梁斗本悠閑如處子，忽動若脫兔。

他急伏而下，貼草疾喝：

「伏下！」

眾人一齊臥倒，孟相逢低聲道：

「他們拚上了！」

孔別離道：「讓他們拚去！」

蕭秋水正在納悶，忽見場中還有六個人。五個雄猛的老人，一個白衣中年文士。

蕭秋水眼睛一亮：

「原來是他們！」

那悠然的文士神色冷毒，從背影看過去也可以認出，他就是丹霞山上，別傳寺中的雍希羽學士，也就是朱大天王手下兩員猛將裡的「柔水神君」！

他身旁的五個人，正是朱大天王麾下的「五劍」。

這時掌劍一分，叱喝連聲，使劍的人，獨臂單劍，氣喘呼呼，汗濕衣衫，卻正是屈寒山！

五掌一斂，正是佘殺、蘇殺、敖殺、龔殺、苗殺等「六掌」之五；五人衣襟割裂處處，看來雖避得過劍鋒，但情形也十分狼狽。

柔水神君洒然一揮手，蝴蝶劍叟、鴛鴦劍叟、斷門劍叟、騰雷劍叟、閃電劍叟五人大步而出，屈寒山氣咻咻地道：

「好！都上來吧！」

柔水神君冷笑道：「累你五場，這是第六輪，戰不死你，也累死你！」

屈寒山仰天大笑，三綹長髯，無風自動：

「我屈寒山今日得朱大天王座下十一名高手以車輪戰搏殺，也算不枉此生！」

柔水神君淡淡一笑道：「可是又有誰知道？我們殺了你，就說我單獨一人殺你的，難道死人還能抗辯嗎？」

屈寒山的臉色變了，人劍一合，就要飛貫過來。

柔水神君一揮手，「五劍」嗆然出鞘；因爲五人一齊出劍，所以「嗆」地只有一個聲音。

五柄不同的劍，同一個方向，刺向屈寒山的咽喉！

由於五把劍劍尖皆極鋒銳，如一點一線，所以一併刺至，而又不互相觸及。

就在這時，屈寒山的咽喉前忽然橫了一柄劍。

他自己的劍。

他的姿態就像自刎一樣，但卻剛好封住「五劍」的五柄劍！

又在這時，五把不同部位發出來，而又在一齊聚落的劍鋒，忽然就像血花一般分散開來。

「篤、篤、篤、篤、篤」五劍分別點戳在屈寒山橫劍的劍尖、劍身、劍中、劍背、劍鍔上。

屈寒山的劍，分裂成五段。

然後「五劍」的劍又聚落在一劍，一齊刺出！

這次目標是胸膛。

這次大家都以爲屈寒山必然避不過去了。

再在這時，屈寒山手中又多了一柄劍。

木劍。

他的木劍一揮手，五劍紛紛怒叱、退避。

屈寒山的鐵劍，五劍硬碰，但他的木劍一出手，五劍反而不敢硬接。

兩方人馬打得雖熾，但兵器卻未交擊半次，轉眼已數十回合。

「三英四棍．五劍六掌．雙神君」是朱大天王最得意的二十個部下，除尚存「七大長老」中二人，東一劍、西一劍兩人不算外，「雙神君」是裡中輩份武功最高的，其次便到「六掌」，之後是「五劍」，再下來是「四棍」，最後才是「三英」。

「三英」薛金英、符永祥、戰其力三人，已爲蕭秋水等在秭歸鎮所除：「長江四棍」中金北望，死在權力幫手下，常無奇、孟東林和宇文棟，也落入了權力幫手中。

「六掌」比「五劍」除了多一人外，武功也稍強，但六掌中的巫殺，卻在劍廬被龍虎大師打死，這六人一貫配合的打鬥，無法發揮，反而不如「五劍」可以首尾相銜，天衣無縫。

這點蕭秋水清楚得很。

屈寒山與五劍，愈打愈快，愈打愈急，兵刃卻未曾碰撞過一下。

木劍愈使愈弱，五人劍光大盛。

屈寒山只有一隻手。

眾人已可看清屈寒山，只見他鬚髮皆揚，神情極是狼狽，但仍執傲地反擊著。

就在這時，木劍忽然破空飛出。

梁斗失聲低叫：「要糟──！」

「噗」地一聲，木劍把「蝴蝶劍叟」貫胸而過。

四劍大悲，悲憤之中，出劍更急。

屈寒山手中突然又多了一柄劍。

紙劍。

這把紙製的劍一出，四劍便敗象顯現。

他們完全接不下劍招，一直敗退。

柔水神君突叱：「退下。」

四劍一收，抱起蝴蝶劍叟退去。

他們一退，屈寒山幾乎跌倒，居然以紙劍支地，不住喘息，寒厲的眼神，已然暈朦。

他手中的紙劍，卻仍似鋼製的一般，支撐著他的身體而不折斷。

蕭秋水這時才了解這一臂已爲梁斗所斷的「劍王」有多厲害。

柔水神君悠悠地道：「我再重覆，兩個條件：一、加入朱大天王；二、助我們毒殺李沉舟……」

屈寒山目光冷毒，狠狠地盯向柔水神君，卻不答話，逕自喘息。

柔水神君卻問道：「你還能支持到幾時？」

屈寒山忽然用盡了平生之力，大喝道：

「住口！」

拔劍衝去。蕭秋水非常地吃驚，他第一次見到屈寒山失去了他的鎮靜。

柔水神君身形忽然一長，已到了屈寒山身前。

屈寒山的紙劍，卻比鐵槍還烈，鋼杖還直，直刺出去，從千變萬幻，已到了毫無變化。

無變之變，殺之極至。

但是柔水神君身前，忽然多了兩道水網。

水網來自他的雙袖。

他雙袖投撒出去，就好似兩道長河，也像兩張大網，舒捲展流，十分揮灑自如。

但屈寒山的紙劍之力量，已壓制不住他的雙袖。

這雙輕袖是柔水的力量。

最柔的水，至巨的力量。

眼見屈寒山這次再也招架不住，忽然「噗」地一聲，屈寒山一劍，刺破了柔水神君一隻袖子。

柔水神君一舒一捲，已把紙劍捲飛出去。

他另一隻袖子，已纏向屈寒山的脖子。

就在這時，又有劍光飛起。

掌劍！

以掌作劍！

屈寒山手中一劍，斬斷了柔水神君的另一隻袖子。

柔水神君變色，身形倒退，狠毒地盯著屈寒山，狠決地道：

「好，好……」

柔水神君一退飛，寒屈山再也支持不住，「哇」地吐了一口鮮血，身子搖搖欲墜。

原來他已連鬥七場，筋疲力盡，再以「劍掌」及「掌劍合一」擊退了柔水神君，卻再也支持不住。

蕭秋水心裡突然有一股衝動，很想出去接他下來，但遂心一想，屈寒山數度對自己冤誣追殺，便強把自己衝動壓抑下來。

梁斗當然看得出來。

他很瞭解這個「小兄弟」的個性。

所以他低聲說：「朱大天王的手下和李沉舟的人正在鬼打鬼；」他沉吟了一下又接道：

「白道的力量已制衡他們不住，讓黑道自己互拚一番，是上上之策。」

「是。」

蕭秋水答道。

柔水神君冷冷地道：「好武功。」

屈寒山不敢再說話，猛運氣調息。

但運功調息最主要是氣定神閒，心氣交融，他愈是急，真氣愈是逆流倒轉。

柔水神君當然也看出了這一點，所以他的話也繼續「殺」下去：

「可惜你快要完了。」

屈寒山狠狠地瞪著他。

柔水神君道：「其實我們兩幫苦拚，到頭來反讓江湖上所謂正道人士得意……你又何苦不跟我們合作？」

「我們是刃鋒。」柔水神君笑笑又道：「合則兩利，分則兩損。」

屈寒山搖頭。

柔水神君笑了：「你是不是做慣了李沉舟的奴才，不敢投誠過來？」

屈寒山怒了：「你才是朱大天王的奴才！」

「少林、武當、十大門派，各幫各脈，都是權力幫的人殺掉的……而你們……卻來撿便宜！」

說到後來，一口元氣，幾接不下去。「李幫主是我……救命恩人……我決不……不出賣他！」

柔水神君冷笑道：「他何德何能？年紀又輕！你年長他一倍，卻來服他……」

屈寒山怒不可遏：「朱大天王又是什麼東西!?水裡強盜當紅了，也來陸……陸上搶食！」

柔水神君一聽，知屈寒山的元氣漸沛，內息正在迅速調勻中，揮手道：

「殺了！」

就在這時突然火光一熾。

柔水神君跳避，一開口，噴出一團水花。

火滅。

水乾。

場中又多了兩個人。

其中一人，光頭大眼，也只剩一隻手臂，正是「火王」。

祖金殿身邊，有一女子，金箍金束，金衣金飾，濃眉大目，也生分男兒氣態。

卻正是臥底蕭家，辛虎丘之女，辛妙常。

辛妙常臥底浣花分局，因其父「絕滅神魔」在成都總局被識破，故迅速出走，得以自保。

原來權力幫麾下「九天十地・十九人魔」，十九神魔中每人俱有門徒，而且都是極厲害的角色。權力幫各路行動的負責人，便是他們這些人。

但是近半年來，蕭秋水爲首的這干弟兄，先後殺死了「九天十地・十九人魔」中的十四人魔，又誅滅了不少人魔座下的弟子，使得權力幫實力大損，銳氣大減，只好出動了精銳主力：「八大天王」，以及連柳五總管座下高手：「雙翅一殺三鳳凰」也亮了相，不過也折損了大部分。

柔水神君冷冷地道：「你來了。」

火王祖金殿如火般熊熊地燒了起來：「剛才被你們擺脫，嘿嘿，你們想逐個擊破？」

柔水神君卻似水結成冰，寒冰一般的眼神：「不錯。我們想先解決掉『劍王』。」

祖金殿的眼神似烈火碰上了乾柴，吣吣啪啪的燒了起來，他講話，讓人感覺到火星正在飛濺。

「可惜你們的手下，引開我不成，卻都給我宰了。」

「朱大天王的人，不行。」火王繼續說。

柔水神君變了臉色，「別忘了，我們十一個人，你們，只有兩個人。」

辛妙常大聲道：「還有我，三個人。」

柔水神君冷得似山洞裡的冰柱，「妳也算是一個人嗎？」

辛妙常沒有回答。祖金殿道：

「這些撿便宜的傢伙！妳快點發暗號！『水王』和『刀王』就在附近。」

高手相搏，以辛妙常的武功，根本發揮不了效用。

辛妙常應了一聲，柔水神君嘿嘿冷笑。

「你怕了嗎？」

祖金殿怒目道：「等『水王』和『刀王』來了，你們要怕，也來不及了。」

柔水神君冷笑道：「你別唬我，我是給唬大的。『水王』和『刀王』，最多只可能有一人在，另一人在湖南，你嚇不了我的。」

火王怒道：「我嚇你!?」

他一作怒起來，全身如火燒，鬍子在燒，鬢髮也燒，衣袂亦燒，眼神更在燒。

就在這焚燒最盛的一刻，他就要出手。

蕭秋水等離得如此之遠，也幾乎被那火力燒炙了衣襟。「火勢」如此之熾，諸俠連梁斗在內，卻緊張得手心發汗。冷汗。

就在這時，祖金殿突然「燒」了起來。

真箇「燒」了起來。

第七章　峨嵋山上

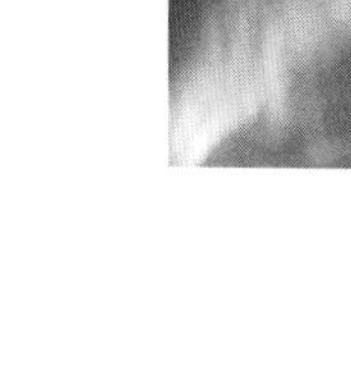

壹 火王之死

祖金殿身上的「火」，只不過一直都「好似」燒了起來，不是「真箇」燒了起來。

就算祖金殿是「火王」，只要是人，誰也不能真的在烈火裡過活，燒不死。

那就如「打不死」的人一般荒謬。

所以鐵騎、銀瓶差些兒為了這個「荒謬」而被蕭秋水打死。

而今火王卻真的整個「燒」了起來。

這下急變，別說梁斗等人沒有想到，連火王自己都沒有料到，就算站在一旁的劍王，也來不及救援。

發火的人是辛妙常！

火王本身已蓄勢欲發的火，忽被另一股火團引發起來，兩股烈火一齊爆發，以致烈火焚身。

這種火內外併發，不是屈寒山能救得了的。

祖金殿慘嚎、長嗥，他必須要平熄心中的火，才能拍滅身上的火，再把火引蓄為己用。

就在這時，忽然漫天水瀑如雨打下。

雨水是柔水神君發的。

祖金殿身上的火，一齊淋濕，他的人，也濕透，而且有一股焦辣之味。

火王身上的火，既然被引焚起來，就必須要自己去撲滅。

而今他是被淋熄的。

水是柔水神君五行中真元之水。

火王完了。

徹底地完了。

他眼神不再狂烈，而充滿了悲傷、屈辱、羞恥、頹喪。

他乞憐地望著辛妙常。

辛妙常腕上的金鐲子，和她足踝上的金鈴，發出叮噹響。

「你不用問，我告訴你。」

「我就是烈火神君蔡泣神。」

「蔡泣神就是辛妙常，辛妙常就是蔡泣神。」

柔水神君微笑接道：

「權力幫叫辛妙常去浣花劍派去作奸細，其實就是朱大天王派去臥底權力幫的人。」

他笑了笑道：

「你假冒過烈火神君，以蔡泣神之名毀了浣花劍派的主力『十年』，以及蕭家實力一百三十四人，而今蔡泣神也以辛妙常之名，焚了你五臟，我再浸蝕了你六腑，火王，你完了。」

祖金殿真的完了。

他倒了下來。

一個烈性熊熊的人，轉眼間像團爛泥一般。

蕭秋水看得不忍，也身心悚悚。

柔水神君看看地上的「那團人」，看了很久，然後抬頭，望向劍王，眼神就好像在看地上那團爛泥一般：

「你還是降了罷。」

屈寒山搖頭，眼睛裡有深邃的哀傷，可是他說：

「不降。」

柔水神君悠然歎道：「你是聰明人，怎麼在這種事情上看不透？」

屈寒山默然道：「人生裡總有些事，勘不破，也不願看破。」

——這也許就是一些江湖人活下去的原則。

——明知不可爲而爲的精神，本來就不是世俗中人所能了解的。

烈火神君咔咔笑著，她的笑聲就如「火王」：

「我看李沉舟也沒什麼好敬仰的，你，賣了他吧！」

屈寒山不再說話。

他出了手。

他的手就是劍。

但是他一出手，柔水神君和烈火神君，一水一火，夾攻過去。

除了縮手，任何的寶劍，都抵受不了這水火同煎。

蕭秋水忍不住就要出去救他。

他生平最不能忍受忠義之士受殘害。

屈寒山對李沉舟盡忠盡義。

不管李沉舟如何，屈寒山這種品格卻有可取之處。

蕭秋水正熱血塡膺，正要出去，忽然想到了「四絕一君」。

「四絕」：姚獨霧、文鬢霜、畢天通、黃遠庸，以及「一君」顧君山，無不是死在這人的暗殺和出賣之下。

蕭秋水可以忘了屈寒山對不起自己的事。

但他卻不可以原諒「劍王」出賣他自己朋友的事。

屈寒山自己當然也「有所爲，有所不爲」，但蕭秋水對屈寒山殺害「四絕一君」，也「有所諒，有所不諒」。

所以他強自忍下。

就在這時，場中變化遽生。

屈寒山不縮手，只用左手一格。

他的左手本來就斷了。

然後用右手一劍，斬斷了他的左手。

他的左臂這時已浸滿了水，沾滿了火。

烈火神君的火，柔水神君的水，都打在他的左肘上，連臉部也讓真火灼傷及毒水迸裂。

他左臂一斷，自肩膀與身子分了家，就在辛妙常與雍希羽錯愕一幌當兒，閃身而出。

他向眾人匿伏的地方投來。

諸俠一怔，不知出手好，還是不出手好，屈寒山已自他們頭頂飛過。

鮮血一路滴將過去，淺紅了秋草地。

「四劍」、「五掌」吆喝追到，正要出手，驀然發現叢林裡有這麼多人，不禁都呆了一呆。

「遇林莫入」。

就這樣一愕之間，屈寒山已走遠了。

烈火神君，柔水神君乍見那末多人，都愕住了。

孔別離首先說話：「哈哈」一笑，道：

「好個屈寒山！利用咱們，逃出了諸位的手掌！哈哈，咱們終年打雁，今番教雁兒啄瞎了眼！」

他一開始，就表明了立場，說出了態度。朱大天王這邊的人也心頭一寬，因知道這班人也很不好對付，烈火神君首先金鈴亂撞，笑道：

「好說！好說！」

孟相逢哼了一聲，冷冷地道：「辛姑娘年紀輕輕，騙人本事可算第一。」

原來孟相逢是蕭西樓的師弟，主持桂林分局，辛妙常就在他旗下臥底，說出去孟相逢大不光彩，看走了眼，心中很是不舒服。

蔡泣神也是尷尬。但好漢不吃眼前虧，自己雖有朱大天王麾下一十二名好手，而對方也有梁斗、孟相逢、孔別離、鄧玉平、唐肥、林公子、蕭秋水、唐方、鐵星月、邱南顧、左丘超然、歐陽珊一、曲家姊妹共一十四人，大都是高手，自己不見得都吃得下，當下陪笑道：

「孟先生光明磊落，怎費神去揣測奴家這等顛覆小人！」她自己笑了笑，又道：「何況，奴家在浣花分局，也沒作什麼惡，這點想孟先生不致怪罪罷？」

孟相逢冷哼道：「那只不過是因爲妳還沒有爲惡的機會而已。」

雍希羽見勢不妙，截道：「我們此次是來圍剿權力幫的人，諸位不致阻撓罷？」

他一開始就表明了態度，諸人也無話可說，雖都覺得他歹毒，但對付的是權力幫的人，也正需要朱大天下手下這些人及這種陰毒手段，方能剋制，梁斗與柔水神君在丹霞山有併肩作戰之緣（故事請見《江山如畫》）因此圓場道：

「劍王傷天害理，諸位不出手，在下等也不會袖手旁觀，但他而今也掛了彩，窮追猛打，我等向不願爲……你們請便罷。」

這下也表示得很明白，他們不想與朱大天王的人爲敵，但也不想「打落水狗」地併同追殺屈寒山，柔水神君陰沉地橫了梁斗一眼，抱拳道：

「好，就此別過。」

領「四劍」、「五掌」，與烈火神君齊肩追去。

「四劍」、「五掌」，大都與蕭秋水等相熟，並有過生死患難之遭遇，所以掠過之時，都點頭招呼。

鐵星月搖首奇道：「奇喲，屈寒山已走遠，他們怎追得著？」

邱南顧好逞能，總想在鐵星月面前表示智慧，於是道：「劍王受了傷，哪走得遠！」

唐方「噗嗤」笑道：

「跟著血跡追去，不就得了？」

鐵星月「啪」地摑了自己一巴掌，喃喃罵道：「奇哉怪也，我素來聰明，怎麼這個沒想到？」

邱南顧卻訕訕然，道：

「唐方妳的笑聲好像發暗器。」

唐方登時氣白了臉。蕭秋水在一旁卻深深笑道：

「小邱曾跟我說過，」蕭秋水說：「妳發暗器的聲音比音樂還好聽。」

唐方瞪了邱南顧一眼，臉蛋兒卻飛紅了一片。

「我們再上峨嵋，還是跟過去看？」

左丘超然這樣問。

「劍王逃上峨嵋，必有原故，說不定柳五也在附近，只不過他受了傷，不露臉。」梁斗說。

「說得也是；」孟相逢道：「跟過去也沒什麼看頭，反正劍王已重傷，我們還是上峨嵋山。」

孔別離點點頭，接道：「無論如何，總不該半途而廢，也總該把峨嵋最近發生的神祕事情探箇究竟。」

於是他們繼續上山。

上得了羅峰庵，只見天下的雲，都遍佈山間。

大地上鋪了薄薄的一層雪，倒似加了霜冰一樣，但卻不見下雪。

很是寂寞。

在龍鳳雲上觀雲，牛心寺出名好看的彩雲，中峰寺出名好看的歸雲，金頂寺中最好看的雲海，在此都可以遍覽。

諸俠到此，真是窮山絕水，都不禁浩然長歎。

這時聖積寺上，左真景樓的八掛銅鐘敲起了暮鼓，寺僧以快十八慢十八敲擊，鐘撞二百零八下，山谷回音，聲聞八里。眾人更起了倦雲之意。

峨嵋水勝，與龍門峽、黑龍江並稱三絕。來自符文河，出雷門、九老二洞，前為白水，後者黑水，匯入無懷河，來併袁溝河，或峨嵋河，至曾谷寺，又名瑜珈河，萬水千山，雙橋虹影，真是山水秀勝，令人歎爲觀止。

眾人來到伏虎寺，在牛心山頂，已暮晚。

諸俠即宿天坪寺，寺中高僧，不肯多言，諸俠也沒多問，準備明天一早，趕往峨嵋金頂。

峨嵋金頂上，發生了什麼事？

愈上山愈寒。

寒得地板發冷，腳板發冷，心也發冷。

唐方手冷。

但握在蕭秋水溫熱的手裡。

他們心裡都暖。

「這裡有處洗象溪，有『岩谷靈光』，要不要去看看？」

蕭秋水說：

「好。」

唐方說。

他們走過了騎鶴鑽天坡，便到了蓮花寺左近。

蕭秋水說：「這裡傳說是普賢王騎白象的地方，白天晚上，都有靈光。」他笑著說：

「小時候跟播海城、惠文茂、万遍舟、或闞安來過此地，還以爲有鬼，年少膽小，嚇了一大跳呢。」

唐方問：「現在他們呢？」

蕭秋水沉默了半晌。

「播海城就在上峨嵋時，在氣候千變的長老坪，雲霧中給落石砸著了，失足跌死，或闞安、惠文茂隨我闖蕩江湖，一戰死，另一被毒死。万遍舟早已進京考試去了。」

蕭秋水在黑夜裡，有如雕像般沉寂。唐方側面端詳著他年輕挺傲的輪廓，心裡惻然：這麼一個青年人，卻似是闖了那麼久的江湖，經歷了那末多的風霜，……

然而江湖子弟江湖老，留下了他，和他的記憶……

唐方看著蕭秋水。這時八角形池水旁，有很多佛燈一般的亮光，忽閃忽滅，時聚時散，忽而三三五五，忽而千盞萬盞，風雨晦明、白日黑夜，唐方心中忽然大慟。

「你說我像不像這靈火？」

蕭秋水想答，唐方又指著靈光說：

「假如我有一天也死了，你會不會帶你的女孩子上山來，指著那靈光說，我懷念唐方。」

蕭秋水知道這次自己不該答，可是他答了：「會。」只一個字，但他說得如千言萬語，一字破口而出，眼淚已落了下來。然後覺得一種前所未有的不寒而悚。

風動，雷聲在雲層裡轟地一響。

卻沒有電光。

只有池邊一叢叢、一簇簇、一點點的幽光。

忽然唐方倒了下去。

蕭秋水正想回頭，肩頭「缺盆穴」、上臂「天泉穴」、後頭「天柱穴」忽然一齊被點。

只聽一人快、急、疾、勁地道：

「你不要掙扎，她沒事，我點了穴，你聽我說，說完就放你走。」

蕭秋水只好不動。

唐方已落在別人手裡，被人點倒，他哪敢動。

他精警異常，但與唐方，一心深注，反而不覺被人欺近，以致著了道兒。

但敵人也委實太厲害。

因為這「敵人」便是屈寒山。

「劍王」！

劍王未死。

蕭秋水從來未見過屈寒山如此。

屈寒山素來氣定神閑，意態飛逸，就算早上在烈火柔水兩神君的包圍下，氣喘不已，卻仍神風躍采。

但他而今卻一臉惶急，神態獰猙，遍身浴血，鬢髮皆焦，臉目毀爛。

他說。

「你一定奇怪朱大天王的人怎麼抓我不著了。」

他背後的佛燈閃閃爍爍，就似鬼火一樣。

蕭秋水就在此時，也不知怎地，想起了「鬼王」。

屈寒山冷笑道：「他們隨著我的血追去，但料不到我往自己的血跡回奔。」

隨著血跡回奔，血再淌下，也不讓人想到他來回走了兩遍。

——流血的線索，在他身上，反而可以免去追蹤，變成了逃脫的良策。

這連蕭秋水也不得不佩服暗歎！

「我不要殺你們，」屈寒山道：「我之所以會被他們發現，是我偷了他們的藥。」

他張開了手拿出了五粒藥丸。

在黯黑下，這五顆藥丸，依然發出怖然的微芒。

三顆暗紅，兩顆亮紅。

與點點光，映照起來，淒艷悚人。

「這是我千方百計，在羅老匹夫身上盜取回來的東西，我要你把它們送給幫主。」

蕭秋水怔住。

這五顆豈不是「無極仙丹」？

——三顆「陽極仙丹」，兩顆「陰極仙丹」？

——丹霞山上，邵流淚交給柔水神君帶贈朱大天王的「禮物」？

——爲了這五顆仙丹，多少人死了……

——可是……

蕭秋水完全呆住。

——但他卻知道屈寒山不說出這五顆藥丸的名稱之原因：

——因爲怕他吞食。

——這是武林人士，夢寐以求的至寶……可是……屈寒山又爲何讓他帶去？

屈寒山說：「我無法上金頂。他們追不到我，一定打上山的路埋伏，幫主因不知我來，救不了我……」

蕭秋水失聲道：「李……李幫主在山頂上!?」

屈寒山雙眼發著亮：「嗯」了一聲道：

「李幫主是在金頂上。」

蕭秋水身上的血液，幾乎都「炸」地急奔起來，他心中竟有一種說不出的亢奮。

屈寒山道：「這告訴你也不怕，你把這丹藥拿給他，就說屈某已報了大恩，要是他不忙，請他下山，救救老夫，吾願足矣……」他用手轉轉手中的藥丸：「這幾顆丹丸，我是拚了這條老命獻上的，希望幫主能念這點情份，趕來救老夫。」言下不勝傷悲。

蕭秋水完全傻了。

他現在才肯定，屈寒山真的不知道，這丹藥是劇毒之藥。

——邵流淚用計騙雍希羽，以圖毒死朱大天王的假「無極仙丹」，而真的仙丹，卻給蕭秋水喫了三顆，宋明珠取了兩顆。

——屈寒山又千方百計把它奪來，獻給李沉舟，這下陰差陽錯，卻把柔水神君和藥王都蒙在鼓裡。

——只有蕭秋水知道。

——他現在才明白，爲何雍希羽與蔡泣神要千山萬水地追殺屈寒山了！

爲的是假的「無極仙丹」！

蕭秋水一時不知哭好、還是笑好。

那微光明明滅滅，那藥丸暗暗亮亮，好像在笑，又好似在眨眼。

這諷刺什麼？——是天地間的無情？還是無常？無理、無明抑或是無道？

屈寒山催迫道：「你快答應我！」

蕭秋水反問：「你爲什麼要找我？」

屈寒山盯著他，一字一句道：

「因爲你是蕭秋水。」

——蕭秋水的武功不夠高，名氣不夠大，閱歷也不是十分豐富，何況，更不是權力幫中的人。

「因爲你答應下來的事，一定會做到！」

蕭秋水臉色變了。

縱然是敵人，也信任他。

他手上捏有五顆藥丸——能把天下第一大幫幫主瞬息間毒死的丹丸。

——他做，還是不做？

蕭秋水覺得山上很寒，全身悚然。

但他額上淌著一行行的汗。

他大聲說：

「不能！」

屈寒山臉色陡變，霹靂一聲，照亮了他血淋淋的臉：「你不答應，我殺她。」

他揚起了手掌：

「劍掌」。

他的手有一團淡淡的光芒。

就似劍寒一樣。

蕭秋水只得道：「好！」

屈寒山眼睛頓時有一股難以形容的神采，道：

「君子一言？」

蕭秋水歎道：「快馬一鞭！」

屈寒山疾手解了蕭秋水身上的穴道，居然跪下來，拜了三拜，道：

「這五顆藥丸，比老夫生命重要，今日就交給你了。」

蕭秋水想到一兩個月前，甚至一兩天前，自己還與這江湖上的大豪、武林中的前輩，展開殊生死鬥，而今卻受他所托，做這件任務，心裡感慨，一時不知如何說是好，只見屈寒山緩緩立起，艱苦地道：

「我……沒有什麼可以獻給幫主的，就只有……只有這一點點的心意了……」

蕭秋水正替唐方解開了穴道，忽然一股血箭，當頭噴到！

貳　兩條蛇王

霹靂一聲，閃電劃亮，只見屈寒山鬚髮皆張，五官溢血，狀甚可怖！

他背後不知何時，來了五個人。

五個人，十隻手，一齊打在他背後。

屈寒山本精警過人，但因蕭秋水答允，大喜之下，一時失神，遭了暗算。

屈寒寒山忽然笑了，他一笑，嘴就裂了，血也溢出，他說：「你快……走吧……小心……蛇王……」

他一面說，一面流血，「五掌」的掌，仍抵在他背上，內力源源攻到。

唐方駭得臉都白了。就在這時，後面的佘殺飛了起來。

屈寒山的「劍掌」已劃破了他的胸膛。

他就似一條死魚，被剖開了胸腹，倒地時瞪著眼睛，卻已斷了氣。

「四掌」一齊收掌。

屈寒山嘿嘿狂笑，雷電映照下宛若厲鬼。

「你們怎知道我回頭走？」

蘇殺比較鎮定，然而也臉色發白：

「你來回走兩趟，血跡特別多，我們才不致笨得跟著下山，所以就往回追了。」

屈寒山厲笑道：

「很好，很好……」

忽然一頭撞在石象上，血濺全身，右手用力一揮，似仍出了什麼，丟往懸崖去。

猶微弱地道：「很好、很好……」聲音漸漸消沉滅去。

敖殺道：「不好！」

龔殺道：「這廝把『無極先丹』扔落山崖了！」

蘇殺跺足道：「怎麼辦？」

苗殺道：「下去搜搜再說。」

蘇殺急道：「好，身上也搜。」

蕭秋水這才知道屈寒山臨死一揮的意思。

他是故意讓「四掌」以爲他把「無極先丹」丟落懸崖——而「四掌」出現在屈寒山相托先丹之後，他們以爲自己和唐方與屈寒山是敵，斷無可能把如此要緊的東西交給自己的。

這「四掌」匆匆找搜過屈寒山的身體之後，又忙著要到懸崖去找，匆匆與蕭秋水一照面點頭，便走開了。

唐方問：「怎麼辦？」

她臉色煞白，已被這淒厲景象駭住。

蕭秋水轉撫她的秀肩，毅然道：

「我們回伏虎寺，向梁大哥稟明再說。」

寺中燈火依舊，佛相依舊，靜謐依舊。

寺中卻沒有人。

連和尚也沒有一個。

所以連木魚誦經的聲音也沒有了。

——梁斗、孟相逢、孔別離、林公子、鄧玉平、唐肥、鐵星月、邱南顧、左丘超然、歐陽珊一這些人，都去了哪裡？

——尤其鐵星月，他嗓門最大，只要他在，廟宇也變了菜市場，他一張口，八里路遠都聽得到。

可是蕭秋水大聲喊到了對山也回響陣陣，卻沒有人應。

——半聲回應都沒有？

——他們到哪兒去了？

佛燈依舊，佛相依舊，佛廟中一切都依舊。

蕭秋水與唐方，在那曲曲折折，佛燈幽黯的七曲九迴廊中，聽著自己詭異而空蕩蕩傳過來的聲音，兩人相依相偎，不寒而悚。

——他們，他們究竟去了哪裡？

蕭秋水和唐方要出來的時候，梁斗和孔別離在奕棋，孟相逢在旁邊觀看，林公子和鄧玉平在討論劍法。

鐵星月跟邱南顧在罵架，左丘超然、歐陽珊一和曲家姊妹在閒話家常。

一切都那麼寧謐，他們知道他倆出去，也笑笑卻不言語。

——而今，而今他們怎麼都不在了!?

他們究竟去了哪裡？

蕭秋水曾在蕭家劍廬、丹霞別傳寺中被強敵包圍，但從未有過一次如此驚駭莫已。

梁斗、鄧玉平、孟相逢、孔別離這些當世名劍、大俠、高手，怎會在突然間，像在空氣中消失，化爲塵泥一般地煙消雲散。

山中夜靜。

佛燈寂照。

蕭秋水一時也不知道到哪裡去找，於是他想到了金頂、峨嵋金頂。據悉李沉舟在那兒的地方。

——李沉舟在峨嵋之巔作甚？

看屈寒山的神色，似乎金頂上的李沉舟，也遇了險，否則屈寒山怎會上不了金頂，反而被朱大天王的人所伏擊？

就在這時，寺外忽然有兩種聲音。

兩片輕如落葉的聲音。

但不是落葉，肯定不是落葉——蕭秋水的內功，早已到了匪夷所思的地步，加上他的警覺能力極高，一下子便注意起來。

那兩張「落葉」果然不止是「飄」到地上而已，而且還「飄」進大殿來。

蕭秋水與唐方對視一眼，兩人急縱，「嗖」、「嗖」二聲，已竄到大殿兩旁的四大金剛神像背後，匿伏起來。

這時大殿上走入了兩人。

一個老人。

一個少女。

老人已老。

就像大殿上將盡的佛燈，清寂柔和，宛若老人慈藹的臉容。
少女穿艷的鮮亮的花衣，每一朵花都展靨迎人，就像少女的艷容。
少女年輕。
蕭秋水看到他們，就暗呼了一口氣，這兩人看似不像壞人。
可是不知道爲什麼，蕭秋水還是有點緊張，他的警戒仍不肯放鬆下來。
那老人和少女走進來，東望望，西望望，少女嬌笑道：「奇怪。」
老人也笑道：「偌大的寺院，卻沒有人。」
少女道：「人都死到哪裡去了。」
蕭秋水這才放下心來。聽這二人的口氣，梁斗等失蹤的事，顯然跟他們無關。
老人道：「我都說妳聽錯了。」
少女道：「剛才我在門外，明明聽到裡面有聲音，輕如落葉。」少女又道：「殿裡哪有落葉。」
老人道：「也許不是落葉，而是老鼠。」
少女道：「要是老鼠，也是兩隻。」又沉思道：「天凍地寒，何來老鼠？」
老人笑道：「老鼠可不會冬眠，妳太多疑了。」
蕭秋水不覺悚然。

這看來天真活潑的少女，聽覺和思路，竟如此厲害，看來絕不可輕視。

老人這時又道：「屈寒山該到了罷。」

少女道：「他一路上被朱大天王的人截殺來這裡，能不能逃到此地，都有問題。」

老人道：「不能有問題，萬一有問題，咱們的計劃，都泡湯了。」

少女忽拊掌道：「會不會屈劍王已上了金頂!?」

老人沉思道：「不可能。朱大天王的人怎會讓他上去見著幫主！」

少女嘟嘴兒道：「這又不可能，那又不可能，可是咱們一路上來，都找遍了呀。」

老人歎道：「找不到也沒辦法……」

蕭秋水心中尋思：聽這一老一少的口吻，像是權力幫中的人，但又有些不對勁……

就在這時，殿外忽然傳來腳步聲。

很輕很輕的腳步聲。

少女笑了：「四個人。」

老人也笑了：

「四個掌法很好的人。」

少女一聆聽，隨即判斷出來者四人，已夠了不得，但老人一聽便能辨別，推斷出這四人武功著重於掌法，更是不得了。

而進來的四人卻正好是朱大天王的「四掌」。

果真是四個掌法極好的人。

襲殺、蘇殺、敖殺、苗殺。

這四個人一見到老人和少女，也怔了一怔。

蘇殺吆問，第一句就是：

「蕭秋水呢!?」

蕭秋水心裡一亮。

老人也呆了一呆，遲疑地問：「什麼……什麼蕭……蕭……」

襲殺向蘇殺道：「這糟老頭兒，問他也不懂！」

苗殺跺足道：「給那小子溜掉，可就糟了！」

蕭秋水更是心念一動，他知道他們爲什麼要找他了！

敖殺卻淫邪地向少女瞄了瞄，低聲道：「喂，反正找不到，這女子我們……嘿嘿……」

龔殺沒耐煩道：「正事未辦，哪來興致！」

敖殺怒道：「你不行，我可行！」

龔殺喝道：「你行你幹，找到仙丹，我報上去，你可沒份！」

敖殺臉色隨變，轉兒嘻皮笑臉道：「嘿嘿，老二，你也好久沒來過了，幹嗎那麼認真嘛，我讓你先……」

龔殺也著眼瞧了少女半天，問蘇殺道：「喂，老三，這妞不錯吧！」

蕭秋水現在已完全肯定「四掌」在山拗和屈寒山屍身上，找不到「無極先丹」，便懷疑到蕭秋水身上來了。

——因爲蕭秋水是與屈寒山生前最後接觸的人。

蘇殺舐舐嘴唇道：「好、好、夠味道。」

苗殺道：「那就先殺老的。」

蕭秋水聽得熱血賁騰，正要出手，忽聽那少女昵聲道：

「你們誰先要，誰先來呀？」

四掌互望一眼，大爲驚訝，龔殺大步走近，暗笑道：「想不到妳也忒會享受！來！讓大爺先給妳甜頭吧！」

少女居然投懷送抱過去，龔殺真是樂透了，雙手捧住少女臉龐就要親，身子也貼了過去。

就在這時，龔殺發出一聲慘叫。

他雙眼暴瞪，十指箕張，似想來抓住少女，又似要挖出自己的眼睛。

少女沒有閃躲，只是在嬌笑。

他也什麼都沒有做到。

因爲他已經死了。

死了也不倒下去。

一條金色的小蛇，緩緩自龔殺的袖子裡，爬回少女的袍子裡去。

苗殺、蘇殺、敖殺，三人一齊怒喝掠了過來。

苗殺掠來時，與老人靠得最近。

然後他就像靠到電流一般，跳了起來。

跌下來時，彈了幾彈，挺了一挺，就不動了。

一條極小的墨色小蛇，自他胯下游回老人的褲管去。

老人看著小蛇，那慈祥的眼光，就像看到他的小兒孫一般。

蘇殺、敖殺兩人陡然戒備，怒喝道：

「你……你是誰？」

老人一抬腿，黑蛇疾地飆出！

敖殺武功也很是不弱，百忙中雙掌一拍，竟挾住了黑蛇的七寸。

但黑蛇居然不死，尚在他掌間遊動不已。

敖殺嘶聲道：「老二……快來救我……」

蘇殺正要救助，老人一揮手，居然是一條花斑斑的七尺長蛇，噬向蘇殺。

蘇殺魂飛魄散，連忙跳避。

就在這時，金光一閃。

少女的金蛇又已出手。

金蛇咬住了敖殺的眉心。

然後「嗖」地竄回了少女的袖中。

敖殺眉心一點紅，他的掌就鬆了。

黑蛇在他左手脈門咬了一口，才施施然遊走了。

敖殺的臉色，好像一隻昆蟲七彩斑斕的殼，艷麗得變成說不出也描不盡的恐怖。

敖殺已死，他當然形容不出那恐怖。

真正感受到那種恐怖的是蘇殺。

他是「六掌」中的老二，幾日前死了老五巫殺，而今晚老大佘殺又爲屈寒山所殺，現在一下子其他三個兄弟也死了，他心裡的畏怖，可想而知。

他駭問：「……你……你們……是誰!?……」

少女笑問：「你真的不知道？」

蘇殺忽然明白了他們是誰。

「蛇王？」

老人含笑點頭，就似老人慈祥地讚許他做對了事情的孫子一樣。

蘇殺反而鎮定了下來。

「兩位究竟誰是『蛇王』？」

老人笑答：「兩位都是。」

蛇王？——蕭秋水幾乎跳了起來。

——蛇王不就是傳說裡毀掉浣花劍派一百三十四條好漢的主要人物嗎!?

只聽蘇殺苦笑道：「我落在你們手上，無話可說。」

少女笑道：「昔日林傖夫落在我們手上，也說過類似的話。」

老人道：「你有一條路可走。」

蘇殺自知打這兩條「蛇王」不過，便問：「什麼路？」

老人道：「這條路，常無意、孟東林、宇文棟等都走過。」

——常無意、孟東林、宇文棟就是「長江四棍」之三，自從金北望被權力幫所殺後，這三人也給屈寒山所收服；點蒼山之役，浣花劍派之所以敗在權力幫之手，這三人幫了不少忙。

——這也是朱大天王的奇恥大辱。

蘇殺知道老人的意思。他已別無退路。打也打不過，他只有這條路可走了。

但他在朱大天王的麾下，身分武功，又比「長江四條棍」高多了。他覺得他自己有本錢談談條件。

「我原本就想歸順權力幫，但必須要確保我妻子兒女安全才可以；」他說：「但我全家都在朱大天王控制之中。」

老人瞇著眼睛笑道：「這是沒問題。」

少女道：「權力幫要保住朱大天王的敵人，不是難事。」

老人道：「點蒼之役，兩粵人士都說，『火王』夠『火』，才騙得了精似鬼的蕭易人，『火』字在廣東話有時就是『詐騙』的意思，但若無我們這兩條『蛇』……」

少女笑道：「『蛇』呼廣東人的意思，也有『狡猾』之意，所以要救你全家，包在我們身上，朱大天王還難不倒我們的……」

蘇殺當然是將信將疑，老人笑著拍他的肩膀道：

「你走吧——」

就在他一拍之際，蘇殺忽覺自己肩膊一麻。

他怒叱：「你——」「嗖」地一聲，一條紫綠色的小蛇已收了回去。

蘇殺的臉色已變綠，恐怖的慘綠色。

他大呼：「你們——」

老人、少女一齊拍掌大笑。

老人道：「過癮！過癮！」

少女道：「如此殺人，方才過癮！」

蘇殺慘叫，衝出幾步，終於倒下，抽搐兩下，已然氣絕。

老人好似欣賞自己的兒孫恬睡一般地睇著蘇殺的屍身，道：「你好好歇歇吧，天，快要亮了。」

少女道：「天，快亮囉，神像後的人，請出來吧！」

神像後的人，指的當然是蕭秋水和唐方。

等到蕭秋水和唐方一齊出來時，老人和少女都震住了。

男的眉飛入鬢，目炯神光。

女的清秀俏煞，衣黑膚雪。

金童玉女。

他們原來並沒有發現蕭秋水和唐方藏身在四大金剛神像之後。

因爲唐方武功雖不高，但輕功卻好；蕭秋水武技較不精，內功卻深。

直至到「四掌」意圖侮辱少女，蕭秋水與唐方二人，因激於義憤，忍不住要出手，蠢蠢欲動時，方才讓老人與少女察覺。

少女露齒笑道：「敢情就是蕭秋水，——蕭少俠了？」

蕭秋水昂然道：「不敢。」

少女嬌笑道：「久聞大名。——這位是——？」

唐方瞧這少女，裝模作樣，扮痴佯純，當下沒好氣地冷然道：

「唐家唐方。」

少女把她從頭瞄到腳，又從腳瞄到頭，才長長地「哦——」了一聲。

唐方最看她不慣，冷冷道：「怎樣？看不順眼呀!?」

那少女一時也笑不出，只覺自己給比了下去，也反擊道：「哪裡！哪裡！借閣下還沒出色到讓我有何礙眼之處。」

這下針鋒相對。蕭秋水卻轉念一想，屈寒山臨終托自己將那五顆丸子送上金頂，交李沉舟手上，他又不識得李沉舟是誰，李沉舟更不識得他，何不叫這對「蛇王」帶路，送到之後，所托已了，再冒死請戰，當下便道：

「李幫主可是在金頂之上？」

老人瞇著眼睛道：「你怎知道？」

蕭秋水道：「屈寒山已經死了。」

老人和少女失聲齊道：「死了!?」

老人道：「那……」

少女道：「他有無東西托你？」

蕭秋水道：「有。」

老人臉色遽變，道：「是交給幫主的？」

蕭秋水道：「是。」

少女上齒咬著下唇，眼珠兒一轉，毅然道：「咱們把東西送到幫主手裡再說。」

蕭秋水道：「還煩兩位帶路。」

少女笑道：「幫主的事，就是大家的事。」

老人道：「少俠對敝幫的事，如此有心，何不加入本幫？」

蕭秋水暗忖：我才不上你們的當。

「我是受人之托，忠人之事，對於貴幫，將來爲敵還是不免。」

老人唯唯諾諾：「這也是，說的是，大丈夫恩怨分明，應先報恩，再報仇……」

蕭秋水截道：「你誤會了。屈寒山與我，只有仇，絕無恩，我幫他忙，乃見他忠於一人，其義可感，而我亦不能失信於死去之人。」

老人愕然。少女笑道拉唐方的手，吃吃笑道：

「唐姊姊，適才小妹態度不好，請妳原諒。」

唐方見她語氣真摯，便讓她拉手，道：「也沒什麼……」

一語未畢，忽驚呼一聲，一條金蛇，已纏住她手腕脈門。

少女疾喝：「動不得，一動牠就咬下去。」

那條金蛇果已張口吐舌，貼近唐方手腕之脈門。

唐方一怔，右手、右足、左踝，忽而纏上了藍、棕、火三種顏色的小蛇，都張口欲噬。

少女繼續疾叱：「不要動，這些蛇兒劇毒，一旦咬著就沒命。」

唐方不敢動，蕭秋水卻怒極，他沒想到這兩條「蛇王」，如此反覆，自己今番只爲求把屈寒山相托的東西送達，對方也下毒手！

老人卻沒有出手。

他只是攔在蕭秋水與唐方之間，讓蕭秋水一時間衝不過去。

他一眼就看出蕭秋水的內力，非同小可。

他之所以能活到現在，是因爲從未輕視過他的敵手，也從未信任過他的朋友。

他知道只要制住唐方，蕭秋水便完了。

現在少女已制住了唐方。

蕭秋水完了。

參　點點雪山

唐方一動也不能動，那些凶惡的毒蛇，全昂頸吐信，隨時飛攫而噬。

蕭秋水更不敢動。

他寧願自己給鷹啄、虎撕、獅裂，都不願唐方給一條小小的蛇咬小小的一口。

老人笑了。

他知道已控制住蕭秋水了。

可是他還要確保蕭秋水不動。

不只是「不敢動」，更是「不能動」。

所以蕭秋水雙腕、雙踝，也給纏上了四條碧、綠、紅、花的毒蛇。

他並不急著去取「無極先丹」。

數十年闖蕩江湖的經驗，已教他學會了「忍耐」。

少女更不急。

所以她笑：

「姊姊妳現在是不是動不了？」

唐方氣到臉都白了，看到毒蛇，更駭得煞白。

少女道：「我的毒蛇，沒我的號令，絕不走開，妳知道吧？」

老人道：「我的也一樣。」他笑問：

「屈寒山給你的是不是『無極先丹』？」

蕭秋水這才想起，屈寒山臨死前曾說過：「小心……蛇王……」但他想起已太遲。

老人瞇著眼睛笑道：「要是你不回答，我便殺了唐方。」

蕭秋水只好答：「是。」

老人笑道：「好。在哪裡？」

蕭秋水垂首，望望襟懷，他的手腳，都不能動，一動，毒蛇就咬下去。

老人摸摸他的頭道：「很好。」然後用手掏出了五顆丹藥，那蛇似會認人，見老人欺近，便不咬噬。老人取得仙丹，仰天長笑。

蕭秋水這才明白，爲何屈寒山寧死交給自己，也不交給蛇王等人，原來這兩人也是追殺劍王者，想把仙丹獨佔的人！

老人張大了嘴巴大笑道：「我得到了！我得到了！」

蕭秋水心裡發狠地想，服下去，吞下去你就知道……但又回心一想，萬一毒性發作時，兩個蛇王只要一人呼嘯一聲，毒蛇即噬了唐方，——自己倒不打緊，唐方要是傷了，那怎麼辦!?

心下大急，叫道：

「這藥有毒，吃不得！」

老人狠狠地盯了他一眼，拾起藥丸，趨近眼前細看，又大笑道：

「你年紀輕輕，也想唬我!?告訴你，我『蛇王』只咬人，從未有人咬得著我——」

突然慘叫一聲，雙眼變成了碧綠色。

臉卻成了金色。

死金色。

「嗖」地一條金碧二色的小蛇，閃電般自老人的後頭沒入少女的袖口裡。

老人怔怔回身，蕭秋水可以看見他的後脖子多了兩個小孔。

齒牙印。

泊泊的血滲出。

黑血。

連蕭秋水都怔住了。

老人巍巍顫顫，睚眥欲裂，高舉於掌，指著掌心五顆藥丸，疾聲道：

「就爲……爲這……」

少女恭謹地道：「是的，大伯您教過，一個人分的好東西，總比兩人分的好。」

然後又笑道：

「這樣寶貴的東西，大伯得到，能分給我才怪呢；」歎了口氣憂愁地道：

「偏偏我又想獨佔。」

老人嘶聲道：「好……想要……可以跟我討……我可以……給妳……」

少女嬌笑道：「萬一大伯不答允，那可怎麼辦，先下手爲強，大伯說過的，所以我忍住沒先拿。大伯的毒蛇很毒，我的手也不敢伸過去，等大伯拿出來後，我才敢下手。大伯說過：要殺人，就得忍耐……」說著又「唉」地歎了一口氣：

「其實我也不敢斗膽殺大伯。可是大伯說過：你要殺一個人，要趁他不能還手，最好趁他不能動又不敢動的時候，現在大伯不可動，一動，毒性就發作得更快了。」

她笑得花枝亂顫又道：

「所以我現在敢在大伯掌中取藥丸了。」

老人混聲道：「妳……好……好毒……」

少女福禮莞爾道：「卻都是跟大伯您學的。」

說著便一一取去了老人掌心五顆藥丸，老人啞聲呼嚷：

「快……快救我……」

少女臉若寒霜，道：「大伯，我還是孩童時，你玷污我，又作怎麼說!?」

突然一揚手，那金碧色的小蛇又閃電般在老人耳邊咬了一口，再迅急地收了回去，少女道：

「……何況，蛇王畢竟只有一個；」她笑得十分得意：「我食了這些藥，當不當蛇王，要看我高興不高興的事。不過——蛇王還是只准有一個；」她妙目望著臉色轉灰黑色的老人，又道：

「斬草不除根，春風吹又生——」她伸出一隻手指點點老人的鼻子道：

「這——可都是大伯您教我的哦。」

就在這時，老人忽然喉底裡發出一聲低沉的嘶吼。

他突然尖嘯一聲，連人帶身撲了下來。

少女的臉色變了，老人居然還有還手之力，她意想不到。

她真正意料不到的，倒不是老人超人的體力，少女所養的金碧毒蛇，除了她自己的解藥，絕沒有辦法解救，而老人之所以還不死，是因爲他血液裡的毒液。

他養了幾十年蛇，也抓了幾十年的蛇，各種各式的毒蛇，他都碰過，而且以蛇成了名，又以蛇的首尾相應啓蒙，調教了另一個「蛇王」，他自然也被毒蛇咬過無數次，都仗了他的獨門解藥，以及療毒之法，鎮制祛毒效，才能夠安然無事，但連他自已都不知道，他體內的毒液，已潛有二十三種，以毒剋毒，所以金碧毒蛇的毒液雖注入了他的體內，但毒力並不能夠一下子流入他心臟，導致猝亡。

他尖嘶甫發，蕭秋水身上「嗖、嗖、嗖、嗖」四條蛇，一齊飛射而出，噬向少女！少女大駭，也尖鳴一聲，唐方身上四條蛇，也鬆纏彈出，與那四條蛇半空接住，攔鬥起來。

唐方一旦得脫，一揚手，三枚蜻蜓鏢，打向少女！

少女雙肩被老人扣住。

她一張口，竟咬住老人的咽喉。

老人雙目翻白，喉管「格格」有聲，他體內的抗毒素質，能抵受金碧毒蛇的毒液，卻抵不住少女的咬噬。

少女手一揚，金碧毒蛇閃電般飛出！

三枚蜻蜓鏢，打入少女雙肩，一枚射偏，擦頭飛過！

蕭秋水已至，一掌打出！

這時唐方懼呼一聲，已被金碧毒蛇咬中。

蕭秋水一急，全力一掌，「砰」地一聲，少女倒飛起，撞碎了一尊金剛菩薩，蕭秋水的功力，現刻何等之高，少女中掌，斃命當堂。

兩個「蛇王」，都死在伏虎寺內，只不過是一前一後間的事兒。

蕭秋水飛掠過去，金碧蛇直咬住唐方的小腿不放。

唐方臉色因痛苦與恐懼而全白。

蕭秋水大吼，也顧不得那麼多，一手抓住了蛇身。那蛇久經訓練，何等厲害，一給捉住，立即回噬。

但蕭秋水此刻的功力，實在可怕，一急之下，力由心生，竟硬生生把毒蛇搓成肉醬。

唐方這時呻吟一聲。蕭秋水也顧不了那麼多，「波」地撕開唐方小腿上的褲管，瞥見傷口，青黑色的一線，已化成千指百爪，蔓延向上，直至膝蓋間，蕭秋水不顧一切，張口往傷口便吸。

一吮一吸，然後吐出，開始幾口，盡是黑水，最後才見鮮血，這時唐方才叫痛起來，顯然是傷口毒性大減，麻癢消失，才知劇痛。

蕭秋水當不放心，也不避嫌，伸手往少女襟裡搜，掏出了幾瓶藥，他心中喃喃自念：

妳生前太惡毒，死後行行好，救救唐方，我冒瀆妳的屍體，也迫不得已，妳要怪就怪我好了……其實蛇毒力甚強，若不是蕭秋水內功過人，毒力難侵，這用口吮吸間便得中毒斃命。

但見幾瓶藥粉，有些寫內服，有些寫外敷，蕭秋水忖思：蛇王身上的藥，多半就是蛇傷之藥了；但又認不出哪一瓶有用……當下不管一切，能敷抹的就敷上，能服食的就給唐方服下。

又過半晌，唐方的雙頰才有了紅潤，但因金碧蛇的毒力實在厲害，蕭秋水雖急智過人，先吮毒，後用藥制住，但畢竟不通醫理，所以餘毒猶在，唐方竟發起燒來。

蕭秋水急得不知如何是好。這時中天微明，星稀月殘的時候。唐方竟發燒而暈了過去。

蕭秋水站了起來，急得來回的走，終於「噗」地跪在如來佛像面前，默禱道：

「南無如來佛菩薩，小人蕭秋水在此懇求，願唐方她吉人大相，菩薩打救，縱令我倆不得見面，間隔萬水千山，咫尺天涯，令我忍悲受苦，終生不歡，我也情願……」

這時佛燈已近燃盡，忽暗忽明，似使眾洗的粼光一般；菩薩寶相莊嚴，一堆碎了的四大金剛像逕自在殿中橫排著。

「噗」地一聲，燈火全滅。

殿中頓時一片黑暗。

良久，蕭秋水的眼中，又漸漸呈現星星灰暗的微明。

黎明將至。

遠處一些許晨鳥輕喧。

啁啾不已。

殿外大霧。

殿上有人。

蕭秋水忽地嚇了一大跳。

平素他警醒過人，而今卻因心繫唐方，有人行近，也不得知。

只見來者兩人，似煙似霧，在晨露中大步而入。

蕭秋水急擋在唐方前面，要看清楚前面兩人。

這兩人是誰？

——難道是兩條「蛇王」復活？

蕭秋水不禁毛骨悚然！

霧漸散去。站在他前面的有兩個人。

其中一個人高大威猛，頎長碩壯。

這高壯剛強的人冷冷地看著蕭秋水，又冷冷地望向唐方，終於說道：

「我帶她回去。」

他一共只說了五個字。蕭秋水只有點頭。因爲他知道他是誰了。

唐門，唐剛。

唐方的毒，只有用毒世家唐門高手方才可以解救。

在唐剛身邊，還有一人。

這人忠樸，耿直、誠摯、老實。

方方正正的臉，背插雙劍。

蕭家老二，蕭開雁。

蕭秋水真是好久沒見到自己的親人了，他禁不住在這晨曦裡淚流滿臉，喚了一聲：

「二哥。」

蕭開雁的個性，忠耿樸實，跟蕭秋水的個性有很大的不同。

但是他看來比上次灘江畔上還要滄桑、憔悴得多了。

這半年來他未涉足江湖，只是留守桂林，怎會反而蒼老得更快？

沙場奔馳，取敵首級，或闖蕩江湖，長街械鬥，都是大丈夫、大將軍痛快豪狂的事！

——可是留守的好漢呢!?

——忍辱負重的男兒呢!?

——古來征戰的將軍，生死俄頃，但快意長弓；唯不能出戰的將士最寂寞。

留守的蕭開雁聽到大哥蕭易人在點蒼山戰敗軍潰的消息，終於放棄了留守，偕唐剛一齊趕了過來。

峨嵋山上，詭祕的傳說，無疑也吸引了他和唐剛。

唐剛抱唐方離開。

他只能把唐方的命暫時保住。

唐方所中的毒，連唐剛都無法即解。

只有唐門的女主人：唐老太太能解。

唐剛抱唐方離開時，唐方猶未醒來。

在晨霧中，蕭秋水瞥見唐方白生生、俊俏俏的側臉輪廓。

一綹烏髮散下來，披在臉上。

蕭秋水忽然哭了，他跪下來：只要唐方不死，他矢誓不管盡一切力量，都要見到唐方，都要維護唐方。唐方啊唐方。

唐剛走了。

霧氣還在，旭日已升上來了。

蕭秋水看著唐剛高大的背影，抱著唐方大步下山。

「我跟你一齊去……」

「不行。」唐剛冷冷地望著他，「數百年來，外姓子弟，未得允可，絕不能擅入唐門半步。」

蕭秋水發現這人不但像豹子一般剽悍，也似豹子一般無情。

唐門是唐方的家，他喜歡唐方，唐家的規矩，他只好遵守。

「守規矩」，在蕭秋水狂逸的一生中，幾乎是不可能的事。

唐剛遠去。

——唐方也遠去。

迎著旭日，蕭秋水仍是跪著。

晨曦的霧氣未散，山上氤氳著霧。

蕭開雁在旁看著他這個自小在家裡被認爲「荒誕不經」的弟弟，眼神裡有一種說不出的感情。

他們倆人的性格迥異。

——他不是他，他也不是他。

但此刻蕭秋水的感覺，蕭開雁能了解。完全地了解。

此刻殘雪未消，草木披霜，旭陽在空漠的天，淡相映照，山巒在遠方，一層又一層，無所盡了，都是寂寞的雪。

山脈綿亙，岷山萬重，大瓦屋、小瓦屋山在南北。不涉高寒處，安知天地闊。這時太陽漸漸如熔鋼般熾熱，彈跳上雲層，漫天雲霧由藍轉紫，由紫變紅，又由紅變黃，再由黃變白，碧雲藍空下，捨身岩刀劈般的百丈巨壑，北望北部，西可見貢嘎山和點點雪山。

蕭開雁低聲說：「該走了。」

蕭秋水緩緩站起來，這時太陽已升到無盡蒼穹中了，他說：「我們到金頂去。」

完稿於一九七九年歲末十二月廿七日
第五屆少年遊「杜慶遊」前夕
校正於一九八四年六月十四日
明報晚報開始連載「悽慘的刀口」
再校於一九九三年七月二至三日
新生活報「週末不設防」二大版訪
我；與迷等弟妹久矣首同看戲；與浩
通電議版稅事；與康衝突後更互信；
方成功取得小倩在星洲電；與方遙電

祝賀慧生日屢碰釘子；三姑終於金屋
會小方；因疏忽平生首次遭退票
修訂於一九九八年七月八至十一日
趕校、修訂《破陣》下集，大功告
成／遊名店街／逛食街／與靜榴槤上
癮／阿二靚湯雞家莊／睇完時代看華
懋／自成一派邀賴世華、蕭建國來港
參展／三理事電琁好心照會提防NL是
非上身，惜伊不識吾等冒險進言好
意，以「洪福齊天」推搪過去／梁何
劉大加薪／新鴻電將連載《戰將》／
訂「溫瑞安武俠雜誌總名及編輯團名
單」

……………… 溫瑞安

《英雄好漢》完

請續看《闖蕩江湖》

【武俠經典新版】

神州奇俠（卷四）英雄好漢

作者：溫瑞安
發行人：陳曉林
出版所：風雲時代出版股份有限公司
地址：10576台北市民生東路五段178號7樓之3
電話：(02) 2756-0949
傳真：(02) 2765-3799
執行主編：劉宇青
美術設計：許惠芳
業務總監：張瑋鳳
初版日期：2024年3月新版一刷
版權授權：溫瑞安
ISBN：978-626-7369-53-1
風雲書網：http://www.eastbooks.com.tw
官方部落格：http://eastbooks.pixnet.net/blog
Facebook：http://www.facebook.com/h7560949
E-mail：h7560949@ms15.hinet.net
劃撥帳號：12043291
戶名：風雲時代出版股份有限公司
風雲發行所：33373桃園市龜山區公西村2鄰復興街304巷96號
電話：(03) 318-1378
傳真：(03) 318-1378
法律顧問：永然法律事務所 李永然律師
　　　　　北辰著作權事務所 蕭雄淋律師
行政院新聞局局版台業字第3595號 營利事業統一編號22759935

定價：320元

國家圖書館出版品預行編目資料

神州奇俠／溫瑞安 著. -- 臺北市：風雲時代出版股份有限公司,，2024.01-　冊；公分
武俠經典新版
ISBN 978-626-7369-53-1（第4冊：平裝）
1.武俠小說
857.9　　112019839